U0030374

以你的名字寫一場浪漫

一筆一筆
將愛寫入故事
，
是最含蓄而盛大的
表白
○

Call Your Name

三杏子

著

楔子

她第一次見到那個少年，是在下雨的夜晚。

全美最繁華的都市依然難抵黑夜，所有浮華被鎖進夜色中，連一聲氣息都喘不出。

有了黑夜的包裝，種種不為人知的心思完美地蟄伏於城市內，伺機而動。

雨愈下愈大，她撐著傘走在空無一人的巷子，雨水沿著傘緣下滑，最終不敵地心引力的拉扯，墜落至地上的水窪。

昏睡了一整天，結果大半夜被餓醒，她翻了家中的儲藏櫃和冰箱，發現沒有半點食物可以墊胃，於是出門去超市。

豈料標榜二十四小時營業的超市，今天居然公休。

她瞥了眼手錶，凌晨兩點半。

抬眼又盯了公休通知半晌，最終深吸一口氣，成功壓下嘴裡的髒話。

今晚的覓食注定無門。

她再次走入那個被潮溼包裹的城市。

大半夜的街道，其實有些嚇人。

缺少人氣就算了，偏偏黑夜壓頂，大雨又遮擋了視線，轉角之後有什麼東西在等著你，根本無從知曉。

然而嚇人歸嚇人，她獨來獨往慣了，膽子倒也挺大。

雖然買不到食物，但難得能見到這繁華街景慘澹的模樣，她興致一上來，便決定走走逛逛。

她撐著傘漫無目的地行走，直到拐過一個街口，被蹲坐在街燈旁的身影吸引了注意力。她施捨了一個眼神，輕飄飄地降落於那處。

那盞街燈故障了不斷閃爍，昏黃的燈光在雨霧之下更顯迷離，她瞇了瞇眼，就著那閃動的碎光，勉強看清了。原來是一個少年。

她本想就此走過，畢竟資本主義社會下的貧富差距甚大，有人榮華亦有人清貧，窮途潦倒的街友不計其數，放在每一座大城市，這都是再正常不過的風景。

豈料腳步剛剛抬起，卻正好與他對上視線。

不知道是什麼力量驅使，她竟鬼使神差地轉了個彎，朝他提步而去。

走近一看，目測與她年紀相當的少年臉色慘白，嘴邊有一道似乎是剛結痂的傷痕，髮絲因雨水而糾纏在一起，全身上下凌亂得很。

然而再仔細一看，他身上那件沾滿雨水的T恤，卻是當季某知名大牌的暢銷主打款。

她挑了挑眉，心想這要不是盜版貨，就是哪個富家公子哥跟家長吵架了，大半夜離家出走。

聽見有人走過來的聲響，少年只是輕描淡寫地瞥了一眼，接著垂下頭，不加理睬。

她不動聲色地將他打量一番，原來不只是嘴角，連額角、下巴和手臂，都有輕重不等的傷痕。

見她站在面前遲遲沒有離去，少年的眼底閃過了什麼，接著勾了勾唇，卻沒有半點溫度。

「有事？」

她覺得在這種景況下還有心思笑，若不是傻子，就是個心太大的人。

「你還好嗎？」

直到語聲墜落在雨夜中，她才意識到自己說了話。

因為打架、無家可歸等理由遊蕩在夜晚街頭的人也不少，但這個人身上的傷卻莫名地讓她無法忽視。

少年定定地看著她，兩人之間除了淅瀝瀝的雨聲外，沒有任何的聲響，卻也不見彼此尷尬。

見他沒回答自己，她也不怎麼在意，見雨勢有逐漸變小的趨勢，心裡盤算著這裡離家的距離不遠，於是將手上的傘遞給他。

她望著他額頭上那塊被雨水浸溼的紗布，微微蹙眉，「不知道雨會下多久，再這樣下去傷口遲早發炎。」

她本不是多管閒事的人，卻不知為何在離去之前，又補了一句，「下次離家出走也找個好天氣，快回家吧。」

說出口的話雖是關懷，卻難掩天生帶有的淡漠。

少年望著她在雨中奔跑離開的背影，握著她強行塞到自己手裡的傘，唇邊的弧度驟然收起，眸光聚焦在地上。

不知道過了多久，當他抬首再次望向空無一人的雨幕時，突然輕笑了一聲，眼底卻沒半點情緒。

離家出走？

那也得先有個家，才能出走啊。

一、後會無期

T市機場。

顧念之一下飛機，就接到宋昀希的電話。

宋昀希是她的責任編輯，因著上部作品已經完結了一個月，而她卻毫無下一本新書的動靜，於是在得知她回國的班機時程後，便算準時間打過來。

「嗯，一樣是懸疑推理。」顧念之戴著藍牙耳機，手機放在駝色長版大衣的口袋中，拖著酒紅色的行李箱往機場大廳走去，「男主律師，女主法醫。」

她眼睛平直地看向前方，腳上的黑色馬丁鞋是漆皮的，鞋緣在日光燈照射下滾出一條亮邊，一如眼底閃著的精光。

「大綱？寫完了，回去發妳信箱。」把一些進度交代完後，顧念之又聽宋昀希絮絮叨叨幾聲，便在進化妝室前丟下一句，「嗯，掛了。」

顧念之對著被擦得乾淨無雜質的鏡面整理了一下頭髮，順帶補了補因吃了飛機餐而掉色的口紅。離開化妝室後，她從口袋掏出手機，垂頭看訊息，回覆的同時拐過一個彎。

轉角的牆容易造成視線死角，訊息發出去的那一刻，她險些與人相撞，儘管她在第一時間已反射性地側身避開，仍擦到了對方的肩膀。

「抱歉。」顧念之掀起眼簾，低聲說道。

眼前的男人大約高她十五公分，正下意識低頭看與她輕撞的肩頭，深藍色的緞面襯衫，腕部的金色袖釦閃著不容忽視的亮度，整體看起來……有點騷包。

男人在顧念之開口後便將目光轉移到她身上，眼睛是典型的桃花眼，內眼角微微下陷成鉤狀，眼尾細長略上挑，格外勾人。

他氣定神閒地打量了她幾秒，一句話也沒表示。

就在顧念之耐心告罄，眉間有摺痕隱隱浮現之時，他突然眼睛一彎笑了。

「沒事，不用道歉。」雙眼形成了月牙狀，眼尾順勢拉長，曳出點點風流，而他嘴角輕勾，倏地傾身，「我覺得妳很合我眼緣，介不介意給個聯絡方式？」

突如其來的近距離惹得顧念之微蹙了眉，她冷冷望著那張笑臉，抬手伸出一根手指，毫不留情地推開對方的額頭。

「很介意。」

撂下三個字後，她便頭也不回地離去。

男人望著她那抹冷淡的背影，瞇了瞇眼，嘴邊仍是噙著一抹笑意，不以為意地走進化妝室。

顧念之沒把方才的小插曲放在心上，依舊推著行李箱走往機場大廳，面色平淡冷靜。

現在正逢寒假期間，許多人都會藉此機會出國旅遊，再加上下午時段的班機本就熱門，大廳人來人往，有如囤積許久的流雲都在一時間出岫，絡繹不絕。

在經過咖啡店時腳步頓了頓，顧念之翻出手機看了下通訊軟體，顧清晨兩分鐘前發了訊息過來，說是路上塞車，可能會晚到。

回了個「好」之後，她把手機放回口袋，決定進咖啡店買杯飲料，邊喝邊等待自家弟弟的到來。

「一杯冰美式。」顧念之掃了眼菜單，本想換個口味，點不一樣的飲料，豈料最後出口的依然是喝習慣的冰美式。

她看著店員打單，過幾秒又補了一句，「等等，兩杯好了。」

聽說顧清晨這幾天工作甚忙，這時間還抽空過來接她，估計也需要一杯咖啡提提神。

她從手提包裡翻出錢包，黑色皮質長夾一如她的氣質，沉靜中帶著一絲冷厲。

然而打開皮夾裡頭全是美金。

「可以刷卡嗎？」顧念之抬眼看向店員。

「不好意思，我們的刷卡機壞了，目前無法提供刷卡服務……」店員看著她細狹的丹鳳眼，不知怎麼的有點發怵，連語氣都虛了不少。

顧念之有點頭疼，將皮夾放回手提包，抱歉道：「不好意思，我身上只有美金，可能得請妳幫我取消訂單了。」

「沒、沒事。」店員也許是新來的工讀生，在應對上還不夠熟練，神色難掩慌張。

「哎，不用取消。」

突然一道男聲從身後傳來，顧念之和店員同時看過去，只見一個男人隨意看了看菜單。

下一秒，他的目光轉移到店員身上，唇角微勾，笑得親人。

「再幫我加一杯西西里。」

顧念之一看，是方才在化妝室前與她擦肩而過的那個男人，她下意識地蹙起眉。

店員見狀愣了愣，疑惑的眼神在兩人之間徘徊，一時間也不知道這單該不該打。

「看什麼，結帳啊。」男人見她手懸在螢幕上面沒動作，從口袋裡拿出紙鈔，「這位小姐的兩杯美式我一併結了。」

顧念之按下他要結帳的手，眉間的摺痕愈來愈深，「不用。」

店員打單的手又頓了頓，顧念之轉頭看向她，聲線清冷，「我不認識他，把我的單取消吧，抱歉造成妳的困擾了。」

男人見她不領情，挑了挑眉，依舊笑得沒脾氣，「看在我們十分鐘內就遇見兩次的份上，還算挺有緣，我想請妳喝咖啡，不要拒絕，嗯？」

見兩人僵持不下，店員有點尷尬。

女方高貴冷豔一看就不好惹，男方雖然始終掛著微笑，但無形中也給人一種微妙的壓迫感，感覺得罪了誰，都不是好事……

「那個……」要不然你們先到旁邊商量下，決定好了再告訴我？

店員的話還在醞釀，顧念之的手機卻突然響了，她一看來電顯示是顧清晨，眉間的褶皺頓時舒放了不少。

「你到了？」只聞對面一聲清冷的「嗯」，顧念之又繼續道：「我在大廳角落的小咖啡店，你身上有錢嗎？有個神經病執意要請我喝咖啡，讓人很困擾，過來幫我結個帳？」

顧念之毫不避諱地展現出她的不滿，而男人卻也不怎麼在意，倒是店員在後方看著都替他感到難堪。

幾分鐘後，一名戴著金絲邊眼鏡的男子大步流星走了過來，白襯衫黑長褲，一身淡薄自持與周遭的喧囂格格不入，彷彿踏著外頭冬天的寒意而來。

顧念之見自家弟弟來了，一時間放心了不少，正要朝他走去時，卻看到身旁的男人興高采烈地揮了揮手，搶先她一步開口——

「顧清晨你居然會主動來接我？」

聞聲，顧念之的腳步一頓，而顧清晨的右眉也順勢挑起。

「連我的班機時間都查到了，可真是貼心啊。」他習慣性地轉了轉錶帶，眼角笑意愈發放大，「不錯嘛，看來我們的友情依然堅如磐石。」

豈料顧清晨卻沒接話，他的目光穿過那個男人，準確聚焦在顧念之身上，沉沉開口，「顧念之。」

見他沒有要理自己的意思，男人深吸了一口氣，面色依舊帶笑，聲音聽著卻有些咬牙切齒的痕跡，「顧清晨。」

顧清晨這才將視線落在他身上，一雙眼瞳清靜無波，「任平生？」

任平生心想，敢情您現在才注意到我？

這下任平生就算是眼瞎，也看出顧清晨來機場不是為了接他的，他的舌尖在後槽牙掃了一圈，目光飄向一旁站著的顧念之，「這你女朋友？」

顧清晨幫顧念之結了兩杯冰美式的錢，接著回道：「我姊。」

「也是，怎麼會有人想當你女朋友。」任平生漫不經心道，不知是在吐槽他還是吐槽自己，隨後看向顧念之，眼尾的笑意依然顯而易見地晃著，「這就是你那個傳說中的雙胞胎姊姊？」

任平生和顧清晨是大學同學，兩人在學生時代便是系上風雲人物，其一是鐵打的顏值，其二是出眾的成績和業務能力，畢業後一個放棄執照考試跑去當了大學教授，另一個則是在一片廝殺中輕而易舉考上了律師。

從學生時期一路相識到現在，任平生自然知道他有一個久居在美國的雙胞胎姊姊，只是卻從沒見過，倒是沒想到會在這種情況下遇見。

顧念之望著任平生饒有興致的模樣，一臉冷漠，「你們認識？」

「嗯。」顧清晨接過店員遞來的兩杯咖啡，「朋友。」

他把一杯塞到自家姊姊手裡，順勢問道：「對了，妳說那個堅持要請妳喝咖啡的神經病呢？」

顧念之輕笑了一聲，眼底卻是毫無情緒，如死水一般沉寂，「就他。」

顧清晨往她目光所及之處望去，只見任平生正從店員手中拿過咖啡，末了還不忘拋去一個媚眼。

顧清晨無語，好像不是很意外。

任平生拿著自己的飲料回來後，見眼前一男一女都癱著一張臉看著他，心想這兩人果然是姊弟，連氣質都一模一樣，彷彿攏著千年不化的寒冰，乍看之下是超然物外的高冷清透，卻隱隱摻著鋒利的光。

與顧清晨多年相處下來，任平生早已習慣，便也不以為意，啜了一口手中的西西里，接著道：「既然你都要載你姊回去了，不如也讓我蹭個順風車？」

「年薪近千萬的大律師連搭計程車的錢都沒有？」顧清晨瞟了他一眼，涼涼道。

任平生又喝了一口咖啡，語氣散漫，「嗯，擁有上億身價老爸的富二代，也沒有坐計程車的錢。」

顧清晨深知好友的臉皮厚度一向沒有上限，便也由著他跟上。

而在一旁的顧念之聽到兩個男人的對話後，只是冷笑，「那就有錢請陌生女人喝咖啡？」

「那沒有可比性，花在漂亮女人身上的錢永遠不嫌多。」任平生舉起手中的咖啡，在空中虛虛向她乾了一杯，笑得勾人。

顧念之忽視掉他的舉杯，逕自垂首喝了一口冰美式，冰涼的苦澀自味蕾上漫開，在舌面徐徐舒展。看著他那雙時時刻刻都帶笑的桃花眼，不知怎麼的，一向沒什麼情緒波動的她，此時竟感到有些煩躁了。

顧念之這次回國，是做好久居國內的打算。

顧清晨將她送到大樓門口後，便趕著回T大處理學校事務。

幾年前她便有回國定居的計畫，不久後就在這棟樓買了一套房，偶爾回國不用去住飯店，委實舒適得多。而如今正式搬回國內，也省去看房、裝修、搬家等前置作業，只要等剩餘的行李從美國寄回來，就能大致打理好居住空間。

儘管半年沒有回來了，顧念之依然熟門熟路地搭電梯上樓，進家門後便把鑰匙隨手扔到玄關的鞋櫃上，雙腳並用脫掉腳上的馬丁鞋，將行李箱擱置在門口，光著腳走到客廳，任由自己的身軀徹底放鬆癱在沙發上。

累。

方才那個叫任平生的男人，在車上絮絮叨叨了一路，從法商界情勢講到娛樂圈八卦，再從娛樂圈八卦講到隔壁大媽海歸的兒子，直到他下車，話題都不帶重複的。

她天生喜靜，一旦在喧鬧的地方待久了便會開始產生厭倦感，而身為雙胞胎姊弟，顧清晨這點與她有十二萬分相似，甚至耐性消耗得更快。她就不懂了，她弟弟是怎麼跟這個男人好上的，交情還從大學持續到現在，確實神奇。

剛從美國飛回來，她尚未完全適應時差，客廳的暖色調燈光，溫馨的同時也帶有助眠效果，顧念之躺著躺著，一不小心就睡著了。再次醒來時，外邊已有大半片天空被夜色覆蓋。

她看了一眼手錶，已經六點了，而六點半有出版社的年度餐敘。

顧念之一個激靈，睡意頓時煙消雲散，連忙從沙發上起身，想到宋昀希先前跟她說，主編雖然脾氣很好，但是最忌諱不守時。

她原先對這餐敘興致缺缺，畢竟本身就是不喜歡社交的性子，奈何抵不過宋昀希天天邀請，她終是答應下來，就當是去吃頓免費的餐。

而既然答應出席活動了，就算興致不大，該有的禮數還是要有。

顧念之手腳麻利地從行李箱裡翻出一套套裝，黑色西裝簡約大氣，褲管是側開岔的喇叭造型，替中規中矩的服裝增添幾分時尚感，外套則是短版設計，視覺上能拉長身體比例，顯得一雙腿更為筆直修長。

她快速地打理好自身，簡單補個妝，最後抹上酒紅色的唇膏，對著鏡子稍稍撥了撥額前的碎髮，拎起手提包便出門了。

舉辦餐敘的飯店距離她家不算遠，搭計程車大約十分鐘便能抵達，顧念之正好準時到了現場。

宋昀希擔心她會因為今天剛回國太累不想來，特地在會場門口簽到處等她，眼看六點半就要到了，正想打電話聯絡她，就見不遠處的電梯門打開，身著黑色套裝的顧念之走了出來。

面部表情冷淡，一雙丹鳳眼平直望向前方，酒紅的漆皮細高跟與唇彩相映，氣質雖是收盡鋒芒的穩重內斂，卻仍抵擋不了那不怒自威的氣勢。

宋昀希懸著的一顆心終於放穩了。

顧念之見到自家編輯明顯放下心來的模樣，覺得有些可愛，表面上依舊漠然，眼底卻是聚了細微的笑意。

宋昀希帶她走到座位。

「老顧，沒記錯的話，這應該是妳第一次參加我們出版社的餐敘，如果有什麼需要的話再跟我說一聲。」宋昀希替她倒了杯柳橙汁，交代了幾句，「那我先回去編輯群的位子了，用餐愉快啊。」

顧念之這桌都是一些與出版社長期合作的作家，雖然她都不熟悉，頂多聽過名字而已，但聽他們談談創作的經驗也挺有趣。

她原先想著就一個人默默吃飯，吃完了就可以走，一點都沒有想要與他們交流的意思。然而酒酣耳熱之際，身旁的一個女子見她全程都沒說過話，便自然而然地將話題帶到她身上。

「親愛的，妳呢？」女子的五官溫和，性子看著也好，估計是怕她一個人會覺得格格不入，這才cue到她，「那個追到老楊家裡的粉絲真的很浮誇，妳有沒有遇過什麼瘋狂的讀者？」

顧念之原想說「沒有」，豈料正要開口時，那女子又突然插了話。

「對了，剛剛妳到的時候我們都互相認識完開聊了，妳要不要簡單自我介紹一下呀？」她笑著點了點自己，「我是天彩柚，叫我柚子就好，舒適圈是耽美小甜文。」

顧念之對「天彩柚」這名字有印象，在腦海中草草搜尋了一下，隱約記得是國內耽美圈挺有人氣的一名作家，不過她很少看BL，因此對於細節也不太了解。

女子估計也是好心，顧念之儘管對社交提不起勁，卻也不好拂掉她的面子，還是簡單說道：「我是顧念之。」

淡然的聲線這才剛落下，身邊的柚子便大大抖動了一下，嗓子頓時拔高，「妳是顧念之老師？」

顧念之不動聲色地掃了一桌的人，只見大部分的作家都難掩驚詫，她正盤算著要怎麼從眼前景況脫身，一旁的柚子便再次開口。

「老師……我超喜歡妳的作品，每次連載我都準時追文，實體書也都蒐集完了，目前最愛的是《Melancholy》……」女子眼底溢滿激動，講話因為緊張而不太利索，「聽編輯說老師不喜歡這種場合，所以我從來沒想過有一天能親眼見到妳本人……天啊……」

顧念之微垂眼簾，燈光在眼角落下了幾分斑駁，替她抹上幾分凌厲。她將目光放在女子身上，最終也只是冷靜地說了聲：「謝謝。」

被在座的作家們表白一輪後，顧念之藉口醒酒，向眾人點頭示意，便離開座位走出會場。

她本身酒量就不太好，再加上許久未碰酒精飲料，這樣被敬了一輪，難免有些頭暈了。

她想著要去外面透透氣，順便去化妝室整理一下自己，豈料才剛拐過一個轉角，就聽到不遠處傳來一道低磁的男聲，帶著三分玩味七分調笑，「妳是不是看我長得好，就想跟我睡一覺？」

顧念之腳步一頓，一時間不知道該進還是退。

走廊盡頭的化妝室前，一個長髮女人背靠著牆，身前是一名男人，而前者的手搭在後者的腰上，兩人距離極近，隨著光影描摹，勾勒出一幀調情的畫面。

顧念之盯著那幅畫面，遲疑了大約三秒，決定還是繼續往前。

儘管偶遇男女在化妝室前聊騷，但既然彼此非親非故，就當作沒有看到，直接路過就好。

反正都是成年人了，這種事就算沒有太多經驗，見過的也不少，沒什麼好大驚小怪的。

顧念之原想目不斜視地經過，卻在走到化妝室前的時候，眼角餘光無意瞥到了側背對著她的男人面容。

她平寂的目光頓時沉了下來。

冤家路窄。

走進化妝室後，她看著鏡子裡標緻的面容，眉間隱隱有不易察覺的摺痕，像是國畫中描繪的重巒疊嶂，上頭有細小而精緻的褶皺。

而外邊的男女對話還在繼續。

「不好意思，金女士，雖然您風情萬種，顏值也長在我的審美上……」男人沉沉的嗓音盪在曖昧的空氣中，語調半是正經半是風流，「而我這個人看著挺浪……啊，不是看著，確實就是浪，但有一點原則卻是很堅持的。」

顧念之旋開睫毛膏的蓋子，對著鏡子重新刷了一次睫毛，同時內心也忍不住腹誹，你這人連初次見面的女人都能調戲，還能有什麼原則……

「我不跟案主玩兒的。」

顧念之把睫毛膏「咔」的一聲扣上，而男人的聲音也正好落下。

「我的私生活或許如外界所說，是真的很亂，但工作歸工作，我不會跟案主有過多的牽扯。」他笑了一聲，語氣又轉成彬彬有禮的形象，「金女士，跟您的合作很愉快，也很謝謝您信任我的能力，願意將訴訟全權交予我處理，但請原諒我不能給您其他方面的幫助。」

顧念之無形地抽了抽唇角，這傢伙真不愧是律師，官腔那一套一套的。她從化妝包裡翻出唇釉，繼續對著鏡子描繪自己的唇型。

「任律師，一夜情本就是兩相歡好，圖個快樂，誰都不欠誰，因此你不用擔心會跟案子的利益關係有所牽扯。」女人的聲音響起，「何況案子勝訴，後酬也結清了，我們的合作已經結束，現在應該不能算是委託人和律師之間的關係了？」

顧念之挑了挑眉，心想這女人的邏輯倒也清晰，而死纏爛打的心更是明明白白擺在那兒。

「抱歉，金女士，很遺憾我不能答應您的要求。」男人語氣頓了頓，兀自沉吟了一會，終是開口，「事實上我已經有女朋友了，因為真心喜歡她，所以我決定要退出這個花花圈子，不能做出背叛她以及人格的行為。」

聞言，顧念之竄進腦中的第一個想法便是——放屁。

有女朋友的人還會在幾個小時前的機場跟她要聯絡方式，點咖啡的時候甚至向店員拋媚眼？您真心喜歡的女朋友，怕不是在離開機場後幾個小時之內找到的喔。

顧念之冷笑了一聲，將口紅收進化妝包內，簡單洗了個手，準備走出化妝室。

現場聽播了這一場狗血對話，她的酒倒也醒了不少。

而外邊兩人的對峙還在繼續。

「任律師有女朋友了？」

「嗯，一眼傾心。」

「她是個什麼樣的人？身價有我高，有我漂亮嗎？」

「金女士，談感情是你情我願，這些身外之物都不重要，我喜歡就好。」

「任律師，真看不出你是這樣的人。」

「在遇到她之前，我也不知道我是這樣的人。」

「你確定真的要拒絕我嗎？我很喜歡你，而我們的社會地位也相襯，不論是玩伴或是戀愛對象，對彼此都會是很好的選擇。」

「金女士，我勸您放棄吧，不論您說什麼，我都不會答應的。」

「為什麼？」

「事實上，她就在這兒。」

女人沒有說話了。

顧念之心想，這狗男人的講話水平也是真的在線，她有點想看他會怎麼繼續吹，然而已經離席太久，差不多該回去了。

豈料在踏出化妝室的那一刻，男人的聲音又適時地落下——

「您有注意到方才進去化妝室的那個女人嗎？我的女朋友就是她。」

伴隨著男人嗓音的墜落，一向冷靜面對無數風雨的暢銷大作家顧念之，腳步突然一拐，差點絆到自己的腳。

在她連忙扶著化妝室門框避免跌倒的同時，一男一女也因為這邊的動靜將目光齊齊聚在她身上。

燙著大波浪捲的漂亮女人看著顧念之，揚起那畫得細緻的小挑眉，「這位就是任律師的女朋友？」

任平生含笑看著顧念之，「嗯，這就是我的愛人。」

顧念之好不容易恢復的平衡感再次陷落，這回沒能堅持住，七公分的細長鞋跟無力支撐她的傾倒，顧念之腿一軟，往下跌落。

就在她身體下墜的同時，任平生眼明手快地上前拉住，藉著力道順勢將她帶到自己懷裡。

「寶貝，下次別穿高跟鞋了，跌倒了我心疼。」任平生一隻手環住她的腰，靠在她耳邊輕輕低喃，聲音雖不大，卻正好能讓旁人聽清。

顧念之無語，您還挺入戲的是吧？

她一個能穿著七公分細高跟跑八百米的女人，若不是因為這狗男人的言語衝擊，她至於這麼狼狽嗎？

顧念之深吸了一口氣，壓下幾欲爆發的不滿，借他施力站直身子，一臉冷漠想掙開他。

任平生眼尾勾起一抹笑意，順從地放開了她。

漂亮女人看著兩人的互動，環臂靠著牆，笑了一聲，「小姐脾氣可真好啊，放著自家男人在外跟別的女人調情，也沒有想要表示什麼。」

顧念之這會兒終於將目光掃向她，聽著她語氣中的夾槍帶棒，也彎了彎唇道：「畢竟面對您這種貨色，他大概也提不起勁幹點什麼，我也就不需要擔心了。」

就算任平生找死，但眼前這女人同樣不是什麼好東西，得不到就想挑撥離間，簡直跟她新書的其中一個女配角一樣令人不齒。何況她句句都往她身上刺，就算這禍是任平生惹出來的，但要不聲不響地被素昧平生的女人諷刺，依照她的性格，還真不會讓自己受到這種委屈。

漂亮女人臉色一青，正想說些什麼，包裡的手機卻正好響起，她一看來電顯示，面色瞬間一沉，接起電話後狠狠瞪了顧念之一眼，便扭著那纖細的身段離開。

顧念之望著那女人有氣卻不能發的背影，心情舒爽了不少，看了眼手錶，準備回去座位。在她提步的那一刻，身旁的任平生也笑著開口，「等等我啊，女朋友。」

男人沉沉的聲線抖落空氣的塵埃，揉進了七分笑意和三分輕佻捎到耳畔。

顧念之額際青筋一跳，沒有多加理會，逕自往前走。

豈料任平生卻跟了上來，與她並肩前行，「女朋友，我叫妳呢。」

顧念之眸色冷了幾分，斜他一眼，「誰是你女朋友了？」

「我就開個玩笑，別較真。」任平生笑的時候，眼型會彎成月牙狀，看著特別親人。然而在顧念之眼裡，她只覺得特別煩人。

「別跟著我了。」她蹙了蹙眉，不著痕跡避掉了他想搭上肩的手。

任平生不以為意，繼續跟著她走了幾步後，倏然停止了步伐。他站在原地凝視著顧念之漸漸離去的背影，目光卻聚焦在她的腳踝上。

果然。

只見女人的氣場依舊，走路姿勢也並無異狀，然而左腳的後腳踝卻有很明顯的一塊紅腫，浮在白嫩的膚色上顯得特別刺眼。

他想，都腫起來了，是要多會忍耐，才能使自己的走路姿態依然如常。

任平生收去散漫的姿態，在目送她進入餐敘現場之後，轉而搭電梯下樓到櫃檯服務處。

顧念之在回到座位後，餐敘也差不多到了尾聲，現場許多人正穿梭在各個席位中互相敬酒，她無心交際，便坐在位子上獨自喝茶。

冷泡茶的色澤清透，清爽解膩，冰涼的溫度散在舌尖，似乎也在無形中將她方才躁亂的心緒給捋平了皺痕。

身旁的柚子見她獨自高冷地喝著茶，一副生人勿近的模樣，猶豫了一下，終是怯生生地啟脣，「顧念之老師……」

沉浸在個人思緒中的顧念之，在對方叫了幾次後才回過神，淺淺往她的方向看了一眼，淡聲開口，「什麼事？」

柚子抿了抿脣，與先前開朗的模樣不同，此時小表情裡藏了幾分羞澀，遞出一本筆記本和筆，嗓音因為緊張而有些微弱，「老師……可不可以請妳，幫我簽個名……」

見她羞怯的樣子，顧念之覺得有些好笑，冷厲的眉眼柔和了些，像是初春的風被抹去了三分寒意，暖色鋪向人間。

她接過本子和簽字筆，在上頭簽了名。

字跡如人，清冽中帶著溫潤，犀利間摻著瀟灑。

柚子看著筆記本上的TO簽，內心不勝激動，開心地瘋狂道謝。

「行了，用不著那麼浮誇。」顧念之彎了彎脣，打發掉柚子後，繼續品茶。

千萬思緒雜揉，寫作的、美國的、家鄉的……所有思路纏成一團，和著些許疼痛。

方才在化妝室前拐了腳，一開始沒怎麼在意，久了卻感覺扭到的地方逐漸傳來灼熱的脹意，伴隨著時間的流動，痛感也愈來愈深。

而在這種情況下穿著高跟鞋，腳的傷勢只會更加嚴重。

顧念之心想等會可能要先去藥局買個藥膏或貼布，回家再冰敷一下，或許過幾天就會恢復了。

這才剛想完，肩膀卻突然被拍了一下，顧念之一向不喜與人肢體接觸，下意識皺了眉頭，幾秒後才恢復往常的沉靜，轉身看向來人。

「您好，請問是顧念之小姐嗎？」

眼前的女人穿著飯店的深藍色制服，手中的盤子放著藥膏和紗布，臉上掛著職業性的微笑，彬彬有禮。

顧念之看到這陣仗也有些錯愕，幾秒後才「嗯」了一聲。

「方才少爺到服務處說您的腳受傷了，因為他有急事必須立刻離開，於是請我們幫忙，替您的腳踝做一些簡單的應急處理。」

「沒關……」

服務人員低聲說了一句「失禮了」，便把她的左腳抬起來，開始進行包紮。

「小姐不用不好意思，讓客人有賓至如歸的感受，是我們飯店的宗旨，既然您在這裡受傷了，我們更沒有理由做不好。」服務人員一邊替她處理傷勢，一邊說道：「何況少爺說您是他的重要貴賓，那更要對您上心才行。」

顧念之表面一派鎮定，實際上卻聽得雲裡霧裡，愣愣地看著她幫自己消毒擦藥，半晌才開口，「我可以問一個問題嗎？」

「您請。」

「你們少爺是誰？」

服務人員估計也沒想到會是這個問題，懵了一下才回道：「任平生少爺。」

顧念之得到解答後更茫然了，想到方才在化妝室聽到的對話，疑惑道：「任平生不是律師？」

「是的，少爺他是律師，但他身為我們董事長的兒子，宴請賓客也常常在這裡，因此大家都對他很熟悉。」服務人員包紮好，收著醫療用品解釋道。

「原來。」顧念之點頭，表示理解了。

這任平生也是家大業大，難怪身上那股上流社會紈褲子弟的氣質這麼突出，想讓人不注意都難。不過能注意到她的腳傷確實敏銳，雖然追根究柢是因為他才會受傷，派人來替她處理傷勢倒也算細心。

顧念之聽著臺上主持人的收尾詞，想到任平生這人，心情難免有些微妙，但既然他在騷擾她的同時還懂得適時補救，那麼先前的恩怨就一筆勾銷吧。

反正不論有沒有勾銷，她都不想再與他有任何來往。

太煩、太騷、太浪蕩。

集所有她不喜歡的元素於一身，這人也是挺不容易。

餐敘結束之後，顧念之拖著痠疼的左腳走出飯店，正想攔一臺計程車回家，卻看到不遠處有一輛車搖下車窗，突然對著她招招手。

那臺車迴轉來到她的面前，顧念之這才看清駕駛人是顧清晨。

還在疑惑自家弟弟怎麼知道自己現在在這裡，顧清晨抬起下巴往副駕的方向點了點，「上來吧。」

她從善如流地上車。

「腳沒事嗎？」顧清晨目光往她腳上粗淺掃了掃，看到了纏著紗布的腳踝。

顧念之心裡的疑問更大了，忍不住開口，「你怎麼知道我在這裡？還知道我腳受傷？」

顧清晨神色平靜，輕飄飄看了她一眼，「任平生跟我說的。」

顧念之心下一動。

「他說妳腳受傷了不方便，再加上一個女孩子晚上搭計程車也有一定的風險，便讓我來載妳一程。」

顧念之張了張嘴，顧清晨似是看穿了她在想什麼，沉沉的嗓音順著夜色滾落，而她猶有疑問的話語瞬間被扼殺在喉頭。

「他知道妳不想見到他。」

顧念之花了幾天將回國後的相關事項都處理好，終於在國內正式安頓下來。身為一個全職作家，她不需要出外奔波找工作，也沒有固定的上班時間，每天就是待在家寫稿，時間上算是自由。

這天起床後，顧念之到廚房沖了一杯咖啡，隨後走去客廳，就著從窗外灑落的晨光將筆記型電腦掀開。

她抿了一口熱咖啡，打開資料夾將新書的設定叫出來。

新書的女主角是一名法醫，做著與死者打交道的嚴肅工作，下班脫下一身白袍後，也脫去了她的嚴謹制式，成了一個常常跑夜店酒吧的玩咖，周旋於無數男人之中，卻沒有真正要與誰安定的意思。

簡單來說，就是個渣女。

顧念之天生喜靜，大學時身邊的同學們都喜歡跑吧、夜唱，她卻無心於此，因此從來沒有去過這類場所。她上網查了一些關於夜店的資料，對裡頭的環境、狀態、活動等等有了基礎的了解，大概掌握這類場所的運作方式後，便打開新檔打算描寫一下練練手感。

日光從早晨的清透轉為午時的暖豔，修長的手指在黑色鍵盤上敲打，時不時停頓一下，光影於指骨間遊走。

刪刪打打揣摩了一陣，她覺得自己仍無法將這種聲色場所描摹好。

……果然還是要親自走一遭嗎？

顧念之起身將喝盡的咖啡杯拿起，一邊清洗杯子一邊想著。

儘管生理和心理上都排斥那種容易造成混亂的場所，但為了把故事寫好，還是得親自去體驗一下，才能將場景刻劃得寫實，而非破綻百出的膚淺描寫。

她琢磨了半晌，最後想說揀日不如撞日，乾脆就今天晚上去吧。

下午在一盞清茶與書頁中流轉而過，顧念之翻到散文集的最後一頁時，天色也已經暗了大半，儼然提取了書紙上印刷字體的墨，將天空染成一片黑。

她闔上書，煮了一碗清湯麵當做晚餐，簡單吃完後，便開始著裝打扮。

去夜店的女孩子大多穿得清涼，妝容更是妖豔濃重，顧念之沒打算走她們那條路，按照平常的穿衣風格，挑了件微透膚的黑色雪紡襯衫和前打摺西裝褲，大致打理好自己後便攔了臺計程車，前往方才在網路上查到T市評價最好的夜店。

一進到店裡，她就下意識地蹙起眉頭。

光線昏暗，背景音樂激烈而大聲，再加上湧動的人群，嘈雜聲似是要把這個空間填滿，耳膜充斥著各式各樣的音頻。

顧念之嘴脣抿成了一條平直的線，冷著一張臉走過舞池，陌生男女貼身而舞，沉浸在享樂間。

起先她只打算進來晃一圈，大致認識裡頭的情況，記錄下畫面後便離開。

後來卻想，來都來了，入場費也不便宜，乾脆找個角落待著，觀察坐落在繁華城市的這一隅。裡頭有沉淪的人們，透過強烈的音樂和昏暗光影包裹住自己的躁動，藉著肢體的解放紓解苦悶，用酒精調和夜色，吞掉這個厚重的夜晚。

指不定能帶給她什麼靈感呢。

雖然不常喝酒，但她仍是點了一杯調酒，走到一個僻暗卻能觀覽全景的角落，獨自淺酌。

周遭的喧鬧一波又一波砸來，顧念之被吵得頭疼了，打算拿出耳機戴上，卻發現常用的藍牙耳機沒帶出來，她心涼了涼，想著自己估計是注定要被噪音給折騰了，下一秒卻在包包的內袋裡摸到一捲有線耳機。

柳暗花明又一村。

像顧念之這種怕吵的人，通常會有好幾個備用耳機分散在各種背包裡，而這副大抵是之前買來放著的，以備不時之需。

例如現在。

她像是溺水的人找到浮木一般，趕緊將耳機戴上，隔絕身旁那幾欲將她滅頂的雜亂聲響。

然而儘管如願從噪音中脫身而出，她卻沒能如計畫般，安然在角落度過這個漫漫長夜。

顧念之其實不太明白，她都已經屏退於人群之外，找個偏僻的地方獨自窩著了，怎麼還有人能注意到並且來招惹她。

她看著眼前兩個高大的男人，一臉冷漠。

「親愛的，一個人喝酒多無聊啊？要不要來跟我們一起玩？」

「是啊，來這種地方怎麼能待在角落呢，要嗨啊美女！」

顧念之淡淡地掀起眼簾，面無表情道：「不需要。」

兩個男人見她無動於衷，便在她身旁坐下，一人一邊，剛好嚴實地將她包圍。

顧念之的煩躁感在看到他倆時便已持續上升，這下更是幾欲爆發，眉眼間冷冽生硬，眸底含著戾氣。

她原先在觀察舞池的動態，剛好有靈感滑過，正想捕捉的時候，卻硬生生被這兩個男人打斷。創作者最忌諱靈感思路被打擾，這下她也沒能按捺住脾氣，抬手按住其中一隻要搭上她肩的手掌，在男人以為是要與他親密肢體接觸的喜悅眸光中，施力將它往上扳。

顧念之年少時期學過空手道，手勁比起一般女人還來得大，男人的手被折得痛了，狼狽地叫出聲來。另一個男人見狀，連忙去拉開她的手。

顧念之無心與他們周旋，順勢將力道收了起來，男人的手脫逃而出。

黑暗中零散的碎光將她的五官勾勒出更深的輪廓，狹長的丹鳳眼彷彿收攬了刀光劍影的冷厲，下顎繃成一條尖銳的線。

她冷著眉目，低聲開口，「滾。」

女人眼底的寒意讓男人有一瞬間的怔忡，然而不過一瞬，他再次笑著啟脣，輕佻下流。

「都來夜店了還裝什麼清高。」男人的嗓音透著嘲諷，眼神不屑地上下打量著她，「這年頭已經不流行欲迎還拒的小白花了，大家喜歡的是會自己騎上來的，那才叫鮮明有個性，懂？」

聞言，顧念之的眸色又沉了幾分，心底盤算著要怎麼搞死眼前這兩個物化女性的異男。

多看一眼都嫌骯髒。

就在她正想做點什麼的時候，突然從身側傳來一道聲嗓，沉沉如黑夜深處的囈語，卻帶著慣有的一絲笑意，「你舌頭不想要了？」

那兩個男人頓時間都停止了動作，往旁邊一看，只見一名男子無骨似地斜靠在一旁的牆上，姿態散漫。

是任平生。

而在與顧念之對上目光之後，他輕輕勾了勾唇角，慢慢走過來。

優雅的，矜貴的，氣定神閒的。

「你誰啊？沒看到老子正在——」

豈料話還沒說完，另一名男子便迅速捂住他的嘴巴，急切喊道：「你他媽給我閉嘴，擦亮眼睛看看來的人是誰！」

他愣了一下，在看清楚走過來的那個人影時，所有囂張的氣焰像是被銀針刺破的氣球，瞬間煙消雲散，大氣都不敢喘一聲。

店裡的熱鬧歡騰依舊在進行著，然而在這個角落，頃刻間空氣似乎都停止了流動。

任平生走到兩個男人面前，「舌頭不想要了，嗯？」

他嘴邊勾起一抹弧度，乍看是在笑，眸底卻沒有半點笑意。

這男人平常嬉皮笑臉風流成性，看著脾氣好得不行，彷彿永遠不會動怒。

然而熟悉他的人都知道，這男人脾氣不算好，一雙桃花眼乍看之下盛滿笑意，一旦被冒犯了便會斂起一張臉，脣邊卻依然掛著那似有若無的弧度。

而在人前始終笑著的他，回頭一轉眼，便會找人弄死對方。

「任、任……」方才開口嘲諷的那個男人，此時畏縮得很，連聲線都是顫抖的。

而另一個男人，自然也是目光游移，正眼都不敢瞧上一眼，挺著一副壯碩的身子，卻只想盡量降低自己的存在感。

聽說上回惹到任平生的人，過沒幾天就被公司開掉，並且列為拒絕往來戶。

雖是小道消息無法證實是否為真，但依照他的性格和背後那家大業大的定風集團，好像也不是不可能。

任平生的能力在法律圈中是公認的好，再加上國內知名定風集團太子爺身分的加成，雖不像一線明星走出去人人都認識，卻也多少有點知名度，兩個男人會認出來確實不意外。

但出名的原因不只是因為業務能力，更是那出眾的顏值，在某一次陪同父親參加集團晚會的時候，記者拍下的一張照上了熱搜，於是莫名其妙出名了。

尤其那一雙桃花眼只輕輕一挑，便能勾得人神魂顛倒，甚至不少女人見了他精緻的面容都自嘆不如。

「怎麼？不敢說話了？」妖孽似笑非笑，凝視著他倆的眸光卻銳利如刃，「方才騷擾人家的氣勢呢？不是還挺囂張？帶著你那男性沙文主義的噁心優越感，將女性物化成一項玩物，挺自傲的是吧？」

任平生嗤笑了一聲，向前走了幾步，而兩個男人下意識地往後退，卻同時撞到了一堵肉牆。

他倆戰戰兢兢地往後看去，只見兩名高大魁梧的黑衣男子，正居高臨下地盯著自己，嚴實地攔住了他們的退路，兩人抖得更厲害了。

「玩樂講求的是你情我願，沒有誰凌駕於誰之上，更沒有哪個性別尊貴於其他性別。」

任平生掀起眼簾，散散漫漫掃過兩人的臉和對方身後的黑衣男子，揮了揮手，「可以滾了。」

兩個男人眨眼間便被保安帶出去了。

而身為當事人之一的顧念之，在任平生一開口後，便自然而然地往後退，倚著牆看完這齣戲。

等到兩個男人從視野中褪去後，顧念之拿出隨身攜帶的筆記本和筆，翻開空白頁，開始在上頭寫寫畫畫。

任平生一回頭就見她事不關己地做著自己的事，他嘴角抽了抽，大步流星朝她走去。

「保安妳叫的？」

「嗯。」顧念之冷淡開口，「這兩人太煩了，剛才看到經過的服務生直接讓他叫保安來了，反正騷擾女性這行為，就算是在這種歡樂場也是不允許的，總是得你情我願吧。」

任平生笑了笑，「妳還挺淡定。」

顧念之的筆依舊在筆記本上飛舞著，她頭也不抬地回道：「是要多慌張？不過就兩個死男人。」

任平生嘴邊的笑意更大了。

以往遇見的女孩子遭逢這種事時總是嚇得花容失色，這人倒是冷靜得像是個旁觀者，彷彿受到威脅的不是自己。

任平生仔細地打量著眼前的女人，半晌後啟唇，「幫妳弄走騷擾對象，不感動一下？」

顧念之微微側首，男人的面容恢復成平時吊兒郎當的模樣，嘴角仍舊勾著笑意，五光十色的碎光打在他俊逸的臉上，鋪出一層斑駁。

「你不來我也能弄死他們。」她平淡道，面色毫無波瀾。

任平生皮笑肉不笑。

「但還是謝謝。」顧念之見他一臉鬱悶，又良心發現地補了一句。

看她那副泰山崩於前而色不變的姿態，任平生覺得還挺有趣，好心情地彎了彎唇，接著目光落向她手中的筆記本，「妳在做什麼？」

顧念之順著他的視線看向筆記本上的那幾行字，「記錄他們的形象。」

「誰的形象？」

「剛剛那兩個。」

任平生不解，「妳記錄他們的形象幹麼？」

顧念之邊寫邊回道：「寫進書裡。」

「寫進書裡？」

任平生是知道顧念之在寫書的，很早之前，他便從顧清晨那裡得知他的雙胞胎姊姊是一名全職作家，寫的書甚至常駐暢銷榜。但他不解的是，那兩個不尊重女性的垃圾有什麼值得寫進書裡，怕不是只會玷汙她的文字。

他的疑問落下之時，顧念之正好寫下最後一個字，水性筆的墨跡劃出一撇凌厲，她闔上筆記本，面無表情地望向他。

「嗯，用他們的形象創造兩個與案件有關的角色。」

光影明明滅滅，她半張臉隱沒在晦暗中，眸色冰冷地勾了勾脣，「一起被做成鞣屍。」

任平生第一次看到她笑，雖是沒什麼情緒的冷笑，甚至在光影的參差下帶了絲詭譎的邪氣，但他仍是分心多看了幾眼，眼底悄悄生了點興味，隨手向經過的服務生要來兩杯調酒。

任平生從服務生手裡接過後，轉而將其中一杯遞給她，「有幸在這裡相逢也是難得，不如我們喝一杯？」

「當律師的都很閒？」顧念之沒接過，淡淡瞟了他一眼。

任平生見她不領情，倒也不怎麼在意，把它還給服務生後，啜了自己手中的酒一口，「還行，因人而異。」

他笑了笑，傾身對上她眉眼，顧念之被他驟然的靠近驚了一跳，表面上卻依然不動聲色。

「做什麼。」她冷靜地對上他帶著細碎笑意的眸光。

「對於某些人，那是一天四十八小時也不會有空。」任平生狹長的眼尾生動，似是從花瓣中採了一碗清露染於其中，春意滿目，笑得勾人，「但對於妳這種擁有好看皮囊的有趣靈魂，就算一天只有十二小時，我都能抽出二十四小時的精力來跟妳玩。」

顧念之最看不慣這種浪蕩的人，在自己的圈子盡興就算了，反正彼此井水不犯河水，此人卻偏要來招惹。她下意識地蹙起眉，正想推開他的時候，掛在耳上的耳機線卻突然被一道拉力扯去。

只見那節骨分明的手指輕輕勾起一邊垂落的耳機，顧念之這才發現自己左邊的耳機不知道什麼時候掉了。

方才那一陣混亂，平息之後又與任平生說了好一段時間的話，她完全沒注意到一邊的耳朵早已空空如也。

任平生見她愣了愣，似是被娛樂到了，原先想把耳機塞回她耳裡，手上的動作卻突然在半空中打了一個彎，轉而往下。

「顧老師，在這種地方戴著耳機，妳音樂是要開多大聲？」最終他把耳機放進她胸前的口袋，提醒了一句，「很傷耳朵的。」

男人的氣息如流雲一般湧過，餘下一點殘留在左胸。周遭紙醉金迷，顧念之一時間分不清滾燙的是他指尖的溫度，還是自己在這沸騰的浮華氛圍下因而產生的燥熱。

又是那種感覺，很煩。

不過幾秒，她便恢復鎮定。

任平生見她冷了神色，也知自己此番行為對於她來說是有些踰矩，為了避免她發難，他很適宜地轉移了話題。

「對了，妳不像是會來這種地方的人，今天是什麼風把顧大作家吹來了？」

顧念之面無表情地看了他一眼，把另一邊耳機也摘下來，關掉手機的音樂播放器，抽出置於左胸口袋的耳機，將兩條線併攏捲好，一套動作行雲流水，一如她始終從容不迫的冷然。

把耳機收好之後，她才不疾不徐地啟唇，「取材。」

見他眼底猶有惑色，不待他開口，便繼續道：「新書女主常跑聲色場所，為了描摹好，我必須親自來體會一趟。」

語聲落下，顧念之也不知道自己為何要與他說這麼多，他又不懂。

然而話都說出口了，也不像放出去的吊繩還能收回來，她只能暗自懊惱又給他發展了新的話題。

果不其然，任平生饒有興致地問：「女主角是什麼職業？」

「法醫。」

顧念之回答的同時也在收拾東西，準備離開。

心底深處有個聲音隱隱約約在告訴她，不能離這個男人太近。

見她拎起包包要往門口走去，任平生也看出了她的躁意，目光淺淺滑過她繃緊的下顎線，玩味心起。

他假裝沒注意到她堅決的去意，若無其事地擋住了她的行進路線，「那男主角呢？」

「……律師。」

「喲。」任平生挑了挑眉，吊兒郎當地吹了一聲口哨，指了指自己，「現成的設定參考在這裡，隨妳挪用。」

顧念之無語，這人也是真不要臉。

「他比你有涵養多了。」顧念之斜了他一眼，毫不留情。

任平生不以為意，依舊笑得風情萬種，「那可不一定。」

顧念之心下的煩躁感愈來愈重，這下也看出了他是故意攔住自己，她掀了掀眼簾，踩著高跟鞋往另一個方向走去。

任平生望著她挺直的背影，終是斂起了神色，目光滯留在她的腳踝上，走路狀態毫無異常，看來腳傷是好了不少。

他又想起了她高傲冷厲，不流世俗的清淡眉眼。

方才場上五光十色，煙火喧囂，也只是徒留她毫無情緒的一句——

「任律師，我們後會無期。」

二、像是接住了自己

之後的一個月，顧念之再也沒有見過任平生，甚至都快要把這個人給忘了。

為了籌備新作品，只要沒有太重大的事情需要處理，她一向都是閉關寫稿，直到存稿到達一定的程度，才會開始進行網路連載，因此這陣子的她幾乎是處於與世隔絕的狀態。

直到有一天寫到了一則案件，其中關於法律的細項需要釐清，這才突然想到了任平生。

顧念之雖是言情小說作者，但作品風格一向摻雜了懸疑與推理元素，這回也不例外。

故事便是由一具暴露荒野的屍體拉開序幕，沒有人知道這具屍體是誰、怎麼死的，警方調查了一陣子也毫無重大的進展。

彼時的顧念之正寫到一件家暴案，看似只是一般的家暴案，警方卻在受虐的孩子身上找出一連串的疑點，而這些疑點隱隱約約似乎與一開始的無名屍體有所關聯。

身為律師的男主角，勢必要對這件家暴案有一定的介入，才能釐清其中的關係，進而為他的當事人做出有效且正確的辯護。

然而顧念之不是法律專業，遇到有些關於法律深層面的問題，她沒有辦法適宜拿捏，因此需要一名對於法律十分熟悉的專業人士以供她諮詢，避免寫稿的時候出現BUG。

顧念之在鍵盤上飛躍的手指滯了滯，接著抿了一口冰美式，目光定在電腦螢幕上的「法律」兩個字，彷彿與那黑色新細明體黏著一般，眼神久久沒有移開。

但她……不是很想求助於任平生。

並非拉不下臉請求他幫忙，而是不想與這號人物再沾上關係。

很快的，她又想到了顧清晨。

當顧清晨的面容從腦海中一晃而過時，顧念之這才豁然開朗。

對呀，自家雙胞胎弟弟就是法律系副教授，對於法律方面的問題肯定得心應手，她怎麼沒有在第一時間想到他呢？

顧念之整理了幾個需要釐清的部分，打算一併詢問顧清晨。

顧念之：有空了跟我說一聲。

她的訊息這才剛發出去，對方下一秒就回覆了。

顧清晨：沒空。

簡短的兩個字加上一個句號，一貫的清冷與疏離。這就是她弟弟，連身為親生姊姊的她都沒能倖免於難。

顧念之挑了挑眉，並沒有要心甘情願接受這個訊息的意思，畢竟以她對顧清晨的了解，他大約有八成的機率是有空的。

顧念之：有法律相關的東西要問你，寫文需要。

這回顧清晨就沒有秒回了，顧念之也不怎麼理會，發完訊息後便繼續做自己的事，直到睡前重新打開手機，才發現他在半個小時前回覆了。

她凝視著對話框中那個言簡意賅的「傳過來」，便將問題傳過去。

大約兩三分鐘後，顧念之便接到了顧清晨打來的電話。

她就著床頭櫃上的小夜燈，在昏黃的光線中與自家弟弟探討法律問題，討論了將近兩個小時，將其中的關係搞清楚之後，顧念之收獲良多，和顧清晨道了聲謝。

卻在掛電話前一刻，聽見對面傳來一聲低沉的「等等」。

「怎麼了？」顧念之疑惑，依照顧清晨的習慣，往往都是說掛就掛的果斷性子，怎麼這回還有話？

「最近要帶一批學生的專題研究，大概沒什麼時間，沒辦法很即時回覆妳。」他淡淡啟唇，語聲清冷，「如果還有法律相關的問題，妳可以去問任平生。」

見她沒有反應，顧清晨頓了頓，又道：「記得任平生是誰？」

「嗯。」顧念之斂起眉目，應了一聲。

「我等一下把他的聯絡資訊傳給妳。」

「不用」兩個字呼之欲出，卻又臨陣卡在了喉頭，顧念之滯了滯，這才應道：「好。」

儘管任平生的磁場與她不怎麼相合，但為了寫好故事，她可以忍受一些合理的不適，如同上次去夜店一樣。

這麼一想，顧念之對於任平生的排斥感便沒有那麼強烈了，畢竟他雖然紈褲，但身為一個名牌律師，那些優良評價不全然是空穴來風，必然有他的專業所在。

窗外的夜色濃重，凌晨兩點半的月光虛浮而清白，透過雲層打在了窗上，畫出一方光圈。

顧念之關掉手機屏幕，目光於那圈月色上停留了幾秒，忽然想起在美國的時候，曾經一個人在晚上的街巷浪遊。

那晚的月光也是同樣飄渺，而那晚遇到的少年，像是一個落魄的靈魂，被夾在夜晚這本書中，印成了一枚書籤。

她無從得知那個滿身傷痕的少年最後怎麼樣了，也不知怎麼突然就想起了這件事，明明已經事隔十來年，這則回憶卻驀然從記憶的洪流中躍然而上，成為她今晚睡前的小夜曲。

顧念之關掉夜燈，暈黃在一瞬間熄滅，窗臺上的小月亮顯得更為清透，她枕著月色入睡。

午後下起瓢潑大雨，水色盈滿了整座城市，灰濛濛的一片。

顧念之寫完了今天的稿子進度，大致校稿過一遍確認後，存檔闔上筆電。

連續寫了一下午的稿子，有些餓了。

她見窗外傾倒的雨勢似乎沒有要停的意思，心想大抵又要叫外賣了，這種天氣總能輕易把出門的慾望澆熄大半。

豈料打開外賣APP，卻發現自己想吃的那家咖哩飯今天公休。

顧念之微蹙眉，APP滑了十幾分鐘，也不見其他想吃的東西。

她嘆了一口氣，心想還是去樓下的超商買點東西當作晚餐吧。

隨意套了件駝色針織長衫，拿起放在玄關櫃子上的零錢包，便開門下了樓。

因為超商就在大樓樓下，顧念之為求方便常常光顧，熟門熟路地走到了最裡頭的冰箱，架上的食物顯然剛補完貨，琳琅滿目躺在那任君挑選。

顧念之先去飲料區拿了一瓶她鍾愛的雞蛋豆乳，接著眼神在架上掃了一圈，最後挑了個包裝上寫著「新發售」的燒肉飯糰。

就在她要伸手去拿的那一刻，身後卻有一陣暖風裹上，手腕突然被抓住，顧念之身子僵了僵，目光定在那隻扣住自己的手，修長而白皙，關節處有著恰到好處的突起，彷彿是上天精心雕琢的一件藝術品。

她眸色一沉，正想轉過身看看來者，卻感覺到耳畔有聲息拂過，一把含著笑意的溫沉嗓音說道：「這個不推薦，換一個吧。」

顧念之眉頭深深摺起，這聲音半是陌生半是熟悉。

果然，一側首就看到那一個多月不見的男人，正挑著眼尾笑望著她，「顧老師，好久不見。」

顧念之捕捉到他眼底隱隱跳動的愉悅分子，眉間的褶皺更深了，「放手。」

聞聲，任平生這才將目光移向她被自己攥住的手，停留了三秒，放開了她。那模樣還挺依依不捨。

「抱歉。」他語調有禮，眸裡卻沒有半點誠意。

顧念之沒有理他，逕自去拿方才那個燒肉飯糰。

「哎——」任平生見狀又想去阻攔她，卻在對方一記眼風掃過來之後，悻悻然收回了手。

「這真的不好吃，我認真的。」他滿目真誠，與先前吊兒郎當的模樣大相逕庭，「我在吃的方面不會開玩笑，妳相信我。」

顧念之冷冷地瞟了他一眼，手上的動作卻停住了，「怎麼不好吃了？」

「米飯的部分太硬，雖然叫做燒肉飯糰，裡面的肉卻沒多少，主推的特製醬汁有跟沒有一樣，沒什麼味道。」任平生很認真地點評，「這樣一個賣四十三塊，CP值太低了。」

顧念之有些猶豫，不知道該相信他的話，還是遵從本心，她決定轉移話題，「你怎麼會在這裡？」

「正好經過，買杯咖啡。妳呢？」

「買晚餐。」顧念之眼睫微斂，想到他剛才阻止自己買那個飯糰的認真模樣，決定暫時相信他一次，轉而去尋找別的餐點。

最後她挑了個泡菜飯捲，與豆乳一併拿去結帳。

出了便利商店後，顧念之這才想到身邊還有一個人。

任平生抿了一口咖啡，下巴朝大樓正門點了點，「大作家住在這？」

「嗯。」顧念之平淡應道：「再見。」

任平生卻沒有回答，只是勾了勾唇角，「正好，我也要上樓拿個資料。」

聞言，顧念之腳步一滯，奇怪地看向他，「任律師也住在這？」

「嗯。」

「你不是住在——」她想到上回從機場回來時，任平生蹭了個順風車的事，當時顧清晨先把任平生載回家，她明明記得他倆不是住在同一個社區。

「啊。」任平生看出她的不解，於是很好心地替她解答，「我有很多套房子。」

顧念之無語，貧窮限制了她的想像。

T市身為核心都市，房價物價本就比其他城市還要高，這裡又是中心地段，寸土寸金，一間套房的價錢更是驚人。

而任平生這傢伙……算了，再想下去，她又要仇富了。

顧念之點點頭，表示明白了。

於是一男一女前後上了電梯，直到她發現兩人的樓層似乎是同一層，才開始覺得不太妙……

三十秒後，顧念之面無表情，看著任平生將鑰匙插入她隔壁那間房的鎖孔，轉了幾下，順利地打開了。

「顧老師，好巧啊，沒想到我們是鄰居呢。」任平生瞇了瞇眼，尾音有意無意地打了一個捲兒，無形間在人的心尖勾了點酥癢。

顧念之深吸一口氣，想要平復一下自己的精神衝擊，「……既然是鄰居，之前怎麼沒見過你。」

「啊，因為我上個月去外地出差，再加上平常住的是另一套房，因此很少來這。」任平生彎了彎眉眼，望著眼前女人錯愕又煩躁的模樣，心情意外的美麗。

「不過……」他聲線溫潤，帶著與眼尾相合的笑意，一步一步走向她，「既然隔壁住了顧老師妳……」

顧念之警惕地瞪了他一眼，任平生無視她的警告，依舊從容踏步前行。

最後他在距離她三步遠的地方停下，一向蘊著風流的眼瞳，此時似是浸了走道上暖黃的燈光，顯得格外溫和。

「看來我以後，該常常回來了呢。」

聞言，顧念之凝視著眼前的男人，眉眼一斂，碎光染上纖長的睫毛，顫巍巍的。

她目光在光滑的大理石地板上游移了幾下，最終也只是輕輕吐出三個字，「任律師。」

「嗯？」任平生望著她，眸底興味翻湧。

顧念之抬眼，直直望進他的眼瞳深處，如同她說出口的話語沒有半點遮掩，「你喜歡我嗎？」

光影跌落髮梢，走廊上的暖黃似是在無形之中模糊了聲線，淡冷的音調此時顯得有些溫暾，而她眉目間的銳利也順勢被消磨了不少。

一向高冷疏離的女人突然收起了鋒利的氣焰，只是平靜溫和地拋出一個問句，饒是任平生平日周旋於各種場合和女人香之中，對於人與人之間的交往向來得心應手，這下也不禁有一瞬間的怔忡。

顧念之的氣質太過冷傲，彷彿對世事毫無關心，唯一關注的只有自己在寫作上的經驗與成就，連想要親近都沒有突破口。任平生以為她始終站在自我中心的頂端睥睨眾生，從來沒有想過會從她口中聽到「喜歡」這兩個字。

彷彿沾上了煙火氣，突然就有了凡人的靈魂與溫度。

任平生對上她的眼瞳，沒有表示。

顧念之勾了勾脣，朝他向前幾步，最終與他僅僅相隔著幾公分。

捕捉到他眼底一閃即逝的錯愕，她嘴邊的弧度更大了，語聲清切，「任律師，你喜歡我嗎？」

任平生挑眉，想要探究眼前人眸底的情緒，卻只是看到了一片死寂的黑。

「喜歡啊。」任平生眼底漫了些許笑意，神態矜貴又風流，「怎麼不喜歡。」

顧念之輕笑一聲，微微傾身與他拉近距離，「任律師，你是不是覺得我這樣的人沒談過戀愛，情感經驗匱乏？」

任平生可以看清她保養得宜的細膩肌膚，還沒從她出乎意料的接近中回過神來，就聽見她繼續道：「很可惜，要讓你失望了呢。我不想約炮，也不想被包養——」

她輕輕踮起腳尖，在任平生稍帶疑惑的目光下，湊到他的耳畔，低聲呢喃，「更沒有時間陪你玩無聊的戀人遊戲。」

女人淡冷又溫熱的氣息撲面而來，任平生愣了一下，在理解她話語中的意思之後，眼底的笑意卻更盛，有如春水漫過花季，豐盈了鶯飛草長。

他順手環住她的腰，腰間溫厚的觸感撫上，顧念之心下一顫，面上卻依然不為所動。

「親愛的顧老師……既然不想玩戀人遊戲，那您對寫作諮詢有興趣嗎？」

語畢，他還惡趣味地用指腹在她的腰窩磨了磨，一下、兩下、三下……

顧念之眉頭一蹙，右手繞到腰間移開他，打斷這不合宜的親暱舉動。

她拉開與他之間的距離，面色又恢復成平日的淡然，「顧清晨跟你說了？」

「嗯。」任平生收回手，漫不經心。

「那請問任律師願意成為我的諮詢對象嗎？」顧念之心裡一邊將顧清晨逕自聯絡任平生的事記上小本本，一邊向他提出請求，「我知道你這種王牌律師都很忙，我平常不會打擾你，只有寫到與法律相關問題無法釐清的時候，才會向你詢問。」

任平生依然彎著那雙勾人的桃花眼，習慣性地轉了轉錶帶，笑意中透了一絲絲無奈，「妳一直都這麼拘謹嗎？」

顧念之不置可否，「這是禮貌。」

「行。」散漫習慣的任平生對於她的行為同樣不予置評，決定放棄與她辯駁，轉移話題，「聽說妳最近在寫家暴案？」

「嗯。」顧念之不鹹不淡地應了一聲，以同樣的語調反問：「聽說你有資助一個家暴受虐的孩子？」

聞言，任平生愣了一下，不過一瞬又恢復笑容。

這人看似淡泊，骨子裡的強勢倒也不容小覷。

「是，顧清晨連這個都跟妳說了？」

「嗯，他說你雖然又騷又浪，但還是挺善良的一個人。」

任平生聽到「又騷又浪」幾個字，抽了抽嘴角，「……我謝謝他。」

「總之謝謝任律師了，如果有事情我會再與你聯繫。」顧念之向他頷首，隨即就要轉身進屋。

「嗯，過幾天我要去看看那個孩子，妳要一起嗎？」

聞聲，顧念之腳步一頓，過了半晌才反應過來「那個孩子」指的是誰。

「可以嗎？不會太麻煩？」她又想了想「那個孩子」的心理狀態，「他會不會害怕見到外人？」

「沒事，他不太怕生，就是有些靦腆而已。」任平生不以為意，「跟他說妳是我朋友就好。」

「那……再請任律師將時間地點發給我了。」顧念之遲疑了一會，為了能更寫實地還原角色的心理背景，終是答應下來。

「小事。」任平生道，尾音舒緩含笑，「晚安了，我親愛的顧念之老師。」

顧念之還來不及表現出嫌棄，就聽到他又出了聲。

「對了。」臨走之前，他驀然轉回身子，朝她打了個響指，「不用怕我太忙給我造成麻煩，有問題就問。」

他拋去一個媚眼，勾人無限，「我巴不得妳常常來打擾。」

平新鎮。

車子停在一幢舊公寓門口，顧念之隨著任平生下車。

平新鎮位於T市外圍，屬於T市的衛星城鎮之一，相較於大城市中心的繁榮，邊陲城市多是住宅區，商業機能也未像核心都市那樣繁華，整體的步調稍微緩慢一些。

今天一大早家裡的門鈴便應聲響起，顧念之打開門才發現是任平生，眼前人一身西裝革履，文質彬彬。

「早安，顧老師。」他彎著那招牌桃花眼，語聲溫潤。

顧念之剛起床還有些恍神，愣了一下才道：「我們不是約地鐵平新站？」

「我出門前想了想，覺得還是開車一起去效率比較高。」任平生轉了轉手上的車鑰匙，「妳慢慢來，我在外面等。」

「行，我再五分鐘就好了，你就在外面等吧。」

語畢，顧念之「砰」的一聲把大門關上，回頭去整理出門的包包。

任平生無言以對，正常來說這不是客套話嗎？一般還是會請客人進屋等待吧？這女人還真的讓他在外面等？

任平生一口氣堵在胸膛，盯著門板沉默了一陣，也覺得挺好笑，那股氣便隨之消散了。畢竟活了快三十年，他還從未遇過「個人風格」如此強烈的女人。

五分鐘後，顧念之準時出門，隨著任平生到地下停車場，上了他的車。這天是平日，車程順暢，不到半小時就抵達平新鎮。

「那孩子住這裡？」她打量了一下眼前的建築，壁色斑駁，目測下來每層樓兩套房，然而一套房的格局似乎也不大，老舊氣息撲面而來，裹著今日的陰雨，似乎挾帶了些潮溼的霉味。

「嗯。」感受到她隱隱約約的驚訝，任平生應了一聲，打開大門上樓，「他父親賭博欠債，一旦輸錢就酗酒打孩子發洩，家境不可能多好。」

細小的摺痕攀上她眉間，兩人爬樓梯前往六樓，陳舊的氣味漫上肌膚，顧念之不動聲色地掃過牆上脫落的油漆碎片，來到了那孩子的家。

門鈴響了幾分鐘後，才終於有人來應門。

眼前的少年約莫十五歲左右，身上穿著褪色的綠色T恤，拄著枴杖艱難地開門。

「小禾早安。」任平生柔聲向孩子打了招呼。

「哥哥早安。」少年有禮貌地回覆，接著看到他身後的顧念之，眼底隨即被細小的疑惑爬滿。

任平生察覺到他的無措，溫聲道：「這是我朋友，叫她顧姊姊就好。」

「顧姊姊好。」

「你好。」顧念之很少被叫姊姊，心理上不知怎麼的有些彆扭，面色卻仍是平靜，只淡淡地回答。

任平生見少年似乎有些緊繃，便笑道：「她人很好，只是習慣性冷著臉，不用緊張。」

顧念之往他的方向瞟了一眼，沒有說話。

小禾邀請他們在客廳的沙發坐下，便想去廚房倒水，任平生察覺了他的意圖，顧慮到他行動不便，將人攔了下來。

「沒關係，我們有帶咖啡，你好好坐著休息。」

顧念之見少年仍有些猶疑，便啟唇，「沒事，你就坐著吧。」

小禾不安地看了一眼面色冷淡的姊姊，猶豫了三秒終於選擇坐下。

「最近還好嗎？」任平生問。

「還可以。」小禾回答，看了一眼自己打了厚重石膏的腿，「腳也沒有之前那麼痛了，醫生說大概一個月後能拆石膏。」

「那就好，但你還是要小心行動，不要讓傷口又惡化。」任平生抿了一口黑咖啡，苦澀在舌尖蔓延，待那味道緩緩褪去後，他又開口問道：「錢還夠用嗎？」

小禾點點頭，「夠用的，謝謝哥哥。隔壁的蔡阿姨也對我很好，有時候會邀請我去他們家吃晚餐，真的很謝謝你們的幫助。」

「不要為了省那點錢餓肚子啊。」任平生看著少年清瘦的身板，終是忍不住說道：「多吃點才會健康，生活費用完就跟我說一聲。」

「可是……」

「不用可是了。」見小禾還想說點什麼，任平生直接打斷他，半是開玩笑地道：「我什麼最多你還不清楚嗎？」

小禾眨了眨眼，半晌才反應過來，「好的……謝謝哥哥……」

顧念之見少年微垂著頭，聲音隱隱藏著哽咽，一時間有些心疼。

然而待他重新抬首後，她卻在他眼裡看到了堅毅。

「哥哥，等我傷好了，我一定會努力讀書考上一流的學校，成為厲害的人，進入厲害的公司工作，回報你的恩情。」

聞言，任平生也沒跟一個孩子客套，只是笑道：「好啊，等我們小禾成為厲害的人來回報我，我下半輩子就靠你養了啊。」

顧念之瞅了他一眼，見他面不改色地說出這番話，一時間有些哭笑不得，「你要不要臉？」

「哪裡不要臉了？這麼好看的一張臉就在妳面前，妳是不是該預約眼科了？」任平生挑了挑眉，接著湊到她跟前，距離不過幾公分，「來，給妳仔細看看。」

顧念之伸出食指按住他的額頭，面色平靜地將他推離自身。

「哎……」任平生一臉苦大仇深，立馬轉向對面的少年，「小禾，你說是不是？」

「啊？」小禾懵了懵，見他指著自己的面容，這才意識過來，連忙點頭，「對，哥哥是我見過長得最好看的人。」

顧念之見他呆愣著還不忘為任平生辯護的模樣，莫名覺得有些可愛，忍俊不禁，「行吧。」

離開舊公寓後，顧念之回憶起小禾和任平生談笑的模樣，只覺得有說不清的溫馨和……悲傷。

當時她坐在一旁看著他倆聊天，不知怎麼的覺得兩人有一種雷同的氣質，明明一個是身處上流社會的富二代律師，一個是遭受家暴有著不幸身世的少年，照理來說應該會是天差地遠的兩個人，她卻意外地感知到了他們靈魂深處的共鳴。

顧念之覺得自己魔怔了。

她又不是他們，共鳴個鬼……

可是任平生和小禾講話時偶爾停頓的空洞，以及斂下眼睫後時不時流露出的深沉，都與平常風騷幹練的他有些不同，讓她無法輕易忽視。

不過，也許是任平生這個人特別容易共情吧，就像顧清晨說的，他雖然放蕩不羈，但其實是個善良的人。

上了副駕，顧念之兀自沉思，直到身旁的人出聲，才將她從思緒中拉出來。

「妳這週日有空嗎？」任平生目光平直地望向前方，狀作無意問道。

顧念之輕描淡寫地看了他一眼，直接了當，「沒空。」

任平生似乎毫不意外會收到這樣的回答，他扯了扯唇角，輕聲笑道：「不跟我去登山健行一下？」

聞聲，顧念之挑了挑眉，將視線從人行道邊的一叢花樹移到他身上，「你？登山健行？」

「我們事務所的員工旅遊約去山上的小木屋露營。」任平生餘光瞥見她那沒有任何修飾的懷疑，抽了抽嘴角，「妳是不是覺得我除了工作，其餘時間都在泡吧玩樂？」

「是。」這回依然沒有拐彎抹角。

任平生深吸了一口氣，皮笑肉不笑，「顧老師，看來您對我有很大的誤會啊。」

「沒有深入相處，有誤會是很正常的。」顧念之不以為意。

任平生覺得挺神奇的，這女人總是能把任何理虧的立場轉化成理直氣壯的模樣，偏偏說出來的話還真的挺有道理，讓人一時間無法反駁。

雖說他身為律師，能言善道近乎成了本能，然而每次遇上她，他的這項長處便常常沒有用武之地。

他擱在方向盤上的手指無聲地敲了敲，眼底興味翻湧。

「顧老師說的是。」任平生笑，「就像妳說的，人總是要深入相處才會了解彼此，所以妳是不是該跟我一起去爬山了？」

顧念之無語，您也真會融會貫通兩相連結。

「可惜我不是很想了解你。」

車子平穩行駛，正好遇到了紅燈，任平生踩剎車停下，側首望向她，「但我很想了解妳，怎麼辦？」

「沒怎麼辦。」

顧念之不緊不慢地對上他的雙眸，語聲清冷，「我勸你放棄。」

任平生氣笑了。

「對了，為什麼會想資助小禾啊？」回市區的路上，顧念之百無聊賴地把玩自己的手指，半晌突然開口道。

任平生本是專注地看著前方開車，聞聲後瞥了她一眼，淡淡道：「沒什麼。」

顧念之挑了挑眉，明顯不相信，「看著就是有什麼。」

任平生眼神直視前方路況，不用轉頭都知道此時她臉上肯定是一貫的冷嘲，他扯著唇笑道：「我跟妳說就是了。」

或許連他自己也沒注意到，這句話聽著再平常不過，卻是莫名含了幾分無奈的寵溺。

任平生的思緒久違地飄回那年冬天的夜晚。

「有一回因為委託人的關係，我來到平新鎮處理一些事情，結束工作後已經是晚上九點多了，回家的路上先到便利商店買個麵包墊肚子，結果出來後就遇到了那孩子。」

他還記得那是寒流來的第一天，溫度下探到十二度，當時的小禾卻只穿著一件薄薄的長袖制服，隻身坐在便利商店門口旁的角落，縮著身子顫抖。

任平生買完東西一出來便被他嚇到了，見這孩子冷到身體直發顫，他連忙蹲下身拍拍他，「同學，你還好嗎？」

小禾也被他突然的出聲驚了一跳，緩慢地把埋在膝蓋中的頭抬起來。

那張稚嫩的臉被凍得慘白，連嘴唇都微微發紫。

任平生二話不說把自己身上的羽絨外套脫下來披在他身上，並將他拉起來帶到便利商店裡頭。

小禾被這陌生男人拉得有些錯愕，但因為冷到腦子無法思考，便呆愣著同他進了便利商店。

「外面這麼冷，你怎麼不待在店裡？至少暖和一些。」角落剛好有一個空桌，一坐下來，任平生便擔憂地問道。

「店、店員姊姊……說……我沒有消費……不要、不要霸佔店裡……的位子……」小禾連牙齒都冷到顫抖，說話十分不利索。

「哎……」任平生往櫃檯正在滑手機的女店員看了一眼，又將視線收回來，「你叫什麼名字？這麼晚了為什麼不回家？尤其今天這麼冷，怎麼只穿一件薄長袖在外面晃？」

好幾個問句一連砸來，小禾顫巍巍地覷了他一眼，猶豫著不知道該不該說出口。

任平生隱隱察覺到不對勁，也覺得自己方才語氣有些急切，怕嚇到孩子，轉而溫聲道：「有什麼困難嗎？可以跟哥哥說，我會幫你的。」

小禾小心翼翼地對上他的目光，欲言又止，「我……」

五分鐘過後，見他依然難以啟齒，任平生換了一個話題，「吃晚餐了嗎？會不會餓？想吃什麼哥哥買給你。」

小禾正想說不用，豈料下一秒腸胃的蠕動聲就出賣了他，他尷尬地看了任平生一眼。

任平生忍俊不禁，「你就挑吧，不用不好意思，我買給你。」

見少年還是很躊躇的模樣，他在心裡嘆了一口氣，又補了句，「我什麼沒有，錢最多，這樣有沒有比較放心了？」

小禾眨了眨眼，「啊」了一聲，才小小聲地道：「謝謝哥哥……」

小禾慢吞吞地走到最後一排架子前面，才剛從架上拿下一碗泡麵，下一秒就被任平生放了回去。

「吃泡麵對身體不好，你好歹也去冰箱那邊挑個微波食品，雖然也不是多健康，但至少還有肉和蛋什麼的，加減補充些蛋白質。」

在他威懾的目光下，小禾抖了抖身子，只得走到微波食品區開始挑選。

任平生望著少年的背影，哪裡不知道他是不好意思白吃別人一頓飯，於是只挑了二十八塊一碗的泡麵。

最後小禾選了咖哩飯，任平生又去拿了一罐牛奶和一盒水果，一併結帳。

他把牛奶和水果推到他面前，「這些也是給你的，多吃一點，不要餓著了。」

「謝謝哥哥……」

任平生一邊啃著方才買的紅豆麵包，一邊觀察眼前吃飯的少年。

進到室內又穿了外套，臉色明顯有氣色了些，嘴唇染上的紫也正逐漸淡去。

他不禁開始思考，是什麼原因，讓一個未成年的孩子在這寒冷的冬夜，寧可在外承受寒風的摧殘，也不願意回家。

飽餐一頓之後，小禾將東西收拾好，一臉抱歉地看著任平生，「真的很謝謝哥哥，但對不起，我好像沒有什麼能回報的……」

「不會啊，你多的是可以回報的。」任平生沒跟他客套什麼「助人為快樂之本」的聖母發言，只是笑了笑，直接了當地說：「跟我分享你的故事，對我來說就是最好的回報。」

小禾懵了懵，望著眼前嘴角含笑的男人，良久後，緩緩開口。

「然後他就跟我說了他被父親家暴的事情，那天他放學回家後看到爸爸在喝酒。」任平生平視前方路況，轉了一個彎，淡淡說道：「想到喝醉後的爸爸一定又會發狂地打他，為了避免再次被打，就跑了出來。」

「我幫他聲請了保護令，還教他一些這方面的法律常識，他爸爸有因此收斂一陣子。」任平生無奈地扯了扯嘴角，「但他沒有其他親人可以依靠，母親也在一年前因為癌症過世了，家境本來就不太好，常常有一餐沒一餐，過得很辛苦。」

「還好那個晚上你有遇到他。」顧念之嘆了一口氣，低聲道。

「嗯，所以之後我時不時就去看他，也會給他一些錢維持生活。」

陽光掠過樹梢打在擋風玻璃，轉而折射到他的臉上，本就精緻的五官被勾勒得稜角分明，更顯貴氣。

「至於現在的情況，是因為前陣子鄰居突然又聽到不斷有砸東西的聲響，趕緊報警，警方到場後發現他已經被打斷了腿，他父親才被羈押。」任平生單手搭在方向盤上，食指有一下沒一下地輕敲著，面上看不出什麼情緒，「但是他說不想去寄宿家庭，就一個人待在原本的家，社工也會定時去關照他。」

任平生語氣頓了頓，想到什麼似的，直視前方的目光瞬間有些失焦，最後在綠燈亮起前及時找回了焦距。

他把眼底的情緒掩下，輕聲道：「只能說他命大，聽鄰居說，警方破門時那畫面是要把他往死裡打的陣仗，如果他們當時沒有介入，小禾現在不知道會是什麼情況。」

顧念之在一旁單純地聽著這段故事，都有些後怕，無法想像那個少年在經歷血濃於水的父親暴力虐待後，會有什麼樣的心理陰影。

饒是她這麼冷情，此刻都有一股衝動想要給他一個擁抱。

車子駛向地下停車場，任平生熟練地轉動方向盤，很快停好了車。

顧念之斂了斂眼睫，壓下心中的沉重，在車子的熄火聲中低聲開口，「你和小禾都辛苦了。」

聞言，任平生拔鑰匙的手滯了滯，目光又有一瞬間的模糊，彷彿有什麼穿越時空砸到他眼前，截斷了他的視線。

然而不過一秒，他就把自己拉回了現實，將鑰匙順利拔出來，側首看向顧念之，「是挺辛苦的。」

顧念之看了任平生一眼，只見他彎了彎脣，淡薄的脣線隨著肌肉牽動拉出好看的弧度，眼尾因為笑意而輕輕挑起，像極了深林裡某個勾魂攝魄的妖精——

「顧老師這麼高冷，我追妳也是挺辛苦的。」

ღ

回到家後，任平生將灰褐色的長版大衣脫下，隨手扔在沙發上。

臉上有顯而易見的疲態，他走進廚房倒了一杯水，抬手揉了揉眉間，似是要揉去那些疲倦。

方才與顧念之的對話，讓他不禁想到第一次遇見小禾的模樣。

在那個寒冷的冬夜，少年將自己交給了一個素未謀面的男人，顫巍巍的希望有個人能接住他。

「我叫李禾。」當時他垂著眉眼，深吸一口氣，鼓起勇氣開口，「我怕回家會被那個男人打，所以跑出來了。」

「那個男人第一次打我的時候是兩年前，當時因為公司經營不順利，我們被迫從大城市中心搬到這棟老舊的公寓，他心情不好喝了很多酒，我半夜被撞擊聲吵醒，發現他在打我媽媽。」

「之後他開始妄想透過賭博翻身致富，卻只是愈欠愈多錢。每次輸錢又會喝一堆酒，醉了之後就打我或打媽媽，媽媽在一年多前被診斷出腦部惡性腫瘤，他也不管，依舊整天跑出去賭博酗酒，甚至對她冷嘲熱諷動手動腳，說她醫藥費太過龐大拖垮家裡經濟，但他也不想想，在媽媽還沒病到不能下床的時候，家裡的生計都是靠著誰來維持的。最後媽媽離開了，他也沒有出現在葬禮上。」

小禾垂著眼簾，末了又補一句，聲線低沉，「我巴不得他進到監獄裡，永遠別再出來。」

雖然聲音微弱得彷彿要消融進潮溼的空氣中，但任平生還是聽到了。

任平生沒說話，只是安撫性地對上少年的眼睛。

儘管少年的語氣全程平穩無波瀾，看著沒有太大的情緒起伏，任平生聽著卻更是心酸。

這是要多壓抑才能把這些憾事如此輕易地說出口，彷彿是在述說別人的故事一樣，雲淡風輕、事不關己。

「哥哥，如果我希望他去死，會不會太惡毒？」少年毫無溫度的聲音響起。

聞聲，任平生眼睫輕顫，最終對上他的目光，「不會。」

小禾抬頭看向他，似是有些訝異。

「但是不要實踐。」

任平生眸色深沉，「懲罰的事情交給司法機關處理就好，不要髒了自己的手。你還年輕，有大好的前程，不要為了一個不值得的垃圾毀了人生。」

任平生直直地望進少年的瞳孔深處，彷彿透過那雙眼睛看到了某些被塵封的記憶。那裡有徬徨，有不安，也有搖擺不定的愧疚與怨恨。

「我會盡我所能地幫助你。」

任平生在那個寒冷的冬夜讀懂了少年隱晦的求救。

他伸手接住了他，像是接住了自己。

三、夢裡也有妳

週末，顧念之以往都會放縱自己睡到十點再起床，今天卻不知怎麼的六點半就醒了。

她躺在床上，隨著窗外愈來愈盛大的晨光照進室內，確信自己無法重新入眠後，乾脆直接起床梳洗。

簡單沖了一杯黑咖啡，打開筆記型電腦，顧念之盯著螢幕好一陣子，卻仍不知道該從何下筆。

敲敲打打一兩千字，最終又全數刪掉。

故事線正進行到小木屋陳屍案，顧念之在卡稿了無數次後，決定重新瀏覽自己的文稿，或許能在理清脈絡的同時獲取一些靈感，而她看著看著，驀的就想到了前幾天任平生的登山邀請。

印象中，他們似乎就是要去山中小木屋露營？

她突然燃起了一股想去山上走走的衝動。

雖然沒有小木屋可以幫助她還原故事裡的場景，但是去山中漫步，與故事相似的環境或許多少也能刺激一些靈感。

這個念頭才剛在腦中浮現，行動派的她便直接闔上筆電，開始著手準備外出。

T市的外圍有一座小山丘，經過都市規畫後設立了一個森林步道，不僅可以管制林間生態，也可以獲得一些觀光收入，可謂一舉兩得。

顧念之做事始終維持著高效率，但這回進了生態步道中，才發現有些事情超出她的預料。

走入林間後，周遭鬱鬱蔥蔥，帶著一種大自然獨有的古樸寧靜，連空氣都是清新的，讓人心平氣和。

然而走著走著，路上開始有一兩隻蝴蝶在空中飛舞，起初她還覺得沒什麼，稍稍避開即可。豈料，愈走向山林深處，路途上出現的蝴蝶也愈來愈多，甚至時不時會靠近，惹得她臉色慘白地躲避，偏偏還要裝作什麼都沒發生繼續行走，內心卻是驚濤駭浪。

就這樣維持表面上的冷靜走了半個小時，直到一隻藍色鳳蝶停留於肩上時，顧念之強裝的鎮定終於潰不成軍。

她不知道自己為什麼要來這裡受苦受難，待在家裡看小說聽音樂不好嗎？就算卡稿，暫時擱著不管先去做點別的事，回過頭再重寫，遲早也會有通順的一天，幹麼非得要自討苦吃。

顧念之從小到大膽子都大得很，基本上沒有什麼畏懼的東西，更遑論一些靈異神怪。除了昆蟲。

特別是那種鮮豔浮誇又移動迅速的蟲子，例如蝴蝶。

她可以面不改色拿起拖鞋打死一隻蟑螂，卻沒辦法接受蝴蝶或是飛蛾這類的蟲子接近她。牠們身上豔麗詭譎的紋路，總會使她感到噁心，待在有牠們的環境下，會讓她焦慮得近乎精神衰弱。

最嚴重的一段時間，光是看到「蝴蝶」或是「Butterfly」之類的印刷字，就會害怕得不敢去碰那張紙，僅僅是聯想，雞皮疙瘩便爬了滿身。

那是一種源自於心底深處原始的恐慌感，她用盡二十七年的人生依然無法克服。

各種花色的蝴蝶在周遭盤旋，顧念之在巨大恐懼的壓力之下，什麼都沒有辦法思考，精神衰弱得快要哭出來，更遑論從山林間獲得靈感。

她現在只想把自己打暈，讓工作人員叫救護車把她送回市區。

生態步道隔著幾公里就會設置一個小型休息區，以供爬山的遊客休憩，還有販賣飯糰或包子等輕便食物，可以幫助遊客補充能量。

唯一美中不足的是，休息區是戶外的。

顧念之坐在涼亭的角落裡，縮著身子不知該如何是好。

繼續前進是不可能的，但是往回走的路上，蝴蝶數量也不容小覷。想到方才是用她畢生的意志力才勉強走到這裡，現在她死也不想再穿越回同樣的路。

她滑著手機裡的聯絡人，想著有誰能來救她，後來開始自暴自棄，自己都覺得很荒謬。

這裡是T市邊緣靠近G市的山區，光是從市區搭車到這裡就要一個小時，到底誰會這麼閒跑來帶她回家，何況她的自尊心也不容許這種脆弱暴露在他人面前……

她也不想這樣的，明明在各方面都有不差的能力，個人形象也是獨立自信的女強人，偏偏對蝴蝶的恐懼感就是消除不了，一碰到這類的生物，所有盔甲都會頃刻卸下，變得狼狽而無助。

她也很討厭這樣的自己啊。

顧念之的淚點本來挺高，連觀賞生離死別的電影都不太會哭，但現在精神狀態幾近崩潰，淚意也有些蠢蠢欲動。

為了避免肌膚跟蟲子接觸，她甚至連口罩和帽子都戴上了，現在憋淚久了悶得有點換氣困難，但又不敢拿下來。

突然有一隻小紫蝶朝她的臉飛過來，顧念之嚇得幾乎要從石椅上跳起來，用瀕臨崩裂的一絲理智才維持好表情管理，緊緊攥著手機，緩慢地往旁邊挪了幾步，卻不小心撞到身旁的人。

「抱歉……」話一出口，聲音都帶著哽咽的痕跡。

「沒事。」沉沉的低嗓混著淺風渡至耳膜，彷彿早晨的微風掃過湖面，波心微蕩間，揉入了些許溫煦的晨光。

聞聲，顧念之愣了一下，側首看向身旁的人。

只見那張熟悉的面容正笑望著自己，精緻的眉眼蘊著早春的清和，上挑的眼角卻帶著一絲邪氣。

「顧老師，好久不見啊。」任平生兩指併攏在太陽穴旁揮了一下，做出打招呼的手勢，順勢拋了個媚眼。

顧念之沒有想到會在這種地方遇見他，她愣了一下才反應過來，無語地抽了抽嘴角，「也不是很久。」

「一日不見如隔三秋……」任平生勾脣，「我們三天沒見了，九年前秋天種下的苗子都已經長成參天大樹了。」

——一日不見兮，思之如狂。

顧念之搞文字的，哪裡會不懂他的言外之意，她習慣性地無視他話語裡隱晦的調戲，淡聲道：「你怎麼會在這裡？」

「前幾天跟妳說過的員工旅遊，再上去一點就到小木屋營區了。」任平生應道，接著挑了挑眉，「同樣的問題，我也想問顧老師。」

顧念之重新想到了來這邊的目的，方才經歷的可怕回憶再次朝她襲來，沉默了半晌，她才低聲啟唇，「……來取材。」

「哦——真可惜。」任平生眼裡有顯而易見的遺憾，「我還以為妳改變主意，要來跟我一起體驗爬山的快樂。」

顧念之瞟了他一眼，那雙桃花眼裡的遺憾確實是有，卻是半真半假捉摸不定。

她現在心力交瘁，懶得花心思跟他吵，直接了當地嫌棄，「你就做夢吧，夢裡什麼都有。」

聞言，任平生揚了揚眉，舌尖在後槽牙掃了一圈，目光從她略顯疲態的眉眼間落至緊攥著手機的手上，接著不動聲色地移開。

「妳說得對，夢裡什麼都有。」任平生微微傾身，緩慢開口，直直望進她的眼瞳深處，「夢裡也有妳。」

剎那間，空氣彷彿停止了流動，無聲卻熱烈。

顧念之靜靜地看著他，半晌，伸出一根手指點在他肩上，將過分靠近的他往自己的反方向推離。

「夢裡當然也有我。」她道，聲線依然沉冷，像是在苦澀的冰美式中載浮載沉的碎冰，「夢的前提是什麼都有，而世間萬物皆屬於『什麼』的範疇，所以夢裡自然會有我。」

顧念之挑了挑眉，眼底有隱隱的挑釁，「任律師，你們這行講求的不就是邏輯性嗎？這麼簡單的命題，還需要沾沾自喜地與我分享？」

任平生勾了勾嘴角，心想這女人是真的有趣。

他看不清那張掩在口罩下的面容，能直接感受到的，只有她始終刻意收斂卻又止不住外放的鋒芒。

「妳說的是。」任平生收起眼裡探究的情緒，彎了彎眉眼，「我這不是想要強調重點嗎？」

見她冷著臉沒有表示，他眼底的笑意更深，「夢裡固然會有妳，但前提是機率的命中，而我剛才說的不只是一個可能性，而是必然發生的結果。」

任平生又湊上前，直直望進她的眼瞳深處，「我每天對妳朝思暮想，怎麼可能夢裡沒有妳？」

顧念之微微蹙眉，避開他的目光。

這個男人總是這樣，猝不及防地靠近，連想要預防的心理準備都沒有。

氣氛有一瞬間的僵持，長袖善舞的任大律師也沒有要為自己一手催化的氛圍負責，只帶著玩味的笑容觀賞她的反應。

顧念之第一次覺得自己像隻任人宰割的獵物。

儘管內心有片刻的慌神，她仍是穩住面部表情，重新對上他的目光，「那你說說看，夢裡的我都在做什麼？」

任平生散散漫漫道：「追殺我。」

聞聲，顧念之愣了一下。

「嗯，妳沒聽錯，就是追殺我。」

顧念之錯愕,「我怎麼就追殺你了?」

任平生幽幽地看了她一眼,「我沒經過妳同意就拿了妳的稿子去看,回家後被妳發現稿子少了一頁,然後妳就開始追殺我。」

顧念之無語,您看著還挺委屈的是怎麼回事?

顧念之見那一向風流矜貴的男人此時神色微妙,不禁覺得有些好笑,過了幾秒仍是沒忍住,「噗哧」一聲笑了出來。

「偷拿我稿子,你是什麼小學生。」

「妳自己說的,夢裡什麼都有,那我就算在夢裡玩積木都不是沒有可能。」

顧念之腦補了一下坐在地上玩積木的任平生,一陣寒顫從背脊攀上,「……先不要。」

見氣氛緩和,眼前的女人也放鬆了不少,任平生喝完手裡的最後一口果汁,站起身道:「走嗎?」

顧念之懵了懵,抬頭望向他,「走去哪?」

「回家。」

顧念之更茫然了,「回家?」

「嗯,回家。」任平生將手中的空瓶往涼亭旁的垃圾桶丟,塑膠瓶在半空中劃開冷空氣,順著一道漂亮的弧線,「咚」的一聲準確落進垃圾桶中。

「你不是在員工旅遊嗎?怎麼突然就要回家了?」顧念之被他這不按牌理出牌的行為迷惑了。

微風漫上肌膚,裹著不知名的花香蕩漾,任平生朝她伸手,「走吧。」

顧念之愣愣地望著那漂亮的手指，修長白皙、指骨分明，所有線條勾勒得恰到好處，彷彿是被精雕細琢出來的藝術品。

她還沒有釐清他不知所云的話語，就聽見他又道：「妳不是不想待在這裡？我帶妳回家吧。」

顧念之的視線沿著那好看的手一路向上，在精緻如刀削的下顎線駐足了一會，掠過淡薄的唇片和高挺的鼻梁，最終落在那雙狹長又動人的眼眸中。

不知道是午後的陽光太過溫煦美好，還是山林間拂過的清風柔和至極，讓她有一剎那的怔忡，最後竟鬼使神差地將自己的手放進他的手掌心。

任平生微垂了眼，不動聲色地蓋住一閃即逝的柔色。

他將她拉起，女人肌膚上的暖意緩緩傳來，儘管她始終用冰冷包裹著自己，手卻依然是溫暖而纖細的。

「走吧。」

「嗯。」

縱然他牽過許多女孩子的手，但此時一瞬間的耽溺，讓人不禁產生了想要好好保護這個女人的想法。

但他知道她不喜歡過多的肢體接觸，於是壓抑著內心的渴望，恰如其分地放開了她。

「你怎麼知道我想回家？」顧念之覷了他一眼，下意識將手指收進袖子中，莫名地有些不自在。

手中依然存有男人的溫度，善意的、溫柔的，卻也是不容忽視的。

「妳是不是怕蝴蝶？」任平生不答反問。

顧念之心下一驚，「你怎麼知道？」

「剛才在涼亭說話的時候，妳看起來很緊繃，只要有飛蟲或是蝴蝶飛到附近，妳就會下意識戒備起來。」任平生說，眼底猶有無奈，「可能是因為本能對恐懼的防衛機制，妳並沒有注意到自己的異常。而且妳雖然說是要來取材，但我一點都看不到妳取材時的模樣，沒有觀察、沒有記錄，只有六神無主的眼神。」

話音落下，沉默在彼此之間蔓延，周遭僅剩山間的蟲鳴鳥叫。

不知道過了多久，顧念之才低聲開口，「嗯，我很怕蝴蝶，從小就怕，長大了也沒能克服。」她抬頭望向他，語聲乍聽之下是一貫的平穩，然而仔細聽，卻能發現藏在聲線中的顫意，「原本是想來找尋靈感，卻沒料到會有這麼多蝴蝶，結果把自己搞得進退兩難，也無心取材了。」

她第一次這麼輕易地向旁人展現自己的脆弱。

這個男人的觀察太過敏銳，可以輕易地看透所有人的不堪。

但她沒有心力再維持自己的防禦牆了，無論是對蝴蝶還是對他。

她的精神快要在這個森林步道中解體。

「任平生，我真的很害怕。」

一隻黑色鳳蝶忽然掠過她的髮側，驚惶的她在閃避中因為一時不察，絆到了路間的石頭。

面臨失重的那一刻，顧念之感覺自己的手腕倏地被扣住，眼前的人把她往自己的方向拉，順著力道將她帶進懷中。

「嗯，別怕了。」他低聲道：「我來帶妳回家。」

ღ

顧念之意識到自己不太對勁的時候，已經是傍晚五點半了。

腦子稍沉，望著電腦螢幕的視線有些許失焦，背上冒出了細細密密的冷汗，拿馬克杯的手還有點抖。

動作一頓，她盯著桌上那杯黑咖啡，久久沒有動靜。

原先她以為就是熬夜的後遺症，昨天寫稿的時候難得靈感源源不斷地湧現，就趁著勢頭一鼓作氣碼了一萬多字，等她關掉筆電去看時間的時候，發現已經半夜三點半了。

熬夜專注力難免下降，她起先覺得沒什麼，直到窗外的暮色透進室內，本該是帶著初春清暖的夕光，此時卻讓她感覺有點冷，她才發現事情沒有那麼簡單。

寒意從身體裡一寸一寸冒出來，似是爬藤植物的枝蔓，纏繞著神經奔赴四肢百骸，直至整個身子都被冷意占據。

偏偏肌膚摸著又挺燙，像是室外半沉的夕陽，將餘下的熱度全都燙金似地鍍到她身上，身體的表層和內裡彷彿是截然不同的個體。

口舌有些乾燥，顧念之起身去廚房倒了一杯溫開水，溫水滾過喉嚨，不僅沒有舒緩那乾裂感，甚至引起一陣略麻的刺痛。

她有些懊惱地揉了揉太陽穴，肯定是感冒了。

顧念之飲食規律，身子一向健朗，基本上很少生病，她也不知道自己怎麼就突然中鏢了。

忍著些微的不適將那杯白開水喝完，她打開上層的櫥櫃，翻開了小型的急救箱，想要找出感冒藥應急。

畢竟今天禮拜六，診所通常只營業到中午，而她又不想大費周章去大醫院看診。

豈料急救箱裡面空蕩蕩，她這才想到，之前因為不常住在這，沒有定時給急救箱補貨，如今真的有需要時，反而一點用處都沒有。

她往窗外望去，看著略沉的天色，心想還是去藥局買個成藥，畢竟這樣低燒下去也不是辦法。

顧念之套了件奶茶色的針織外套就往外走，以往這種天氣穿這樣還嫌熱，現下走上街反而覺得不夠保暖。

遠處的斜陽漸漸沒入地平線，晚霞瑰麗，絳紫橙金渲染了半片天。

而她體內的寒意還在散發著，走了幾步感覺頭暈得狠了，便扶著牆面緩了一下才繼續前行。

天色漸暗，商家的燈也接二連三地亮起，大街上的燈光在她眼裡卻是一團模糊的光影，交融著分散不開。

目光愈來愈無法聚焦了，好在藥局離家不遠，大約只有五分鐘的腳程，顧念之進去後直接往陳列感冒藥的架子走去，她也沒心力去挑哪個品牌，身體的不適似是在耀武揚威，於體內肆虐得愈來愈歡騰。

她隨手拿了一盒就往櫃檯走。

結帳的時候店員見她臉色有些差，連拿錢的手都有點不利索，便關心地問：「您需要幫忙嗎？」

這一問似是一把槌子敲散了她腦內的混沌，顧念之「啊」了一聲，有些如夢初醒，抿了抿蒼白的脣，淡聲道：「……沒事。」

就在她付完錢拿了感冒藥要離開時，一陣痛感從太陽穴沿著神經閃過，彷彿有什麼在腦子裡狠狠地剜了一下，痛得她眼前白光乍現。

她只能強撐著身子，拎著包包往門口走，顧念之覺得自己再不回家吞藥，可能會先暈倒在這裡。

豈料她一走出自動門，身側便響起一道聲嗓，深沉而熟悉，帶了慣有的似笑非笑，滾著頭上藥局招牌的LED燈光，堪堪落至耳畔——

「顧老師，真巧啊。」

任平生沒有想過顧念之有一天會投懷送抱，更沒有想過她會在自己面前昏倒。

在他語聲落下的那一刻，眼前的女人側首望過來，眉目低垂，眸色沉暗。

任平生愣了一下，在對上她目光的那一瞬間，他只覺得哪裡不太對勁，然而不待他思考，下一秒，顧念之便倏地朝他傾倒而來。

任平生還沒來得及反應，下意識就將她抱進懷裡。

冷清清的一個人，身子卻燙得像烈陽下燒灼的乾草。

他心下微顫，一隻手扣住她的腰際撐住身子，另一隻手連忙撥開她額前碎髮，掌心貼上光潔的額頭，發現溫度滾燙似火。

「顧念之。」任平生喚了她的名，見她沒反應，又喊了一次，語氣焦急，「顧念之！」

懷中的女人蹙了蹙眉，幾秒過後似是稍微緩過來了，微仰著頭，半闔的眼瞳裡有什麼在發散，像失焦的鏡頭。

「抱歉……有點暈……」有氣無力的。

任平生見她竟還逞強地說沒事，掙扎著想要起來，差點沒把白眼翻到太平洋另一端。

您這叫「有點」暈？

「別動。」他稍稍傾身，手繞到她的膝彎，一把將人抱起來。

突如其來的騰空，顧念之心頭一懸，下意識地抓住了他的手臂。

「手。」任平生下巴往她攀著他上臂的手點了點，低聲開口，「環住我的脖子。」

見她沒動作，他疾步往前的同時還不忘瞟她一眼，語聲沉沉，「我看妳是想掉下去。」

顧念之頭疼得要死，此時也沒心力反駁，被這麼一唸就乖乖地抱了上去。

「抓好。」見她面色蒼白得像是擦了好幾層粉，唇瓣也沒有半點血色，他心下一緊，腳下的步伐又更快了。

下班時段大街上人來人往，車流不斷，而他不顧旁人側目，抱著她在人潮中穿梭，神色焦慮。

看著懷中女人氣息微弱的模樣，彷彿有什麼在流失，而他卻抓不住它……

「你要去哪裡?」顧念之縱然不舒服到了極點,骨子裡那與生俱來的戒備依然沒有放下。

這個時間點已經沒有診所營業了,而距離最近的T市醫院過去也要快半小時⋯⋯

「回家。」

「回你家?」

「不然回妳家?」正好遇上了紅燈,任平生停在斑馬線前,垂首看了她一眼,無奈道:「我有妳家的鑰匙?」

街道上人們的喧譁聲、車子行駛的引擎聲、風吹動樹葉枝枒的颯颯聲⋯⋯此時全都糾纏在一起轟入耳膜,鎖在腦子裡出不來,攪亂了所有思緒。

顧念之只覺得渾身難受,頭腦又熱又脹,意識一點一滴剝離,自然也沒辦法思考,幾乎是反射性地就把心裡想的事情說了出來——

「你是不是想要趁我現在沒辦法反抗,把我帶回家睡了。」

任平生無語。

夜風掃過肌膚,他舌尖往上排牙齦頂了頂,閉著眼睛深吸一口氣,重新張開眼後,出口的話聽著有些咬牙切齒——

「顧念之,我看妳是想死。」

回家至少五分鐘的路程,任平生抱著一個成年人,依然硬生生花兩分半就走完。

進大樓電梯的時候，顧念之近乎失去意識了，靠在他懷裡一動也不動。

電梯裡的光打在她臉上，五官被光線勾勒得深了，一邊的側臉靠著他胸膛隱進陰影中，另一半暴露在白光下，本身就是冷白皮的肌膚此時褪盡血色，近乎透明。

任平生凝視著她眉間的褶皺，不敢想像如果他沒有為了買晚餐而經過藥局，這女人現在會是什麼模樣。

電梯門打開，他抱著她快速走出去，先將她輕輕放下攬在懷中，單手掏出鑰匙開了門，再將人重新抱起。

將人放到床上後，任平生心想這人肯定是知道自己病了，才去藥局買藥。他將她的包包拿過來，果然一拉開就看到一盒成藥躺在包裡。

他鬆了一口氣，趕緊起身去廚房倒一杯溫開水，拆開紙盒剝出兩粒藥丸，輕輕搖了搖顧念之。

「顧念之。」他淺聲喚道：「先起來吃藥。」

床上的人眉頭皺得更緊了，卻沒有睜開眼睛。

「顧念之。」任平生又叫了一聲，微微捏著她的肩，在盡量不弄痛她的情況下施力晃了晃。

或許是這回搖得大力了，顧念之終於有了反應，低低的呻吟從唇邊溢出，擱在腿邊的手動了動，好半晌眼皮才掀開來。

眼前模糊一片，灰灰暗暗的色塊摻了橙黃光斑，她睫毛顫了顫，費了點時間才找到焦點，畫面逐漸清晰，是個陌生的地方。

一路上昏昏醒醒，連她都不知道自己到底是在夢裡還是現實，更不知道被帶到了哪裡。

任平生見她終於醒過來，將人扶著坐起，越過她去抓另一邊的枕頭，塞到背後當靠墊。

男人的氣息驟然靠近，有清淡好聞的木質香竄入鼻間，顧念之第一個想法是——

這麼騷包的人居然是用低調的木質調香水。

「這是我房間。」騷包不知道她心裡那些小九九，看出了眼前人的茫然，好心地替她解答，幫她調好靠枕後，便沿著床緣坐下，「先吃藥，嗯？」

顧念之瞇著眼看向他，思緒還沉浸在香水中，懵了一瞬，才囁嚅著開口，「我……」

「先吃藥。」任平生見她嘴唇翕動，直接打斷，「妳發燒了，想問什麼吃完藥再說。」

「噢。」

顧念之看了眼躺在他手心的兩顆藥丸，伸手去捏。

任平生拿起放在床頭櫃的溫水遞過去。

床頭的夜燈昏黃，柔柔地暈在她身上，他望著她吞藥，神色睏倦，細軟髮絲垂落頰側。

平時冷若冰霜的女人，此時像是被剝去了武裝，所有精明消逝於無形，一向犀利的狹長眼尾也被光影添上幾分柔色，乖得不行。

任平生不禁多看了幾秒，心想這女人安分起來就像個溫順的鄰家女孩，難以聯想到骨子裡的強勢倔得很。

見吃完了藥，任平生接過她手中的空杯，幫忙掖好被角，沒等她說話便直接道：「先睡吧，醒來後會好些。」

顧念之低低地說了句：「謝謝你啊。」

幾乎是語聲落下的那一刻，她便歪了歪頭，馬上睡著了。

連說出那四個字都似是用盡了全身的力氣，咬字打著顫，尾音發虛。

任平生凝視著她平靜的睡顏，只覺得心下有什麼緩緩淌過，儘管只是再平常不過的一句話，然而從她口中說出來，似乎就是不一樣，至於哪裡不一樣，他也不知道。

闔上房門，任平生像是終於放下了心中大石，長長地呼出一口氣。

想到方才她有氣無力的那句道謝，任平生莫名有些煩躁，體內似是有一股氣，沒來由地悶著，散也散不掉。

為了轉移注意力，回家向來不工作的任大律師，破天荒地打開工作用的筆電，替新的委託人蒐集案件相關資料。

時間在清脆的打字聲中消融於無邊夜色裡，直到瞅見螢幕右下角的九點二十八分，任平生才意識到自己還沒吃晚餐。方才出門本是要買晚餐，豈料還沒買到飯就遇見了顧念之。

這麼一想，確實是有些餓了。

工作也差不多告一段落，他闔上筆電起身，稍稍伸了個懶腰，拎著手機走出書房。

經過臥室時，估摸著顧念之還在睡，他便直接往客廳走去。

打開外賣APP，漫無目的地刷著頁面，任平生還在物色要吃什麼時，身後傳來輕輕的「咔」一聲，是關門的聲音。

任平生嚇了一跳，聞聲看去，只見此時本該在睡覺的女人站在房間前，一語不發地望著他。

看著依舊沒什麼精神，不過臉色稍微恢復了些，擺脫之前那鬼魅一般的慘白樣。

「念之？」任平生揚了揚眉，「妳醒了啊，好點了嗎？」

顧念之慢吞吞地往客廳走來，肩膀有氣無力地垂著，眼神卻清亮了多，上勾的眼尾藏著清冽。

「正好我要點外賣，過來看看妳要吃什麼吧，應該也餓了？」任平生朝她招了招手，突然想到什麼似的，話鋒一轉，「等等，妳現在別吃口味太重的，還是我煮點白稀飯給妳吃？」

顧念之在他身側坐下，淡聲道：「沒事，不勞費心，隨便吃點就好。」

任平生把手機遞給她，「妳看看吧，病人至上，妳吃什麼我就跟著吃什麼。」

顧念之瞥了他一眼，垂落在腿側的手指動了動，三秒後抬手接過手機。

她把外賣平臺滑了一遍，其實這個時間點還有營業的店家已所剩無幾，選擇也不多。

最後她挑了一家難得營業到晚上十一點的店，選好了自己要吃的項目，把手機還給他，「吃這家吧。」

任平生瞅了一眼，立刻否決，「不行。」

顧念之眉目清冷，眉頭順勢壓下，眼底有顯而易見的不滿，「為什麼？我就想吃拉麵。」

「日式拉麵口味太重了，妳現在身體虛，不適合吃這個。」他點進購物車裡，看到她點的項目，心下嘆了一口氣，「而且妳還點地獄拉麵……顧念之小朋友，自己的身體愛惜一點，嗯？」

「你剛才說想吃什麼就點的，而且我很能吃辣，地獄拉麵沒什麼。」顧念之蹙眉，瞪了他一眼，「還有，誰是小朋友了？」

任平生覺得自己大概是瘋了，被瞪了還覺得這女人有點可愛。

一個平常冷冷清清沒什麼情緒的人，一旦鬧起脾氣，整個人都鮮活了起來。

「現在不是妳能不能吃辣的問題，就算妳能吃辣，但妳才剛退燒，不太能吃刺激性的食物。」任平生平時沒覺得自己耐心有多好，客戶相同的問題問多了他也會有些煩躁，現下卻能不厭其煩地跟她繞著圈子，可見對象是誰還真是有差。

行吧，他就雙標。

眼看他就要把購物車裡的項目刪掉，顧念之腦子還沒反應過來，下意識就按住了他的手。

細膩的觸感包覆上來，任平生低首一看，她的手很好看，白皙細緻，手指修長，每塊骨節都有著恰到好處的形狀，指甲修得圓潤整齊。

手指的主人此時側首望著他，傾身而來的距離不過幾公分，彼此的呼吸交纏在一起，他連她眼睫上的每一根睫毛都看得清清楚楚，羽扇似地鋪成一片。

……如果眼裡的敵意沒那麼明顯就好了。

任平生把心裡那些旖旎情思全都壓下去，挑了挑眉，「顧老師，妳現在拖著病軀，有些事不太適合做，不要這麼迫不及待。」

她低低罵了一聲「操」，才意識到這距離是有些近了，重新把兩人的距離拉開，「我是要吃拉麵，你在想什麼。」

「我也是在說拉麵，妳現在這病軀不適合吃拉麵，有毛病？」

顧念之送他一個白眼。

鬼打牆似的，所有話題又繞回原點。

「你剛才明明就說想吃什麼就點，你身為一個律師怎麼能言而無信。」

「我剛才是說過這話沒錯，但妳要是現在去看醫生，醫生也會叫妳不要吃重口味的食物。」

兩人僵持著，不知道過了多久，任平生見她一臉有氣卻無處可洩的模樣，終是不小心笑出了聲。

「不然我們打個商量，妳吃原味的那種拉麵。」再這樣下去也不是辦法，任平生退了一步，提出解決方法。

手機在任平生手上，顧念之心想自己才剛退燒，身子有氣無力的，估計也打不過他，最後涼颼颼地瞪了他一眼，勉為其難地妥協。

任平生很是滿意地下單了，見身旁的人一身低氣壓，他眼底笑意更盛，去廚房倒了一杯溫開水，走回來塞進她手裡，「喝點水，嗯？」

顧念之接了過來，小小聲地道謝。

任平生看著她小口小口喝著水，漆黑柔順的短髮垂落在耳邊，眉眼清淡，下巴有著流暢的線條，喉嚨因為水液流過而微微滾動著，真的挺好看的。

他縱橫風流場多年，妖豔的、可愛的、溫柔的……什麼漂亮女人沒見過，但他總覺得那些女人都不及這女人的萬分之一。

雖然跟一座冰山似的，骨子裡的清冷和強勢卻莫名吸引著他，讓他總忍不住想去刺激她，看看褪下冰冷包裝的她，會擁有什麼樣的靈魂。

顧念之咕嚕咕嚕的把一杯水喝完了，感受到身側毫不避諱的視線，她轉頭直直對上他的眼瞳深處，「看什麼？」

「看妳好看。」任平生也不遮掩，直接了當。

沒等她反應，他傾身而去，掌心撫上她光潔飽滿的額頭，顧念之身子一僵。

「好點沒？」男人的聲線低沉，有些啞，裹著深夜的溫和，順著窗外的月色滑進耳膜。

「嗯。」

「看著是退燒了，但明天還是要去看一下醫生。」感受完她的體溫，任平生將手收回來，溫聲道。

顧念之點點頭。

「不看，我就押著妳去。」任平生幽幽地補了一句。

被戳中心思的顧念之無言以對。

任平生抿了一口水，風輕雲淡地說道：「我捨不得我放在心上珍而重之的女人飽受病痛折磨。」

顧念之心想，你對人調情是不是跟喝水一樣簡單。

這時門鈴響了，任平生看了看面無表情的顧念之，笑了一聲，起身去開門。

將近十個小時沒進食，顧念之確實有些餓了，看著任平生把外賣拿進來，她十分自動地坐上餐桌。

任平生將她的那碗推到她面前。

顧念之萬分期待地嚐了一口——然後她石化了。

這他媽是什麼鬼。

任平生見她一臉生無可戀，拌著自己手中色香味俱全的豚骨拉麵，狀作無意地問道：「還行嗎？」

顧念之翻了個白眼，「沒有味道。」

「那挺好的。」任平生點點頭，拿勺子舀了一匙她碗裡的湯，喝了一口後看著還挺滿意，「我點餐時備註妳那碗做得清淡些，愈不鹹愈好。」

顧念之將手中的筷子「啪」一聲按在桌子上，在平靜的夜裡顯得格外清脆，她冷眼看向對面心安理得吃著拉麵的某人，深吸了一口氣，「你是魔鬼吧。」

ღ

被任平生拖去看醫生，又在家裡休息了兩天，顧念之的身體也恢復得差不多了。

今天起床，她發現擱在床頭的手機亮著，不斷顯示著訊息通知。

她的交友圈不廣，人生有大半的時間都待在美國，國內幾乎沒什麼朋友，會跟她傳訊息的也就顧清晨和宋昀希兩人，通常有事才會聯絡，怎麼現在突然收到這麼多訊息？

她困惑地打開通訊軟體，原本空空如也的對話視窗，訊息已經高達了三十條。

其中的二十條，都是她家責編宋昀希傳的，另外十條是顧清晨、出版社的幾個編輯甚至是主編，連她待在美國的朋友聞夕染都傳了訊息過來。

顧念之是真的懵了。

聞夕染時常整天不見人影，現在美國那邊天都黑了，卻還能即時給她發通知，可見是出了什麼大事，但說實話，她這麼低調的一個人，能有什麼大事？

她決定先點進宋昀希的，二十條，資訊應該挺多的吧。

豈料一打開與宋昀希的聊天頁面，就是一連串的「啊啊啊啊」刷下來。

宋昀希：啊啊啊啊啊！

宋昀希：啊啊啊啊啊啊啊啊啊啊啊啊啊！！！

宋昀希：暈，我有看錯嗎？？？

宋昀希：那是妳吧老顧，那照片裡的人是妳沒錯吧？

宋昀希：不是，等一下，你們怎麼扯上的，這個訊息量過大了。

宋昀希：顧老師，您老實說，您還是我認識的那個顧念之嗎？

顧念之無語，這都什麼跟什麼。

她把宋昀希的訊息往上拉，滑過了一堆「啊啊啊啊」，才終於找到第一條訊息是一個網址，顧念之直接點進去。

那是一則報導，等頁面顯示出來後，巨大的粗體黑字標題撞進她眼底，顧念之愣了愣，一時間沒能反應過來。

【獨家】定風集團太子爺當街公主抱，行色匆匆帶回愛巢。

顧念之順勢滑下去，先是一張任平生抱著她在街上行走的照片，狀態確實如標題形容的行色匆匆，背景正是前幾天她去的那家藥局。

幾段文字敘述後，接著又是另一張照片，是任平生抱著她走入他們家大樓的側拍。

她從沒想過這輩子有一天會上新聞，還他媽是娛樂版。

顧念之嘆了一口氣，任平生那張出名的神顏，再加上定風集團太子爺的身分，也多少算是有話題性。不過都是噱頭啊噱頭，這記者是沒素材可以寫了嗎？

顧念之把新聞的頁面關了，沿著床緣慢吞吞坐下，有些頭疼地按了按太陽穴。

緩了一陣後，她才依序打開其他人的訊息，無非都是問她怎麼跟任平生搞上的。

儘管依偎在他的懷裡，仍是被拍到了小半張臉，而她在出版社那群人眼裡的形象一直是清心寡慾的，這回被抱在男人的懷裡還上了娛樂版，差點嚇死大家。

顧念之懶得回他們，敷衍性地掃過那些訊息，接著點進與顧清晨的聊天視窗。

顧清晨依舊惜字如金，泰山崩於前而色不變，連姊姊上了花邊新聞，他都只傳來短短幾個字。

顧清晨：妳眼光有點差啊。

七個字加上一個標點符號，顧念之甚至已經腦補出他在面前親口講出這句話的模樣，清清淡淡，嘲諷性卻極強。

她突然就覺得任平生挺可憐的。

接著她又點進聞夕染的對話框，發過來的訊息也不多，就兩句話。

聞夕染：姊妹，這定風集團太子爺，律師界門面……

聞夕染：您挺厲害的啊。

顧念之咬著脣笑了一聲，按著手機回覆。

顧念之：妳在美國怎麼還有時間關注國內的事，連這都知道。

訊息發出去的那一刻，顧念之看到已讀瞬間出現，她都要懷疑對方是不是眼巴巴地守在手機前等著她回覆。

聞夕染：哪能不知道，全世界的帥哥我都關注★而且這任平生確實出彩，家世背景和業務能力就不說了，重點長了一張神顏啊！不當律師都能無門檻直接跨入演藝圈吧。何況這人一臉妖孽樣，那雙眼睛看久了彷彿會被下蠱，肯定很多女人直接暈船暈好暈滿，我就垂涎下沒毛病……缺點就是花邊新聞挺多的。

看到最後一句話，顧念之挑了挑眉，想到了當時出版社餐敘在走廊上和他調情的女人，以及最初見面時他在機場咖啡廳對店員行雲流水般的拋媚眼，好像不怎麼意外。

這人萬花叢中過，桃花眼輕輕一挑就勾得一干女人迷醉，風流似水無邊。

她也不是不清楚，但此刻怎麼就有點心氣不順呢？

異樣的感覺從心底深處冉冉而上，順著血液流過身體，最終堵在胸膛，積成了一團混沌，莫名煩躁。

顧念之對顧清晨、宋昀希和聞夕染重點解釋完當天的情況後，突然覺得房裡有些悶，想去外面散步透透氣，順便買早餐。

室外天光正好，初春的暖陽纏著流雲晃蕩，和著一點清冷的暖，慢悠悠地駛向天際。

顧念之扯了扯領口，感受春日滋長的陽光染上肌膚，信步走至街口的早餐店。

那家的紫米飯糰特別好吃，米粒沒有被蒸氣軟化，蒸出來依舊Q彈可口。內餡也是香得一絕，尤其是滷蛋，和一般早餐店的不同，是真材實料吸收了滷汁入味的。

等早餐的時候，顧念之又打開手機隨意滑著，消磨時間。

豈料一上社群網站，第一條推送就是任平生那條新聞。

顧念之抿了抿唇，感覺太陽穴又有點隱隱作痛，抬手按向額際的時候，另一隻固定手機的手不小心蹭到螢幕，正好點進評論區。

顧念之一垂首就猝不及防地看到幾條留言。

一顆小棉球：這太子爺不是每次都被拍到跟不同女人在一起嗎？有什麼好大驚小怪的。

要不要來杯菊花茶：這哥身邊的女人換得勤是眾所皆知的事，小編你是沒有東西好報了嗎？？？

喬少我老公：暈，任律師太帥了吧，公主抱是什麼電視劇情節。

今天杏子碼文了嗎：雖然任平生聽說挺花的，但也是真帥啊哈哈，要我也想跟他睡一覺。

辰菲不是真的我就是假的：根據我關注任律師這大帥哥多年，他從來都是跟女人調情玩的，像個情場老手一向從容不迫，但這幾張照片臉色看著有點焦慮啊。

K市一枝花：尼瑪我這是沒機會了嗎？？？

全服第一嘴砲：回樓上，就算他懷裡沒人，你也沒機會：）

顧念之方才沐浴在陽光下心情還挺好的，鬱結之氣一掃而空，然而這下瀏覽完評論，不知怎麼的又有些胸悶了。一股氣堵在那，上不來也下不去，難受。

連帶看著那香氣四溢的紫米飯糰都沒什麼食慾了。

ღ

任平生一出便利商店，就看到不遠處有一道熟悉的身影拐過巷口，朝大樓這邊走來，日光從屋簷傾落，點點綴在眼角眉梢，整個人像是攏在光暈中，身型被光線勾勒出一圈毛邊。

她微垂著頭，柔軟的髮絲落在頰邊，斂住了大半面容，看不出情緒。

任平生望著她愈來愈靠近，啜了一口咖啡，瞇了瞇眼。

這女人看著情緒有些低落啊，雖然她平時情緒就不怎麼高漲。

等人走到便利商店門口，任平生才懶洋洋地叫了一聲。

熟悉的嗓音沾著早晨的風順入耳膜，尾音打著捲兒，是一貫的散漫。

顧念之面無表情地抬頭，見到來人，原先毫無波瀾的一張臉，瞬間在眉頭處蕩起了細小的漣漪。

任平生錯愕，我就這麼討人厭嗎？

顧念之眉間的摺痕依舊，心不在焉地掀了掀眼皮，就在任平生以為她又要開啟嘲諷技能的時候，她卻拖著步伐走到他面前，抬起手上的那袋早餐。

「你吃紫米飯糰嗎?」

跟預料中的不太一樣,任平生有點沒反應過來,過了幾秒才點頭,「吃啊。」

「那喝豆漿嗎?」

任平生又點點頭。

得到了滿意的答案後,顧念之把早餐塞進他手裡,沒什麼情緒地道:「那你吃吧。」

任平生深感詫異,今天是怎麼回事?千里送早餐不符合您的高冷人設啊!

「顧老師,您沒事吧?」猝不及防被塞了份早餐,任平生懵了下,隨即跟上她的腳步,語聲關切。

「沒事。」顧念之聲線本就偏低,像夜晚的流水摻了碎冰,聽著還挺冷。

「真沒事?」任平生拎起手上的早餐晃了晃,微微彎身,側首看向她,「我對您還不了解嗎?您是不可能這麼好心給我帶早餐的。」

顧念之睨了他一眼,「好好說話。」

「難不成您在裡頭下毒了,就為了報那天的拉麵之仇?」

「我就是沒食慾。」要不是生理限制,她的白眼早已翻到千萬光年之外,她伸手去拽他手上的袋子,「不吃就算了,我回家自己吃。」

此時兩人走到了電梯前,任平生見顧念之要來搶,眼明手快將拿著早餐的手抬高,兩人身高差距擺在那,顧念之搆不著,便踮起腳尖要去抓。

他毫不費力地扣住了她伸過來的手,按著往下,顧念之被拉力牽制,趔趄了一下卻沒跌倒,才發現原來自己半身幾乎都壓在他身上，方得以撐住身子沒倒。

她僵了僵，抬頭就見男人挑著眼尾似笑非笑看著自己，她下意識地吞了吞口水，感覺有一抹熱氣自耳後悄悄攀上。

空氣有一剎那的停滯，顧念之望進他深褐色的瞳孔中，那裡除了有流動的笑意，還隱隱有什麼藏在眼底深處，被眸光輕輕遮掩。

她還來不及看清，「叮咚」一聲電梯門開了，任平生眨了眨眼，彎唇笑道：「看夠了？」

顧念之咬著下唇掙開他的手，心想自己方才不知是怎麼了，竟像被下了咒一般，視線居然沒能從那雙眼睛上輕易移開。

她突然就想到了聞夕染那句——

那雙眼睛看久了彷彿會被下蠱，肯定很多女人直接暈船暈好暈滿。

顧念之不知道其他女人暈船了沒，反正她是沒暈，就是有點不自在。

看著女人甩手而去進入電梯的背影，任平生低低笑了一聲跟上。

任平生修長的手指往自家樓層按上去，按完樓層後退到另一邊，好整以暇地靠著牆，見身旁的女人撇開目光，他嘴角扯了扯，慢悠悠開口，「沒食慾為什麼要買早餐？」

任平生拎起手上的飯糰和豆漿晃了晃，「還是妳想給我帶早餐卻不好意思說，只好用沒食慾來當作藉口？」

顧念之挑了挑眉，「買之前還挺有食慾的，但買完看到你後就沒什麼食慾了。」

任平生習慣性地轉了轉錶帶，皮笑肉不笑，「為什麼看到我就沒食慾了？」

顧念之抿了抿唇，沒說話。

其實重點原因也不是他，主要是看了那些關於他的風流往事，她沒來由的就有些煩悶。

任平生見她面色有些不自然，像是被戳中什麼心思一般，勾著早餐袋的手指微屈，揚了揚眉。

此時「叮」的一聲，電梯門開了，顧念之看了一眼樓層，疾步走了出去，逃離似的。

等到顧念之出去之後，任平生笑了聲，才慢吞吞地抬起腳步走回家。

離開電梯後，顧念之便迅速開門進入家中，將任平生與那些紛紛擾擾拋至身後。

還好任平生沒有再追上來，顧念之覺得這人騷歸騷，終究還是挺識相的，看出她現在心緒煩躁不想見任何人，也就沒有再糾纏。

隨後她又想，他的職業使然，不時要與各路委託人打交道，必定擅於交際，對於人與人之間的分寸拿捏怎能不熟悉？

心情依然像是在桑拿房裡翻騰的蒸氣，既熱且燥，又沒有疏通管道。

顧念之乾脆把手機關機，打開電腦斷網閉關寫稿。

時間一點一滴消弭於逐漸增長的文稿中，囤積在腦海中的構思藉由新細明體勾勒出來，白底黑字，劇情日益豐滿。

十一萬字了，主線來到高潮，小木屋陳屍案偵破，兇手僅是一名十三歲的孩子，出乎眾人意料。

那孩子瘦弱又安靜，彷彿與背景板融為一塊，使得警方在調查初始便下意識忽略掉他的疑點和不在場證明。

敲下本章的最後一個字後，顧念之重新瀏覽了一遍今天的稿子，覺得甚是滿意，於是儲存檔案備份關上筆電，決定點個外賣休息一下。

在點外賣之前，她把失寵了一個下午的手機撈回來，重新開機登入許久沒營業的社群帳號，發文通知大家。

顧念之：《掩生》下禮拜一開更，不見不散。

發的動態跟她人一樣，始終簡潔淡然，沒有過多的人設。

義務性告知完讀者們作品開更的消息後，顧念之便關掉社群，點開外賣APP，開始物色要點什麼犒賞自己。

貼文不過才發布了三分鐘，底下的留言便炸了。

卿卿的一個吻：啊啊啊啊啊老顧回歸了我要追爆！！！

今天杏子碼文了嗎：爸爸您終於記起您的帳密了嗎？兒子甚是感動嗚嗚

菲常可愛：好期待！光看文案已經愛了愛了～

旻城SZD：哭了我昨天生日許願老顧這個月能開更，沒想到真的實現了qq

及川徹我可以嗑一輩子：寶貝孫女啊奶奶年輕時追的作者終於更新了……

小碼動物園：熟悉的高冷最對味（心

宜室宜嘉：嗚嗚嗚女神回歸，精神糧食入庫了TT

蘋果牛奶不嫌多：看簡介發現跟《Melancholy》是同個系列的，我能許願我老公肖隊客串這本嗎？嘻嘻★

時安時安：樓上在胡言亂語什麼，肖隊現在躺在我旁邊：）

對於自己久違浮出水面釀成的轟動一無所知，顧念之一心念著晚餐要吃什麼好，在麻辣燙和小龍蝦之間天人交戰。

五分鐘之後，顧念之滿意地把一人份的麻辣小龍蝦加入購物車，正要下單的時候，門鈴卻響了。

她下意識地蹙了蹙眉，心想這個時間點怎麼會有人來訪。

她只好暫時將她的小龍蝦擱著，起身去應門。

一打開門，就見任平生抬起手慵懶地晃了晃，眉眼彎彎，「晚安啊顧老師，想不想一起吃晚餐？」

「……不想。」語聲落下，顧念之毫不留情地把門關上。

任平生看著眼前緊閉的大門，扯了扯嘴角，氣笑了。

他按著手機給她發訊息。

任平生：妳是不是不想看到我？

顧念之：很高興你有自知之明。

任平生：因為早上的新聞？

顧念之沒回了。

任平生目光落在最後一條訊息前方的「已讀」小字，挑了挑眉，舌尖掃過下唇，思忖了幾秒，倚著門板繼續發訊息。

任平生：新聞的事確實是我不好，沒有及時找人壓下去，這不，我給妳帶了小龍蝦賠罪。

顧念之立在門板的另一端，垂著眼簾看手機螢幕，沒有動作。

兩秒後，對方又傳了一條訊息過來。

任平生：一起吃？

顧念之眨了眨眼，腦海裡突然浮現他站在門外給她傳訊息的模樣，是一貫的漫不經心，語氣卻隱隱帶著討好，以及一點點……委屈？

她突然洩了氣一般，有些無奈地垂下手機，額頭往前一靠，抵在門板上一動也不動。

胸口處沉積了一天的悶脹感，不知怎麼的就散了七八分。

任平生見她都已讀了，卻仍沒有任何動靜，心想是真的生氣了，之前冷淡歸冷淡，卻沒這麼避而不見。

他暗自嘆了一口氣，抬手敲了敲門，輕聲道：「念之，開門嗎？如果不想吃小龍蝦也可以，想吃什麼我都買給妳。」

男人低沉的聲嗓裹著敲門聲震動著傳入耳膜，顧念之握著手機的手緊了緊，最終開了門。

方才的挫敗消失無蹤，此時她臉色平淡無一絲餘波，彷彿從未受到情緒的困擾，狹長的丹鳳眼似是勾了把窗外夜色的寒涼，是一如既往的沉靜冰冷。

任平生嘴角輕揚，「不生氣了？」

顧念之面無表情，「本來就沒生氣。」

任平生咬著下唇低笑了一聲，不置可否。

顧念之沒理睬，目光落在他手上的袋子，裡頭散發著讓人食慾大開的香氣，她視線停駐了幾秒，轉而移回他臉上。

「看在小龍蝦的份上。」她側身讓出一條通道，「進來吧。」

這是任平生被關在門外無數次後，第一次進到她家。

裝潢就如同她的氣質一般，簡約明淨，深灰與白色相間，透著一股濃濃的冷淡。

顧念之去廚房拿餐具，任平生打量了一下，也提著小龍蝦跟進廚房。

「要喝什麼嗎？」顧念之從櫥櫃上拿起玻璃杯問道。

「都可以。」任平生沒看她，手指穿過塑膠袋的結，輕輕勾一下，袋子便鬆開了，「妳喝什麼我就喝什麼。」

顧念之打開冰箱，見裡頭只有牛奶和柳橙汁，想著牛奶配麻辣小龍蝦委實有些違和，便倒了兩杯果汁。

兩人相對而坐，任平生看著她安靜地進食，心想連吃小龍蝦這麼接地氣的食物，還能如此高冷優雅也是不容易。

空氣無聲流淌，顧念之一天下來沒吃半點東西是真的餓了，默默地把半隻小龍蝦吞下肚後，才發現對面的人沒怎麼動，「你怎麼不吃？」

任平生好看的手指擱在桌沿扣了扣，在清脆的敲擊聲中懶洋洋地挑起眼尾，「眼睛已經吃飽了。」

任平生確實是吃飽了，傍晚五點多的時候有一場約談，那時便和委託人吃過了，本就不怎麼餓，帶小龍蝦來也就是碰碰運氣賠個罪，還好賭對了。

「妳是不是還沒看聲明？」任平生見她一臉又想翻白眼，笑了聲，轉移話題。

「什麼聲明？」

果然。他就想，要是這女人早已看過聲明，現在也不至於這麼惱火，雖然骨子裡的冷酷是真，但也並非沒有肚量。

「我早上跟妳分開後就發了聲明，也找人把熱搜壓下來了。」任平生滑開手機點進自己的帳號主頁，將轉發新聞的那條動態給她看。

顧念之就著他遞過來的手機瞅了瞅，內容無非是解釋照片的緣由，她高燒身體不適，而兩人又是朋友兼鄰居，他才緊急帶她回家休息照顧，通篇口吻十分正直且官方。

「還滿意嗎？」見她讀完了澄清帖，任平生將手機收回來，笑著問道。

顧念之「嗯」了一聲，「還行，但有個地方有疑慮。」

任平生揚了揚眉。

「鄰居是事實，但我們不是朋友啊，您身為一個律師理應對字句的斟酌更加仔細才行，怎麼就這麼粗糙地發布聲明誤導廣大網友了呢？」

任平生氣笑了，他收起手機，散漫地往椅背靠，皮笑肉不笑，「顧老師您說對了，其實我也不是那麼想跟您當朋友。」

顧念之夾菜的手頓了頓，抬眸直直盯著他，沒說話。

「顧老師寫的是言情小說對吧？那妳應該很清楚套路才對。」任平生笑了一聲，「我比較想當妳的男朋友啊。」

尾音有意無意上捲，聲線沉緩，笑意細細密密地滲入，磨沙質地似地纏在耳梢。

空氣有一瞬間的凝滯，顧念之癱著古井無波的臉，心下卻是一顫。

良久，她終是有些忍無可忍，一向冰封的冷豔都有了些微裂痕。

「看來你挺想被我寫進書裡？」

「真的嗎？」任平生眉峰微挑，嘴邊的肌肉牽起好看的弧度，眼睛一亮，「備感榮幸啊。」

身為一個作家，隨時隨地記錄靈感是必要的，因此家中許多地方都被她放了便條紙和筆，以便突然有靈感點湧過，可以隨時記錄下來。

「嗯。」顧念之從餐桌上的筆筒裡抽出筆，撕了張便條紙往上頭潦草撇了幾下，重新抬頭時臉上沒有一絲表情，伸手越過餐桌把便條紙朝他額上一拍。

任平生被這突如其來的操作給整懵了，抬手將黏在自己額上的便條紙撕下來。

只見上頭赫然寫著三個大字，筆跡飄然淩厲——當死者。

見男人一臉想翻白眼卻又按捺著的模樣，顧念之心情舒爽了不少，卻是沒頭沒尾地拋出一個問句，「你手怎麼了？」

任平生還沉浸在她的尖酸刻薄裡，聞言愣了一下，「什麼？」

顧念之在虛空中指了指他的手，「那裡。」

他順著她指的方向垂首，只見手掌心橫了一道不深不淺的疤。

方才他抬手拿下貼在額頭的便條紙時，被顧念之眼尖地捕捉到了。

他心道平常都藏得挺好，怎麼突然就被發現了，面上卻是不動聲色，「沒什麼，小時候太皮，玩美工刀不小心被割到，誰知道這麼倒楣就留了疤。」

顧念之目光淺淡，凝視著他古井無波的臉幾秒，見他不想多言，也不再追問。

任平生離開不久後，顧念之洗完澡打理好自己，將方才看到傷疤的事拋到腦後，喝了一杯熱牛奶暖胃助眠，便上床睡覺了。

四、我挺喜歡你的

聞夕染回國休假了。

顧念之猝不及防接到她在機場的電話後，立刻跳下床梳洗，才剛穿好衣服，就聽到門鈴聲清脆響起。

她不用想也知道是誰，果然一打開門就見自家好友立在門口，單手擱在行李箱的扶手上方，好整以暇地看著她。

「睡醒了？」聞夕染輕淺一笑，抬手拿下墨鏡，逕自走入屋內打量了一圈，「不錯啊妳這房子，北歐簡約風，非常顧念之。」

「妳怎麼突然回來了？」顧念之把她的行李箱拖進來，關上門，拿了雙室內拖給她。

「逃離是非之地。」

聞夕染極其自然地癱在沙發上，彷彿這就是她家一般，顧念之也不在意，去廚房倒了兩杯水出來。

「大洋另一端的小狼狗玩膩了？」顧念之輕笑一聲，把其中一杯遞給她。

「玩個鬼。」聞夕染接過馬克杯，仰頭一飲而盡，「切」了一聲，「我要是敢玩現在就不會出現在這裡了。」

顧念之點點頭，一副了然的模樣，「所以妳就回來玩國內的？」

聞夕染無語，即使自己在外人面前一向走溫柔人設，但這並不妨礙她想把顧念之這嘴賤的女人又出去餵狗。

她將見底的馬克杯放在桌上，「叩」的一聲響在空氣中，她垂眸笑道，眉眼彎彎，「如果您不想失去一個朋友，我奉勸一句，您還是先閉嘴比較好。」

她嘴邊的弧度微揚，清雅如水仙，溫潤的陽光傾落在身上，整個歲月靜好的模樣。

顧念之看得一陣惡寒，「換我奉勸您一句，如果您不想失去一個朋友，至少在我面前，請先將那個噁心的人設給卸下。」

聞夕染瞟了她一眼，不以為意。

顧念之面無表情，「還是那個姓傅的就喜歡妳這矯情的溫柔人設？」

「我靠。」聽到某個敏感關鍵字，聞夕染裝不下去了，一聲髒話直接爆出來，「我都回國了就別他媽再提到這個人，要不然我回來回心酸的？」

顧念之見她炸毛的模樣特別開心，心情瞬間好了不少，起床氣都散沒了。

外顯性格溫婉如水的一個人，一旦碰到了敏感點，那是連掩飾都掩飾不下去，整個人就像從優雅的水鹿變成一隻炸毛的貓科動物，怎麼暴躁怎麼來。

顧念之沒去細究她和名義上的前男友那些破事，個人有個人的造化，有緣則合，無緣則散，感情這種事一向是強求不來的。

反正聞夕染也沒有要分享細節的意思，她唯一可以做的就是陪她消磨時光、揮霍人生，例如現在。

晚餐過後，顧念之被聞夕染拉去了酒吧，雖然她從不主動接觸酒精飲料，但既然闊別許久的朋友想要喝酒談天，她自然奉陪。

T市酒吧不少，但聞夕染長年居於國外，而顧念之本就不會去這種場所，因此兩人都對這兒的酒吧不太熟悉。

在討論要去哪一家的時候，顧念之不知怎麼的想到了任平生，這人浪成那副德性，肯定對這種燈紅酒綠的地方瞭若指掌。

而在意識到任平生又不動聲色出現在自己的思緒中，顧念之在心底大大地翻了個白眼，這人真是陰魂不散。

最後兩人去了一家在T大附近的酒吧，價位中等但品質挺好，客群通常為學生族群。

兩人推門而入，室內的光線依然昏暗，只吧檯後方那個巨型酒架上嵌著幾個英文字母，發散著耀眼的霓虹光彩。

MIRAGE。

顧念之挑了挑眉，突然覺得這家酒吧還挺有趣，起了個「海市蜃樓」的名，彷彿象徵世間浮華皆是虛幻，就連在這裡喝酒消遣的時光，都是光影構建出的蜃樓。忘卻所有煩惱的快樂總是短暫的，光線一旦偏折，眨眼間就散了。

她還沉浸在自己的思緒中，下一秒就看到聞夕染已經走到吧檯，和長得很好看的調酒師聊起天了。

顧念之環顧了室內一圈，挺有質感的一間店，雖然空間不大，該有的卻都有，看得出來費了一番心思打造，光是酒架上那個店名就具有十足的特色。

她走向吧檯，在聞夕染身邊坐定時，自家閨密甚至已經和調酒師交換了聯絡方式。

「妳動作還挺快。」顧念之睨了她一眼。

「長得好看的朋友不交白不交。」聞夕染揚眉笑道。

「美女，妳這話說到我心坎上了啊。」聞言，那名調酒師抬眸看向她，多情的眉眼都是笑意，「等會忙完請妳們一人一杯shot。」

聞夕染樂得吹了一聲口哨。

顧念之看了她一眼，連忙向調酒師道：「我就不用了，沒關係。」

「沒事，我心情好就喜歡請人喝酒，不用客氣。」語聲方落，他便立刻被其他人叫去支援了，顧念之見對方心意已決，也就沒有再堅持。

兩人各點了一杯調酒，細細慢慢地聊著近況，時間擱淺在酒杯中，而夜色轉眼間早已傾覆了街城。

凌晨兩點，兩人搭計程車回家。

上車後，顧念之斜著身體靠在椅背上，半張面容隱在陰暗處，臉上沒什麼表情。

司機先生親切地問她們要去哪？

顧念之低聲啟唇，「San Marino.」

「等等，姊妹，我們現在不在LA，嗯？」聞夕染驚覺不對，連忙打斷她。

顧念之面色依然古井無波，只稍稍歪了頭，「啊，我知道了，你們是不是聽不懂英語？沒關係，我再說一次，我家住在美國洛杉磯的聖瑪利諾市的——」

聞夕染生無可戀地捂住了她的嘴，「抱歉司機先生，我朋友可能有點神智不清，請您載我們到晴南上居吧。」

「五街那棟晴南建設的大樓是吧？沒問題。」

「謝謝。」與司機交涉完後，聞夕染鬆了一口氣，轉頭去看顧念之。

她面色一如既往的冰冷，看著特別難以親近，狹長的眼尾依舊捲著霜氣，卻少了幾分平日的凌厲。

再仔細一瞅，那一向沉靜清明的眸底，此時卻是一派空洞，原來是醉了。

方才那個好看的調酒師，說要請她們喝酒不是嘴上說說而已，等手上的事情忙完後，回頭就給了她們一人一杯shot。

酒液盛在小巧精緻的玻璃杯中，在迷濛光線的渲染之下，晶瑩透亮。

聞夕染舉起酒杯朝調酒師虛虛一敬，笑著一口乾了。

而顧念之在嘴唇碰到杯緣時，便感覺有一股濃烈的酒精味盈滿鼻間，她下意識皺起眉頭，手上的動作頓了頓。

「親愛的，這要一口喝掉。」聞夕染眉眼彎彎，笑著扣住了她的手，稍稍往上傾，引導她一飲而盡。

小小的一杯酒，看著乾淨無害，卻不知道它會不會拖著你的靈魂沉淪……

顧念之喝完那杯shot的當下沒有太大的感受，大約十五分鐘後，開始覺得自己有點不對勁。

身子裡頭似是有一簇火苗在燃燒，熱烈而盛大，燎原似地漫向四肢百骸，在血管與神經中種下綿延的火，而思緒纏成一團又一團的結，有如洪荒初始的混沌，意識在凋零。

不過她是屬於喝酒不上臉的類型，就算覺得腦子發暈，依然能夠面不改色地說話與行動，乍看之下神智清醒，與往常無異。

只是這一開口，所有偽裝都會剝落。

聞夕染沒有想到這女人一杯shot就不行了，難怪她方才乾了那杯之後就沒怎麼說話，原先點的調酒也幾乎沒去碰了，臨走之前還剩下大半杯。

不過顧念之本來就話少，因此聞夕染當時也沒有意識到什麼，經過了這番胡言亂語，才發現她是醉了。

MIRAGE距離晴南上居本就不遠，車子開到了大樓門口，聞夕染先把顧念之擱著，轉身付錢給司機先生。

結帳完之後，聞夕染回頭卻不見顧念之的身影，她茫了一下，跟司機道聲再見，下車後就看到方才坐在自己身旁的女人，此時正站在大門側邊的大型盆栽前，面色凝重。

聞夕染眨了眨眼，往她走去。

走近了些，才發現顧念之看那盆栽的目光簡直能用瞪來形容，眸色儘管混濁卻不減銳利，神情很是不悅。

「親愛的，妳這是怎麼了?」聞夕染沒看懂這波操作，出聲問道。

「Sharon妳來得正好，這傢伙擋著我的路了，我叫了好幾次他都不肯移步，妳幫我說說他。」顧念之扯了扯她的袖子，指著眼前的盆栽，語氣中有顯而易見的不滿。

聞夕染無語，費了一番力氣才把顧念之弄上樓，期間她始終端著高貴冷豔的姿態，嘴裡嚷嚷的卻是要盆栽給她道歉。

今晚她算是刷新對這個閨密的印象了，酒真不是什麼好東西，能把一個精明的女人弄得智商蹭蹭蹭地掉線。

好不容易出了電梯，聞夕染就見到不遠處有個男人正在開門。

對方似乎也聽到這邊的動靜，側首看了過來。

聞夕染揚了揚眉，覺得這人有點眼熟。

扶著顧念之走到她家門口時，她才想起來這男人不就是定風集團太子爺、律師界門面的任平生嗎？而這任律師，正好在不久前與她身旁的女人傳了一波緋聞，原來兩人是鄰居啊，怪不得……

聞夕染低笑一聲，「任律師，幸會。」她一手攬住顧念之的腰，騰出一隻手伸出去，嘴邊掛著一抹柔和笑意，溫聲招呼。

「幸會。」任平生不動聲色地掃過一旁面無表情的顧念之，也伸出手與她交握，不過一秒便放開，「妳是？」

「我是念之的朋友，她有點醉了，任律師有空的話，方不方便搭把手？」聞夕染有些抱歉地笑道，但仔細一看，那雙清亮的眸底卻沒有半點不好意思。

任平生「嗯」了一聲，「妳這樣挺吃力的吧，我來攙著她，妳開個門。」

見任平生搭著顧念之的肩膀，虛虛將人攬在懷裡，聞夕染心情愉悅地放開她，從顧念之的手提包裡翻出鑰匙開門。

進到房裡後，顧念之掙開禁錮她的手，直直往客廳走去，整個人「砰」的一聲坐下，舒舒服服地癱進沙發裡。

聞夕染挑起一邊眉，看向站在玄關的任平生，而他也正好看過來，兩道視線在空氣中無聲交會，沒有人說話，卻一致的在寂靜裡讀懂了對方眼裡的想法。

聞夕染把自己的行李箱拉到玄關處，抿了抿脣，輕聲開口，「任律師……」

他的目光越過她看向靠在沙發上的某人，「放心，我會照顧好她的。」

「那就好……謝謝你啊，我能安心去飯店辦入住了。」聞夕染鬆了口氣，「不好意思，那再麻煩了。」

「不會，鄰居嘛，守望相助是應該的。」任平生嘴角牽起細小的弧度，「何況這麼晚了，妳再不回去休息也挺累的，需要送妳一程嗎？」

「沒關係……」

「不然我讓司機載妳吧，妳住哪家飯店？」

「圓環那邊的徐迎，沒事，兩條街外而已，行李也不重，我自己走去就好了。」聞夕染眉眼彎著，笑得人畜無害，「如果有沒長眼的人想幹什麼，正好許久沒動動筋骨了，我不介意讓他嘗嘗跆拳道黑帶的底子。」

「既然如此……」任平生嘴邊笑意更盛，從自己的皮夾裡抽出一張卡，遞給她，「徐迎正好是我們集團旗下的飯店，妳把這張卡給櫃檯，說是任平生的朋友就好了。」

聞夕染也沒在客氣，順勢接過來，「多謝任律師了，至於念之……就麻煩你多擔待了。」

送走了聞夕染，任平生脫掉鞋子走到沙發旁邊，凝視著癱在沙發上沒有半點動靜的顧念之。

不動歸不動，她的雙眼卻是睜著的，方才全程安靜無話，他還以為她一沾上沙發就睡著了。

就在他正想要說些什麼的時候，顧念之卻突然將瞪著天花板的視線轉移到他身上，漂亮的手指著他，卻沒有更多的動作。

嘴唇翕動了下，輕盈的聲嗓砸在空氣中，「你是不是不愛我了？」

任平生咬著這句話在心裡頭過了一遍。

她的音色本就低了些，此時因為酒精滲透神經而全身放鬆，連語氣都輕盈似飄絮，聲線裡藏了幾分微醺，有點慵懶的性感。

顧念之埋怨似地吐出這一句話就沒下文了，細白的手依然駐留在半空中，半睜著眼望向他。

任平生勾了勾唇角，把她飄忽在空氣中的軟指包進掌心裡，纖瘦細膩，觸感溫涼。

他扯著她的手在她身邊坐下，微微傾身靠近，聲嗓低沉，「怎麼說？」

男人的氣息撲面而來，淡淡的木質香縈繞鼻尖，顧念之沒有想要掙脫的意思，垂眸看了一眼兩人交握的手，半晌才輕聲道：「你為什麼這麼溫柔……」

任平生笑得沒脾氣，「對妳哪次不溫——」

話還沒說完，顧念之便直接打斷，「你是不是外面有狗了？」

任平生無語。

顧念之面若冰霜，聲線薄涼，「說！你突然對我這麼溫柔，是不是背底裡做了什麼對不起我的事？」

任平生覺得，顧念之這人還挺有意思的。

她可以面不改色地冷嘲熱諷，也可以視世間萬物如浮雲般晃眼即過，甚至可以冷著一張臉發酒瘋。

是的，冷著一張臉，發酒瘋。

任平生不知道這個女人怎麼能把兩項沾不上邊的元素連結起來，還完美地融合在自己身上。

「我哪裡做了對不起妳的事？妳說說，我改。」任平生的拇指貼在她的指關節，安撫性地磨了磨。

顧念之又不說話了。

任平生漫不經心地把玩著她的手指，等待她發表意見。

直到他覺得自己這輩子的耐心都要耗在她身上了，顧念之才小幅度地動了動唇。

「任平生，我其實挺喜歡你的。」她的聲音很輕，彷彿一出口便要消融至無邊的夜色裡，卻依然一字一句清晰地傳進他耳中。

任平生一愣，捏了捏她的指尖，聲線有點啞，「再說一次？」

「我挺喜歡你的。」顧念之掀起眼皮看向他，嗓音中有些嫌棄，「你是不是耳朵不太好？」

任平生沒理，又問了一句：「我是誰？」

顧念之凝視他近在咫尺的面容，刀削似的下顎線，脣線淡薄，鼻梁高挺，還有那雙微微上挑蘊著風流的漂亮桃花眼。

她理所當然回道：「任平生啊。」

任平生感覺心下有一處塌陷了，宛若被春風細細吻過的嫩芽，柔軟得不像話。

他拉起她的手，拇指輕輕地蹭了蹭，垂頭在手背上印下一個吻。

真摯的，虔誠的，不帶任何雜念的。

喜歡的女人在自己面前輕聲細語地說喜歡自己，這誰能忍得住。

他還一直以為她是討厭他的。

柔軟微涼的觸感覆上肌膚，像是被羽尾掃過，不輕不重，轉瞬即逝，卻隱隱有什麼深深地烙印下來。

顧念之懵了懵，「你親我幹什麼？」

他沒有回答，又往她手背輕啄了一下，重新拋了一個問題給她，「妳喜歡我什麼？」

喝醉的顧念之除了開啟胡言亂語的技能外，其餘時候特別乖，基本上別人問什麼她就答什麼，像個品學兼優的好學生。

她歪了歪頭，髮絲順流而下遮住半張面容，任平生抬手將她的頭髮撩開，語聲溫潤，誘哄似地問：「喜歡我什麼，嗯？」

客廳暖黃的光線彷彿也摻了酣意，朦朧綴在她的眼角眉梢，醺醺然。

「雖然你這個人很浪、很騷、很吵、很沒規矩，還會擅自把我的拉麵去油去鹽……第一次見到你的時候，就覺得你這人集我所有不喜歡的元素於一身，而後來相處你也不出所料，確實就是我特別討厭的那種人。」她頓了下，咬了咬唇，「但我還是挺喜歡你的。」

任平生心想，您這是在誇我，還是在損我呢？

「你會注意到我害怕蝴蝶，立刻把我護送回家，也會在我生病的時候照顧我……還有很久之前，我回國第一天去參加出版社的餐敘，你差人給我受傷的腳踝包紮……當時就覺得，你雖然看著很浪，但其實也是挺細心的一個人。」

顧念之平緩的聲音還在繼續，任平生握著她的手緊了緊。

「你看，你擁有了所有我討厭的元素，但因為是你，所以我好像也討厭不起來。」

任平生起先覺得自己長年縱橫風流場，雖然跟許多女人玩過，但從未交付真心，童年的經驗讓他對愛情一向抱持著強烈的不信任感，認為所有感情都是說斷就斷，甚至當初愛得轟轟烈烈的兩個人，最終也有可能變成支離破碎的玉瓦。

那為什麼還要承擔著受傷的風險，把自己的心臟和靈魂交到另一個人的手上呢？

百花叢中浪遊一遭，圖個幾夜歡好，各取所需，沒有感情基礎也就沒有所謂的責任，更沒有之後可能會衍生的許多問題，這樣不是挺好的嗎？

但是在遇到顧念之後，他發現自己好像有些動搖了，所以潛意識中構建了一道無形的防衛機制，像是被一條麻繩捆著，時不時扯著心緒，提醒他不要飛蛾撲火。儘管平時禁不住心之所向一直去撩撥她，心裡卻仍是堅持著不想這麼快投降。

但現在一向冷豔的女人依偎在自己懷裡，語調真誠地說著「因為是你，所以我好像也討厭不起來」。

任平生聽到心底那根倔強著不願屈服的弦，「啪」的一聲，斷了。

顧念之不知道任平生心裡的防禦牆崩了一層又一層，她在回答了任平生連拋出來的好幾個問題後，自認答得還不錯，滿分一百保守估計能拿個一百二十分。

顧念之的手還被他攥著，她輕輕動了動手指，想要掙脫開來，任平生卻沒放。

腦子纏成一團混沌的顧念之頓時有小脾氣了，她覺得自己用心懇切地答題，現在想要回房間休息，這人都不讓，真是小心眼。

她想著自己這個月還沒去做美甲，指甲沒修還挺長，指尖在任平生手心裡刮了刮。

顧念之自以為的有力攻擊，對他來說卻只是輕盈的搔撓，一下一下，撩撥人似的，細微的癢沿著神經一路直達大腦皮層，在那種下一片酥麻。

任平生額際青筋一跳，聲音啞著，「妳別勾引我。」

顧念之不明白自己怎麼就勾引他了，眼皮耷拉，唇線緊繃，「我想睡覺。」

一旦面無表情，她就又回到那個立於冰山之巔睥睨眾生的女王，與方才在暖色燈光下軟乎乎說著喜歡的女人判若兩人。

任平生嘆了口氣，任由她抽出自己的手，看著她冷靜地從沙發上起身，面色淡定是淡定，但身體卻不受控地晃著，步伐虛浮。

任平生無奈之餘覺得這反差有些可愛，起身攬過她的腰，給她當作施力點穩住身子。

顧念之一回到房間，見到她那張柔軟的雙人床，整個人迫不及待「啪」的一聲跳上床，一張冷峻的臉埋在棉被裡，沒多久就傳來了均勻平順的呼吸。

任平生望著一沾枕就舒舒服服睡著的女人好半晌，目光裡的柔和綿長湧動，低低笑了一聲，離開時幫她輕輕掩上房門。

隔天顧念之一覺睡到中午，起床的時侯頭疼欲裂，一團反胃的噁心感擠在喉頭，她「嘔」的一聲跳下床，衝進浴室裡抱著馬桶狂吐。

把胃裡的東西吐了個乾淨後，身上那股嘔吐的酸臭味和沉積一整個晚上的酒味攪和在一起，顧念之聞著聞著又有點想吐了，趕緊進到淋浴間洗澡，把全身上下仔仔細細地搓了兩遍才安心。

她在客廳的沙發縫裡找到手機，電量卻早已消耗殆盡，充了電點開屏幕後，就是聞夕染的訊息通知傳來，時間是昨天半夜。

聞夕染：我住徐迎去了，妳好好休息，起床後可以的話就去喝個解酒湯，記得跟任律師道謝。

顧念之不常喝酒，但一不小心喝多了就有一個普遍宿醉患者都有的毛病，斷片。

她盯著聞夕染給她發的訊息，眉間漫上細小的皺褶，心裡有千百個疑問。

她直接打給聞夕染。

「為什麼要跟任律師道謝？」聞夕染重複了一遍她的問題，「妳是真的一點都不記得昨晚發生了什麼事嗎？」

對面一陣沉默，見顧念之沒轍，聞夕染興致又上來了，勾了勾唇，聲調一派溫婉如水，「昨天妳跟計程車司機說要去San Marino，以及站在大樓門口和盆栽對峙的事我就不多說了，怕顧老師您高傲卻脆弱的心靈會被刺激到。」

顧念之無語，您這他媽不是就說了嗎？

「我把妳拖上樓後，正好遇到回來的任律師，他看我挺狼狽的，就幫我搭把手，結果妳知道怎麼了嗎？」聞夕染故意拖長尾音，十足吊人胃口，「進到妳家之後，妳就下了逐客令，讓我能滾多遠就滾多遠，我要把妳攙回房間妳還不讓，但任律師去扶妳就大手一揮准了。」

聞夕染坑朋友編故事的技能那是信手拈來，講一長串都臉不紅氣不喘，「我雖然挺寒心的，但有任律師在，我也多少能放點心，於是就謹遵您的命令，抱著我的行李滾去飯店了。」

顧念之覺得頭有點疼，記憶斷層讓她沒辦法分辨聞夕染話語中的真實性，但任平生昨天照顧她的事多少還是有點印象，只是那碎片般的記憶模糊不清，她有沒有像聞夕染說的那麼瘋就不得而知了。

……酒真不是個好東西。

顧念之在心底把這句話默唸三遍後，花了好一陣子沉澱心緒，斟酌著要怎麼跟任平生道謝，欠人情是一定的，但她也不想放下太多身段去道謝，用膝蓋都能預見他那吊兒郎當的得意嘴臉。

可她確實給他添麻煩了，顧念之絕望地閉上眼睛。

五分鐘後，她自暴自棄拎起包包出門，想要下樓買午餐填飽一下那吐得精光的胃。

豈料一開門，就見那個讓她天人交戰的罪魁禍首，正好也從家裡走出來，姿態悠閒。

聽聞動靜，他側首淺淺望過來，一雙狹長的桃花眼挑著，笑得漫不經心。

顧念之心想，太棒了，真的是怕什麼就來什麼。

「顧老師醒了？」任平生笑語溫潤，眉眼間卻是促狹。

顧念之沒力氣跟他鬥，心累的「嗯」了一聲，破罐子破摔，「謝謝你啊，我昨晚肯定給你添了很多麻煩。」

「怎麼會……」任平生微瞇了眼，眼尾順勢拉長，笑意似是揉了暖春的風，「昨天妳講的話可哄得我開心了呢。」

語聲飄忽，咬字有意無意地磨著，尾音拖得長。

聞言，顧念之鎖門的動作一頓，驚覺不對，猛地抬頭，「什麼？」

「顧老師不記得了？」任平生饒有興致。

顧念之腦子裡光速運轉，搜索了一遍昨晚的記憶，奈何除了和聞夕染搭計程車回家，有人把她攙回房間而她倒頭就睡，其餘都模糊不清，像是被修圖軟體套上虛化特效。

「當真不記得了？」任平生見她絞盡腦汁也想不出個所以然，眼底的興味更加繁茂，茁壯生長。

顧念之沉住氣，努力維持冷靜，「我昨天說了什麼？」

兩人走到電梯前，任平生按住電梯鈕，讓顧念之先進去，電梯裡狹小的空間無形中營造了壓迫的氛圍，顧念之莫名有些緊張。

反觀任平生，老神在在，好整以暇。

他沒有繼續電梯外那個話題，此時一陣無話，沉默隨著電梯的下降無限擴大，而顧念之心裡那點不妙的預感在寂靜下生根發芽，一寸一寸長成參天大樹。

出了電梯，任平生提出邀請，「顧老師，一起吃個午飯？」

見她有些遲疑，他接著又道：「我給妳說說昨晚發生的事？」

「我……」顧念之艱難啟唇，想要分析他的面部表情也揣摩不出個所以然，最後自暴自棄，「好。」

縱然做出了什麼脫序行為，本人至少也要知道一些才行，以免之後落人口舌，自己卻被蒙在鼓裡半分不曉得。

兩人去了對街的一家義式料理店，任平生似是常常光顧，十分熟稔地和店員打了聲招呼，便帶著顧念之到窗邊的一張雙人桌坐下。

他倒了兩杯檸檬水，一杯推至她面前，「決定好就可以叫店員來點餐了。」

望著他氣定神閒翻菜單的模樣，顧念之覺得自己冰山般堅硬的心態要崩了，想說什麼就直接說，這樣揣在心裡故意遛著她好玩嗎？

春日的陽光潑上窗櫺，在他的眼角眉梢綴滿清煦，髮絲都被染上了點點金黃。

顧念之不禁多瞅了幾眼，垂首看菜單時倒有些心亂如麻了。

直到店員來點餐，無心於菜色的她都沒能決定要吃什麼，最後隨便指了菜單上標註著「招牌推薦」的一道義大利麵。

「好了。」服務員離開後，顧念之有些憋不住，直接了當進入主題，「任律師也別吊我胃口了，跟我說說昨天晚上發生的事？」

任平生慢條斯理地抿了一口檸檬水，舉手投足間都是漫不經心的高雅，末了將目光拋向她，「我這不是怕妳太早知道，就沒辦法自在地吃完這頓飯嗎？」

顧念之心道，你不早點跟我說，我在這邊懸著一顆忐忑不安的心，也沒辦法好好吃飯好嗎？

任平生也知道吊得差不多了，既然已經把人騙來共進午餐，再遛下去這女人指不定要鬧脾氣。

「顧念之，妳喜歡我嗎？」

顧念之愣了愣，她被這猝不及防的問題砸得有點懵。

「不喜歡。」措手不及歸措手不及，多年來的習慣依然使她馬上正了色。

任平生翹起脣，懶洋洋地靠上椅背，「妳昨天可不是這麼說的啊。」

聞言，顧念之心下「吭噔」一聲，面上卻依舊古井無波，理直氣壯迎上他的目光，「哦？我昨天是怎麼說的？」

昨晚女人溫順地倒在自己懷裡，平淡卻不失真誠地說著喜歡的模樣，此時再次浮現在他的腦海中。

「妳說……」他嘴邊笑意氾濫，聲線故意壓低了些，勾引人似的，「妳挺喜歡我的。」

顧念之心下一顫。

「妳還說，我擁有了所有妳討厭的元素，但因為是我，所以妳好像也討厭不起來。」任平生一字一句清晰道，餐廳內的語聲紛雜，但她的耳膜卻彷彿屏蔽了外在的所有喧囂，只聽得見眼前人從容沉緩的嗓音，一下一下砸在她的心尖上。

任平生陳述完，便好整以暇地望著眼前神情複雜的她。

顧念之沒有說話，一些關於昨晚的片段飛絮般地掠過腦海，昏暗的光線、雙手交疊的溫度、胡言亂語後推心置腹的對話、還有……虔誠細膩的吻。

她眸色微沉，擱在大腿上的手不自覺攥緊了雪紡長褲，層層疊疊的褶皺纏繞在指間，宛若泛起細小摺痕的心緒。

顫巍巍的，還有點說不清道不明的溫軟，好像也不反感。

思及此，顧念之掩在髮絲下的耳根浮起一抹淺淡的紅，思緒繞了幾個圈後，重新抬頭，就撞進了他溫沉的眼底，那裡有逐清風而來的暖色浮盪，柔情綿長。

總是漫不經心勾引人的眼睛，一旦收斂了輕浮，清亮裡盛的是溫潤，眼尾勾的是浩蕩的溫柔……

顧念之抓著褲子的手更緊了。

「咳。」她故作鎮定地清了清喉嚨，斟酌著要怎麼開口，「其實吧，我喝醉後一向有個毛病。」

任平生洗耳恭聽。

「我上次喝醉的時候也跟路邊的小女生說了一樣的話，可能是我平常不太善於表露心意，所以一旦喝醉了，藉著酒精的催化，看到誰都想表白。」靈感不斷的顧大作家開始編排新故事，「我記得那時候是在紐約吧，隔天醒了之後，聞夕染說我拉著路邊一個十五六歲小女生的手，真情切意地說我喜歡她。」

見他無動於衷，顧念之思忖著，又下了劑猛藥，「我還跟她說，反正同婚法案過了，我們明天就可以去登記結婚。」

任平生一臉平靜。

顧念之抽了抽唇角，「你說點話，不然我有點尷尬。」

任平生笑了一聲，舌尖掃過後槽牙，輕輕頂了下腮幫子，「妳說……妳平常不太善於表露心意，所以喝醉後，反正有酒精壯膽，就想跟人表白？」

顧念之覺得這話聽起來沒什麼毛病，點點頭。

「那這樣是不是代表，我屬於妳平常不善於表露心意的對象，因此喝醉後，看到我就想跟我傾訴一下，跟我表白？」

顧念之覺得這話好像有哪裡不對，但乍聽之下依然沒什麼問題，於是在遲疑了一秒後，再次點點頭。

「也就是說……妳平常對我就有某些不可言說的意思，但是因為不善於表達感情，才會在喝醉後，藉酒壯膽，倒在我懷裡說著喜歡我？」

顧念之點頭的動作一滯，抬首望去，就見對面的人悠然自得地看著自己，一隻手擱在桌沿，指尖輕輕敲著，不緊不慢。

「顧念之，再問妳一次，妳是不是喜歡我？」

顧念之被繞進去了。

任平生取材自她親口說出的話，用以圈繞成一個邏輯誤區，像個極有耐心在暗中窺視的狩獵者，一字一句引誘著她踏入陷阱。

顧念之腦子有一瞬間發懵，她一向不是個拐彎抹角的人，卻偏偏不善於應付過於直接的情感表達，就像她不擅長直白地表現出自己的情感一樣。

儘管任平生不是第一次直言不諱了，但她依然沒能習慣。

從小沒有人教她如何適當展露自己的感情，深怕過猶不及的氾濫，經年累月下來，那些情緒就被嚴實地藏了起來，被一張名為內斂的織網包覆。

就連她生命中唯一一任的前男友，和她分手的原因之一，也是因為她沉悶的性格。

可是任平生不一樣，他的情感表達一向收放自如，今天也許拿捏分寸收斂心緒，明天卻可能一記直球丟過來，砸得人措手不及。

就好像蟄伏在暗無天日的洞窟裡許久，某天突然闖進了一束光，第一個反應不是歡天喜地承接光芒的普照，而是帶著存疑與畏懼，戰戰兢兢猶豫著要不要靠近光源。

待在黑暗裡久了，連平凡的溫暖都變得可畏。

顧念之望著眼前人似笑非笑的模樣，抿了抿唇道：「那……任平生，你喜歡我嗎？」

「喜歡啊。」幾乎是語聲落下的那一刻他便回答了，不帶半點遲疑，彷彿一隻獲得高級罐頭的貓，笑得一臉饜足，「特別喜歡。」

顧念之沉默了一陣，「你們律師都這樣的嗎？」

「怎麼樣？」

「玩文字遊戲，把人繞進邏輯死亡區，然後再反過來咬一口。」顧念之冷冰冰地瞟了他一眼，語氣壓沉了些，嘴角扯出嘲諷的弧度，「別有用心啊。」

「哪裡玩文字遊戲了？我就是把妳的話換句話說罷了。」任平生嘴角勾起細微的線條，身子稍稍向前傾，抵在桌沿，「順便確認一下——妳喜歡我的這項事實。」

任平生對她的意圖再明顯不過，像是把所有籌碼明明白白地鋪展在談判桌上，就等著她去下注，但她不知道任平生喜歡她什麼，也不知道自己對他有沒有意思。

她的性格一向疏淡，本就不是常人所喜歡的類型，而她對新的感情——無論是友情愛情，一向抱持著既來之則安之的態度，不會嚮往，也不會逃避。獨善其身自由且快活，但多一個人陪伴也不是壞事。

思及此，她設想了一下，若是真的與任平生發展出一段關係，她會不會接受？

雖然不至熱切，但好像也不怎麼排斥。

她確實有感覺到自己這段時間下來已逐漸接受他，從一開始的煩躁到習慣他的存在，也不過就短短幾個月。

她覺得人與人的相處真是一件可怕的事，明明起初對這類騷浪型人格厭煩到不行，現在卻隨著他不斷嘗試與她拉近距離，順著光陰的推移，才發現原來生活裡許多角落都有他的影子。

他早已侵入她的生命，在裡頭悄無聲息地安了一個家。

顧念之卻不知該如何回應這份情感，幸好任平生也沒逼她，在離開餐廳回家後，顧念之思忖許久，最終打開手機瀏覽器，小心翼翼斟酌著用詞，一個字一個字地輸入搜尋欄，刪刪打打後，瀏覽器的搜尋紀錄是這樣的……

——怎麼知道自己喜歡他？

——被告白了下一步該怎麼做？

——如何發展一段新的戀情？

常駐中文創作暢銷榜，寫過無數刻骨銘心愛情的言情大佬顧念之，正抱著手機，就著窗外清冷的月光，垂頭望著屏幕，想從一行又一行的論壇問答中瞧出個所以然。

樹影婆娑，夜色悄然攀上她的眉間。

淡薄的唇線因為不明所以的緊張而繃直了，目光掃過網友們一篇篇充滿豐富經驗的小作文，顧念之支著下頷，腦中時不時浮現出某人的身影，思緒紛亂無序。

就像個十五六歲情竇初開的純情花季少女，為情所困的那種。

T市，任家別墅。

夜色傾倒，月光暈在前庭的小花園，將花草染得朦朧一片。

任平生在前幾天接到了母親趙子歡的電話，彼時自家母親對著話筒哭訴母子倆很久沒見了，對兒子的思念有如滔滔江水，碎碎念念了半小時，最後下了一道命令——讓他回家住幾天。

任平生簡單收拾東西回家，任家的別墅位於T市郊區，距離市中心開車要一段時間，因此任平生開始在律師事務所工作後，為求上班方便，於市中心購置了一套房。

晚上八點多，任平生下樓想倒杯果汁解解渴。

經過客廳時，看到讀高中的妹妹翹著腳癱在沙發上滑手機，象徵性地問了一句「在做什麼」，便直直往廚房走去。豈料等到任平生裝了杯果汁回來，她便拉著他的手坐下。

「我在看小說。」任時安把手機遞到他面前，「《掩生》你知道嗎？特別好看。」

任平生搖頭，妹妹的年紀跟他差了將近一輪，他對時下國高中生的娛樂基本上一概不知。

「那顧念之你知道嗎？就是這本《掩生》的作者，她的暢銷書還有《Melancholy》、《換一季晚風》、《他說》……」任時安見任平生不知道，開始細數自家女神的書給他聽。

在聽到熟悉的名字時，任平生眼底滑過一絲驚訝，見妹妹認真地跟他介紹這個作者，挑了挑眉，饒有興致。

「而且她不只文筆好，寫的文還特別有深度，不是無腦的傻白甜，而是可以跟著劇情推理，真的很好看，你有空一定要去看！」任時安見任平生的目光正經了許多，以為是自己這番熱情推薦成功勾起他的好奇心，繼續道：「顧老師的書我都有買，如果你要看可以直接去我書櫃上拿，啊對了，有些書有分特裝跟平裝，但其實內容都一樣，只是我兩版都想收藏。」

等到任時安天花亂墜地把顧念之吹捧了一波之後，任平生笑著揉了揉她的頭，「那你們家顧老師都在哪裡連載？既然妳都這麼傾情推薦了，我肯定要去看一下。」

任時安連忙在手機螢幕上點了點，叫出顧念之在文學平臺上的個人專欄，複製了網址，發給任平生。

「我傳給你了！」她豎起大拇指比了一個讚，然後從沙發上起身，「那我去洗澡讀書了，明天有個物理小考我還沒讀哈哈哈——」

任平生無奈，「那妳也是心大，還敢在這邊追文。」

「那不一樣，女神的更新總是要無條件擺第一，何況這幾天的劇情真的太精采了。」任時安跑到樓梯口的時候，還不忘轉頭向任平生提醒了一句，「一定要去看喔！」

任平生失笑。

直到妹妹蹦蹦跳跳的纖細背影消失在樓梯間，他才揚了揚眉，打開她傳過來的網址，仔細欣賞顧念之的作品專欄。

任平生花了一個晚上追到《掩生》目前的進度。

看完的時候已經清晨四點多了，顧念之的文筆確實卓越，連他這種不怎麼有耐心看書的人，都被她字裡行間勾勒出的精采劇情吸引住，欲罷不能。

甚至連專業的法律知識都處理得很好，基本上沒有BUG，任平生莫名有種自豪的感覺。

而他因為之前的一些相關諮詢，知道她有把家暴元素融入劇情中，因此在看到一開始警方調查的家暴案與曝屍荒野的屍體有隱隱的關係時，並沒有太大的驚訝。

只是愈看，他愈覺得不太對勁，心裡頭有一種不好的預感隨著夜晚逐漸滋長，但他沒有細想，只覺得這就是一篇小說，何況故事是真的好看。

任平生把微妙敏感的想法拋進寒涼的清晨中，讓東方浮出的第一道晨光消融掉這些情緒，枕著曙色安然入睡。

翌日晚上八點，顧念之按照慣例更新了《掩生》的新章回。

她知道的是，書本頁面下方的留言快速堆積，讀者們對於今天更新的曝屍荒野案、家暴案、小木屋陳屍案之間的層層關係網感到震驚。

她不知道的是，任平生在任時安的提醒下追完新的章回後，攥在手中的手機「啪」的一聲墜地。

彼時氣氛安和，一家子正在客廳談天吃水果，任時安因此被嚇了一跳，「哥，你怎麼了？」

任平生一向蘊著風流的漂亮桃花眼此時黯淡無光，彷彿被厚重的夜幕覆蓋，眸底沉寂無聲。

母親趙子歡和父親任齊見他臉色不對，連忙關心道：「還好嗎？」

任平生兀自盯著桌腳，腦袋空白一片，好半晌才回過神來，扯了扯唇，「沒事……我就是突然手滑，沒拿穩。」

任齊望著他的目光帶了點探詢，但也沒多說什麼，下一秒就見他起身道：「剩下的你們吃吧，我突然想到事務所還有件事沒處理，先回房間了。」

語畢，任平生便臉色蒼白匆匆離去，回到房間後「砰」的一聲甩上了門，背靠上門板大口喘著氣，粗重的喘息聲徘徊在偌大的房間中，攜著誰不可言說的心事，在夜闌之時放大了瘡口。

最新的一回《掩生》將故事開頭暴露荒野的屍體、警方調查的家暴案以及故事中段的小木屋陳屍案連結了起來，那些關係網如一條又一條的絲線纏住腦細胞，劇情不斷在腦內重複播放。

嚴善身為一個十三歲的孩子，在故事前半段的表現安靜乖巧，瘦弱得彷彿要與背景板融為一體，使得警方在調查初始便沒有對他投入過多心思。

畢竟一個父母雙亡的可憐孩子，同情都來不及了，誰能懷疑到他頭上呢？

在結束了警方的諮詢之後，嚴善便一個人消失得無影無蹤，有人說是被親戚領養了，有人說是被相關機構安置到孤兒院，對於這孩子的去向眾說紛紜，然而這話題也就短暫的被討論了幾天，接下來大眾的焦點便被小木屋陳屍案的偵查吸引過去。

誰也沒有想到的是，嚴善自己逃去一個沒有人認識他的城市。

隨著投入愈來愈多的警力一層一層搜索後，經歷多重的對比蒐證，所有證據一致指向那個瘦小且失去行蹤的十三歲孩子。

刑警隊長梳理了三個案件之間的關係，茅塞頓開，連忙號召各方警力全力抓捕嚴善。

小木屋陳屍案的死者是嚴克，也就是嚴善的親生父親。在這之前，父子倆上山露營，居住在休閒農莊的小木屋裡，計畫度過連假的悠閒時光。

可惜一夜過後，嚴克被發現死在了小木屋的床上。

隨著警方的偵查，發現殺死嚴克的兇手，便是他的親生兒子嚴善。

原來，嚴善與母親長期受到嚴克家暴，而在嚴善去鄰市校外教學的時候，嚴克喝酒失控打死了妻子，於是瞞著眾人，偷偷將其屍體丟到人煙罕至的郊外。

故事一開始暴露荒野的屍體主人，便是嚴克的妻子，嚴善的母親。

起初大家只覺得嚴善是個身世悲慘的孩子，幾個月前母親去世，父親又在家庭出遊時身亡。卻沒有想到，長期在家暴陰影下成長的孩子，性格早已扭曲，在偶然得知了母親是被父親殺死之後，便著手準備報仇。

三個案子，兩個逝去的生命，一個破碎的家庭。

良久，隨著呼吸漸漸平穩，任平生全身的力氣彷彿都被抽乾了一般，倚著門板緩緩滑落在地。

他眼神直視前方，面上卻沒有任何情緒，彷彿一具失去靈魂的空殼，懸在崖邊搖搖欲墜。

不知過了多久，他才重新拿起手機，因為方才被重摔在地的緣故，保護膜以蛛網的形狀裂了大半，滿目瘡痍。

任平生顫巍巍地再次點入《掩生》最新章回，快速地二刷後，他掐掉屏幕，兩隻手垂落在地，仰起頭，脖頸隨著力道上揚順勢拉出一條繃直的線。

她應該……不知道吧。

不可能……會知道的吧。

但如果是在不知情的情況下，怎麼有辦法寫出這麼相似的故事呢？

她聰明又細膩，會不會其實在與他相處的某些時候，便早早發現了端倪。

他殘破不堪的童年，凌亂又陰晦的成長背景……

絕對不可以讓她知道，絕對不可以……

任平生的頭依然仰著，只是那精緻的眼角抹上了一尾淒楚，順著地心引力的召喚，無聲滑下一行清淚。

ꕥ

任平生每個月都會抽出一天的時間去探望小禾。

顧念之是知道這件事的，因此只要任平生要去的話，她就會跟他一起去看看那個孩子。

然而這回在她準備好出門，還帶了小禾喜歡吃的提拉米蘇時，任平生卻突然說他今天臨時有事，不去了。

彼時顧念之站在任平生的家門前，看著手機螢幕上的對話框，緩緩挑起眉。

據她所知，小禾在任平生心中占據了很大的分量，關於他的事情，他通常都會盡力排開其他事務，就為了去關照他。

這回卻毫無預警地爽約了，她心下覺得奇怪，卻也不知道原因。

顧念之：你怎麼了？

任平生：身體不太舒服，妳要去看小禾就自己去吧。

顧念之：你還好嗎？需要幫你買個藥或薑湯回來？

任平生：不用，謝謝。

她目光鎖在他最後傳來的那句話，心下的怪異感滋長得更盛了。

根據這人以往的個性，他肯定是先裝可憐嚷嚷一番，纏著讓她照顧體弱的他，怎麼可能放棄這種與她親近的大好時機。

可是現在任平生只是傳來簡單的一句話，平淡制式，客氣得像是初次見面。

——甚至連初次見面都沒有這麼規矩。

四個字加上兩個標點符號，顧念之不知怎麼地瞅出了似有若無的疏離。

顧念之望著眼前緊鎖的大門，把那些困惑壓進心底深處，自行搭車去了平新鎮。

這是她第一次獨自踏上這棟陳舊斑駁的老公寓，顧念之熟門熟路地找到了小禾家，經過幾次的互動，小禾也和她逐漸熟悉起來，看到她來訪，便熱情地邀請她進屋。

少年的腿也好得差不多了，顧念之放寬了心。

她看到桌上散著幾本學科講義，把提拉米蘇遞給他，「記得你喜歡吃這個，讀書累了就稍微休息一下，吃點甜食放鬆心情。」

少年愣了一下，才小心翼翼地接過深棕色印著燙金字體的手提袋。

一看就是個高級甜點，小禾有些手足無措，顧念之看穿他的不好意思，直接道：「沒事，不要有負擔，我自己也很喜歡這家的蛋糕，看到有提拉米蘇就順便買給你了。」

「謝、謝謝姊姊。」

顧念之見他這番乖巧的模樣，不禁失笑。

小禾還記得第一次見到顧念之的時候，她癱著一張臉，渾身的氣質都是冰冷的，讓人望而卻步。沒想到這樣一個外表冷若冰霜的姊姊，卻會定期來照看非親非故的他，極有耐心地陪他說話，甚至記得他喜歡吃什麼，每回都帶不同的點心過來，真的讓他無比感激。

兩人有一搭沒一搭地聊著天，大部分都是小禾在分享學校的事，顧念之安靜地聽，時不時插上幾句。說著說著，小禾突然想到什麼似的，岔開話題問道：「對了姊姊，昨天哥哥有帶草莓來，很甜，妳要不要吃？」

聞言，顧念之心下一吭噔。

「任律師昨天來過了？」

「嗯，對呀。我還想說姊姊怎麼沒一起過來，沒想到妳今天就自己來了。」

「啊。」被顧念之藏進心底的那些古怪情緒又再次浮上，她頓了頓，「我昨天……有事沒能來。」才怪。

因為手上的稿子快要寫完了，她昨天給自己放一天假，無所事事地待在家裡看了一整天的電影。而那位臥病在床的任平生，昨天居然先自己來找過小禾了？

顧念之說不清心裡那股慌亂是怎麼回事，詭異感在心口處擴大，她與小禾又短暫地閒聊了幾句，最後在夜色暗下之前離去。

顧念之沒有去問任平生為什麼自己先去找小禾了。

她只覺得這人不太對勁，而日子一天一天過去，幾番碰壁之後，顧念之終於發現了癥結點。

她收到出版社寄來的糕點禮盒，去按了隔壁的門鈴，想要分一點給他。見他沒應門便傳了訊息，他回了不在家，但她五分鐘前從超市回來時分明看到這男人正好進了家門。

又或者，《掩生》的稿子差不多到了收尾階段，但最後還有一波劇情高潮，其中案件的梳理牽涉到部分訴訟問題，她想著可以和任平生探討一下，豈料他卻一再推託自己沒有時間，顧念之望著十二分鐘前任平生發的一條遊戲動態，也不知道當初是誰明媚地笑著說「我巴不得妳常常來打擾」。

以及她抽獎抽到一組雙人電影套票，片子的題材她覺得還挺有意思，但聞夕染早早就飛回大洋彼端去了，顧清晨不看電影，宋昀希在K市，左思右想只剩下任平生這個人選。她發了訊息問他要不要一起看電影，他兩天後才已讀並說對這部片沒有興趣，然而他明明在一週前轉發了這部電影的預告片，配字「期待上映」。

三番兩次拒而不見後，顧念之恍然大悟——任平生在逃避她。

至於逃避的理由是什麼，顧念之百思不得其解。

顧念之再次抱起手機，註冊了一個帳號，在論壇匿名發表文章，尋求網上廣大網友的協助。

@匿名用戶：當一個常常直球告白的人開始迴避自己說明什麼？

二十分鐘後她洗澡出來，貼文下方已經有許多網友的熱心回應。

@stayalwayshere：確定真的是在逃避嗎？或許是對方最近剛好很忙呢？拍拍樓主，不要想太多。

@94puppyline：說不定你只是他遍地撒網的其中一隻魚，成功捕到了其他魚就不需要再費心思釣你了。

@yuki_0331：推樓上，我之前也遇過這種的，原本口口聲聲說喜歡我要追我，早餐下午茶宵夜準時送到，噓寒問暖生病了還大老遠送藥過來，結果一個月後突然人間蒸發，後來才發現他同時在跟好幾個女生曖昧，成功追到一個妹子後就對其他人不聞不問了，啊不就還好我沒暈船，最看不起這種撒網捕魚的人了:)

@xing__333：有沒有可能是因為樓主做了什麼事情（非貶義）戳到他呢？有些人表面上嘻嘻哈哈的其實內心很敏感，可能還是喜歡你，但因為心裡有個檻過不去，不知道怎麼面對只能逃避了。抱抱樓主，希望你們這段關係能修復。

@beurself1102：或許對方是性單戀？那種喜歡的人開始喜歡自己後就不知道該怎麼面對，甚至會反感，因而搞消失。樓主最近有對他釋出好感或表白嗎？

@blind_4_luv：主動久了也是會累的。

顧念之瀏覽著廣大網友給的建議和想法，一個小時後，她關掉手機，整個人陷進沙發鬆軟的靠背中，開始思考她和任平生的關係。

初次見面他直言不諱地搭訕，她嫌惡厭棄地拒絕。

出版社餐敘中狹路相逢，他一邊不顧她意願拿她擋桃花，一邊又注意到她的腳傷吩咐人給她包紮。

夜店中她被心懷不軌的陌生人糾纏，他及時出現並將她擋在身後。

而後發現兩人是鄰居，他不厭其煩地叨擾，偶爾耐心地替她釐清法律相關的問題。

兩人在山上相遇，他護著她避開成群的蝴蝶；她生病了，他細心地照顧她，儘管十分狠心對她的拉麵下毒手。

也曾一起去看了小禾好多次，些許的打鬧，些許的不正經，些許的調戲和很多很多的溫柔。

口頭的告白膚淺而輕易，多了就像是成堆過期的糖，死甜且膩。

可是溫暖是真的，關心是真的，在乎也是真的。

這樣一個願意把放蕩的心從風流場中收回來，將深層的懇切取出來，虔誠地放進她手裡的人，卻突然對她不理不睬了。

所有心思都像是被收回的絲線從她身上抽離，攥在他手中沒有要再釋出的意思，彷彿連多說一句話都在浪費他的生命。

顧念之愣愣地凝視著天花板，沉默捲著夜色浪遊，窗外的天空沒有雲，殘月彎成鉤懸在樹梢，星子黯淡無光。不知道過了多久，她重新拿起手機，打開與任平生的對話視窗，把兩人的聊天紀錄重頭到尾滑了一遍，赫然發現其實並不多。

原先都是他主動挑起話題，聊天、約飯、喝茶、散步……只要能與她拉近關係，什麼理由都能說出口，而她回覆的字眼清一色是「嗯」、「好」、「不要」……單調得像灰白默劇，沒有搞笑也沒有發人深省劇情的那種，無聊到極致。

顧念之突然覺得任平生挺厲害的，她這麼冷漠的人，他怎麼還會願意花時間花心力在她身上。

似乎是應證了風水輪流轉的道理，最近幾週的對話，情勢完全相反，變成都是她在說，他只是簡短回覆幾個字，基本上都是回絕。

她驀地想到了貼文下方有個網友回覆——主動久了也是會累的。

短短一句話，承載的情緒和道理似乎太過廣袤，稍微往深裡一想，便陷入萬劫不復的懊悔中。

顧念之盯著對話視窗上的最後一句，是她三天前發給他的訊息，而他還沒有看，她丟開手機，有些挫敗地低下頭，墨黑的髮絲順勢垂落在頰側，襯著白皙的肌膚，讓臉色愈顯蒼白。

她雖不敢細想背後的原因，但有些事情不用深思就能一目瞭然。

任平生在逃避她，原因似乎很簡單——大概就是不愛了吧。

自己喜歡他嗎？好像是的。

也許在那些有他相伴的日子裡，某些細微的情愫便不知不覺滲入心裡，連自己都沒有意識到。

現在想起來，似乎是真的喜歡了。

就像之前喝茫的時候說的，雖然任平生集她討厭的元素於一身，但因為是他，所以她好像也討厭不起來。

醉意上頭時，說什麼都是可愛的坦誠。

這種不討厭順著一葉輕舟漂泊而下，在時間長河裡漫遊，悄悄變成了心動。

然而現在顧念之想找任平生，卻找不到他了。

從前她寫男主追妻火葬場寫得歡快，現在意識到自己似乎弄丟了未來的男朋友，才明白要付出的努力有多大。

訊息不回，電話不接，按門不應，就連去了律師事務所都堵不到人。

顧念之對著手機螢幕無聲凝視，頁面停留在與任平生的對話框，修長纖細的手指在鍵盤上敲了一長串話，卻遲遲沒有勇氣按下發送鍵，三秒過後，又把小作文一個字一個字刪掉，重新斟酌。

打完又刪，刪完又打，一個小時過後，不要說一個字了，連一個標點符號都沒有傳出去。

她嘆了一口氣，把手機丟到一旁，只覺得任何語言都顯得蒼白無力，也不知道自己是怎麼了，不過是發個訊息都畏手畏腳了起來。

在愛情面前，所有心思與敏感都被放得無限大。

顧念之不是沒有談過戀愛，只是和上一任男友分手之後，已經有太久太久沒有觸碰過男女之情，何況上一段感情也不是她主動追求的，現在連怎麼追人都無從下手。

她想了想，決定尋求某個心理系高材生的意見。

顧念之：醒了沒？

美國那邊天空甫亮，聞夕染一夜沒睡，望著窗外晨光攀上窗沿，在透明的玻璃上抹出一道曦色。

她按著手機回覆。

聞夕染：還沒。

顧念之：……

聞夕染腦補了自家閨密的世紀白眼，輕笑了一聲，直接發了語音通話邀請。

接通後，她輕笑道：「唷，什麼風把我們顧大作家吹來了？」

顧念之沒理她語調間的陰陽怪氣，直接切入主題，「要怎麼追男人？」

聞夕染愣了愣，重新檢查了手機屏幕上的通話人，確定是顧念之後，才奇怪地開口，「妳怎麼突然問這個問題？」

問完後也沒等她回答，自己突然恍然大悟，「妳下一本書要寫女追男？不錯呀，我最喜歡主動的女主角了，女人若是一直被動等男人來找，不知道要等到幾百年才能遇到一個心上人。我跟妳說，女追男很簡單，就三招，勾引勾引再勾引，男人都是視覺動物，眼光被戳到了距離上心還會遠嗎？等對方上心了再有意無意地撩撥一下、溫柔一下，在一起也就水到渠成了。」

顧念之等到聞夕染收了尾，才不輕不重地啟唇，「沒要寫女追男，是我自己要追。」

三秒後，顧念之發現通話斷了。

三十秒後，顧念之重新接到了聞夕染的語音通話邀請。

「抱歉抱歉，我剛才嚇到不小心按到了掛斷鍵，哈哈。」電話一接通，聞夕染便乾笑著賠罪，接著話鋒一轉，「不是，妳怎麼突然要追人了？妳不是高嶺之花不問人間事的嗎？哪個妖精把妳這個沒有七情六慾的仙人拖下凡塵了？」

顧念之平靜陳述，「任平生。」

這回通話沒斷，但她聽到了對邊物品重摔的聲音。

窸窸窣窣了一陣，大約十秒過後，聞夕染的溫嗓重新出現在通話中。

「抱歉，我剛剛嚇得不小心摔了手機。」

顧念之無語。

「等一下，妳說妳要追任平生，但這人需要妳追？他不是整天圍著妳轉嗎？想趕都趕不掉的那種。」

她斟酌了一下詞彙，「嗯……該怎麼說，任平生好像不喜歡我了……」

「什麼？」聞夕染下意識蹙了蹙眉，嗤笑一聲，「別吧姊妹，任律師那模樣妳跟我說他不喜歡妳？那天妳喝醉了沉浸在自己的小世界大概不清楚，任律師看著妳，眼裡的溫柔都快溢出來，我在旁邊看著都要成檸檬精了。」

聞言，顧念之心下一顫，有什麼輕輕地淌過了心間，在裡頭鋪開一片暖融。

半晌，她淺聲開口，「Sharon，但我……任平生一直不回我訊息，也不接我電話，整個人像是消失了一樣。」

這麼一聽，聞夕染也怔了怔，「會不會是他最近太忙？律師嘛，高薪背後就是要付出更多的智力、勞力，可能這陣子他手上案子又多又複雜，沒有心思去注意其他事情。」

「沒，他可以前一分鐘發動態說放假了，一杯香檳配一塊蛋糕好愜意，後一分鐘我發訊息給他，他卻跟我說沒空在忙。」顧念之唇角翕動，最終扯出了一抹苦澀的弧度，「妳說，這不是在躲我是什麼？」

聞夕染沒了聲音，思忖半晌，讓顧念之現在隨便發條訊息給任平生，再輕道：「等我一下」

下床走到書桌前翻開筆記型電腦，打開通訊軟體找到上回在顧念之家交換來的任平生帳號，點開沒有任何對話紀錄的視窗，輸入了幾個字。

聞夕染：Good morning bro, have breakfast together?

不到一分鐘，任平生就回了。

任平生：？

任平生：我這裡還是晚上，您找別人吃早餐吧？

聞夕染抿了抿唇，發了一個大笑的貼圖給他。

聞夕染：抱歉我剛睡醒還有點懵，不小心發錯人了哈哈哈哈。

回完任平生之後，她向顧念之問道：「他回妳訊息了嗎？」

顧念之望著那條未讀的「晚安」有些失神，不知道過了多久才應道：「還沒。」

聞夕染又沉默了。

「但是他……回我了，一分鐘內。」默了半晌她重新開口，「妳有做了什麼事惹到他嗎？」

「沒有，幾個禮拜前他就突然刻意疏遠我，毫無理由的。」顧念之眼睫顫了顫，燈光在她羽扇似的睫毛下落了一小片陰影，徒增幾分憔悴，「我上網查了一下，很多人都說若是自己太主動但對方毫無回應，久了也是會累的，他可能覺得我撬不動……想放棄我了。」

聞夕染從沒見過顧念之這麼失意的模樣，心想她這回是真的上了心。

陪顧念之聊了一會後，她瞅著上班時間快到了，便掛了電話。

與聞夕染通話結束之後，顧念之舔了舔乾澀的唇，起身去廚房倒水。

就在她準備將杯中清水一飲而盡時，靜寂的空氣中驀地傳來了門鈴聲。

她拿著水杯的手一頓，心想這時間怎麼會有人來訪，匆匆喝了一口水便前去應門。

當看到站在眼前的外送員時，顧念之眨了眨眼，心下隱約有失望滾過，才反應過來自己開門前不自覺地在期待些什麼。

她在心裡暗笑自己傻。

「不好意思，我沒有點外賣。」

外送員呆了，接著拿出手機點開外送平臺給她看，「但這訂單寫的地址是這裡沒錯？」

顧念之一看，確實是她家地址。

她眉間隱隱出現摺痕，腦子轉了轉，想到之前任平生為了和她蹭飯又要防止她拒絕，有時候會直接點外賣送去她家，自己就理所當然地晃進她家共享晚餐。起先顧念之還會冷著神色連人帶外賣地送出門，但一回兩回之後，她便也由著他了。

思及此，她心想或許這回是任平生點了餐，但預設地址忘了改，不小心就讓外送員把餐點送到了她家。

顧念之向外送員禮貌性地道了謝，替任平生結完帳，拎著餐點走到隔壁。

她按了門鈴，不像以往一般無人應答，這回很快就有了動靜。

顧念之拿著塑膠袋的手指用力了些，不知怎麼的有些緊張。

豈料大門打開後，卻出現一名亭亭玉立的少女，一向從不在人前失態的顧老師，張了張嘴，一句話也說不出來。

面前的少女身著寬鬆的白色T恤，灰色棉質短褲下是一雙白皙筆直的腿，未施粉黛的臉蛋生得精緻，嫩白的肌膚像一朵剛出水的花兒，長得過分好看，衣著十分居家。

顧念之腦袋裡是一片荒蕪的白，手中的餐點差點墜落於地，她一時間不知道該做何反應，和面前的少女大眼瞪小眼了一陣子，最後是對方出聲才喚回她出走的神識。

「請問……有什麼事嗎？」女孩子扶著門框，望著這個大晚上來按門鈴的漂亮女人，眼底起了些探究。

顧念之壓下心中如野草般肆意生長的慌亂，正了正神色，語調是一如既往的平靜，「請問任平生律師在嗎？」

「不在呢，請問是他的委託人嗎？」少女眨了眨眼，捲翹的睫毛羽扇似地鋪成一片，「他剛剛出門了，要找他可能要等明天之後。」

「請問妳是？」顧念之斟酌著詢問。

「啊，我是他妹妹，姊姊妳是我哥的女朋友嗎？」任時安心想不會有委託人在這個時間點上門，於是換了個思路，揚著眉問道。

當「妹妹」兩個字順入耳膜時，顧念之懸在崖邊一不小心就會粉身碎骨的心，倏地就穩妥安放了。

原來是妹妹。

她暗自鬆了一口氣，彷彿劫後餘生，在風雨肆虐中尋到了一處可以停泊的岸。

「不是。」顧念之淡聲道：「我是他鄰居。」

「果然，姊姊妳看起來就不像我哥喜歡的類型，太帥了——」任時安一本正經地點點頭，接著話鋒一轉，「但是我喜歡的類型。」

捕捉到顧念之眼裡一閃而過的震驚，任時安不小心笑了出來，「沒事，雖然我很喜歡看漂亮姊姊，但我性取向百分百是男的，我有暗戀的對象了，不要擔心。」

少女熱情活潑，顧念之一直以來繃緊的神經似乎舒緩不少，扯著唇角淺淺笑了下，驀地想到了此行的目的。

她把餐點拎到任時安面前，「妳或妳哥哥有點外賣嗎？」

任時安「啊」了一聲，「有欸，我拿我哥的手機點的外賣，想說怎麼這麼久都還沒來，但我點完之後他就出門了，想看一下送餐進度都沒辦法，是不小心送到妳家了嗎？」

「對，估計是預設地址忘了改。」

任時安正從她手中接過餐點，聽到這句話，驚覺哪裡不對，猛地抬頭，「預設地址？」

「嗯，他之前都把外賣點到我家，所以預設地址大概是隔壁的地址？」

「等等，不是……」任時安差點手一鬆毀了自己的宵夜，發自肺腑驚嘆了一聲，「哇，姊姊，妳跟我哥是什麼關係啊？」

顧念之沉吟了一下，「普通的鄰居關係？」

聞言，任時安樂了，「姊姊妳少騙我了，我哥什麼樣子我還不知道嗎？他雖然常常泡吧玩樂，但絕對不會跟女人有過多的私交，妳說他常常去妳家吃外賣，這還能是普通的鄰居關係？」

少女出乎意料的機靈，顧念之無話可反駁，思忖著道：「那或許是他追我的關係？」

話一出口，她又想到了任平生最近刻意疏遠她的舉動，連忙改口，「不對……我追他的關係？」

語畢她又覺得哪裡怪怪的，想了半天沒能找到合適的措辭，最終無奈地扯了扯脣，「好吧，說實話我也不知道現在和他是什麼關係。」

飽覽眾言情小說的任時安同學，立刻敏銳地嗅出了什麼，「姊姊，我不知道妳跟我哥之間發生了什麼事，但我總覺得你們之後肯定會有什麼，此刻的直覺告訴我，妳有很重要的事情要跟我哥說，我應該要和妳彙報一下我哥今晚去哪了。」

其實顧念之根本沒有什麼重要的事情要跟任平生說，只是任時安的神色太過嚴肅，她下意識地屏住氣息。

「我平常不住這邊的，妳應該也知道，不過我昨天跟我爸吵架了，現在在冷戰，所以先來我哥家借住一下。」

任時安繼續道：「然後呢，我剛剛聽到我哥在講電話，他朋友說晚上有個聚會在KTV，為他辦的，讓他現在過去，沒意外的話他剛剛出門應該就是去那了……喔對，今天是他的生日。」

顧念之心想，這女孩怎麼就這麼討喜呢，渾身都帶著一種涉世未深的天真，偏偏又伶俐通透。

「雖然我沒聽到是哪家KTV，不過房號好像是5415的樣子，我哥常去的也就F大道上的那家，那是他朋友開的，他有VIP。」任時安鄭重其事地握住她的手，彷彿要交予什麼重大的機密資訊，神態莊嚴。「就是這樣，姊姊妳如果有重要的事情，現在就可以去找他了。」任時安又補了一句，「但妳如果沒什麼重要的事情，也是可以去找他啦哈哈哈，夜生活不嫌豐富嘛！」

顧念之這回沒能忍住，笑意打破沉靜的顏面，泛起一陣陣漣漪，任時安見一直沒什麼表情的女人倏然展顏，一時間有些看痴了。

兩人又閒聊了幾句，最終任時安接過餐點，顧念之便同她道了再見。

其實她真沒有什麼要跟任平生說的，只是任時安都這麼認真地報了他行蹤，心底突然就有股聲音叫囂著想要去見他，回過神時已身在路邊招了一輛計程車。

顧念之坐在後座，望著車窗外不斷倒退的風景，半晌，垂了垂眼簾，嘴角為自己失去控制的衝動，牽起一道無奈的弧度。

KTV距離晴南上居不遠，大約十分鐘的車程，再加上夜晚十點的街上人煙稀疏，車道通順，很快就抵達了目的地。

進去的時候櫃檯無人，顧念之瞅了瞅電梯旁的樓層地圖，很快便到了相應的樓層，尋找5415包廂。待真到了包廂門口，她卻突然止了腳步。

沒別的原因，單純就是慫了。

她站在包廂門口，凝視著那堵暗棕色的門，裡頭有隱隱的嬉鬧歌唱聲傳至耳畔，時間的流動綿長，彷彿永遠走不到盡頭。

不知道過了多久，顧念之覺得腳瘦了，腳尖抵著地板轉了轉腳踝，接著抬腳就要離開。終究還是沒勇氣。

豈料就在轉身的那一刻，她看到一抹熟悉的人影從不遠處走來，身姿雋朗如月色下的潺潺清泉，偏又帶著一股散漫的慵懶，怎麼看怎麼風流。

顧念之一顆心提到了嗓子眼，腦內的第一個反應就是要躲，但這廊道沒有半點遮蔽物，暢通無阻，根本無處可躲。

她就這麼看著任平生朝自己走來，身旁跟著一道纖細身影，兩人有說有笑。

顧念之全身的血流近乎失速，腦子發脹，完全沒有辦法思考，她下意識地往反方向轉。

然而才走了兩步，就聽到後方傳來一道男聲，清越中帶著慣有的笑意，「顧老師，來都來了，走什麼呢？」

顧念之坐在喧譁的包廂裡，有些失神。

周遭沸反盈天，歌聲、尖叫、談天和嘻笑聲攪在一起，各種音頻纏成了一團模糊的雜訊，充斥耳膜。

而她坐在角落沉默著，獨自望著身旁的人們沉浸在娛樂嬉鬧中，彷彿硬生生將同一個包廂隔絕成兩個空間，一處光明繁鬧，一處陰暗無聲。

她與這裡的一切像是兩個世界的存在，宛如一把鑰匙硬要進入一個不相合的鎖孔，使盡力氣終於插進去後，鑰匙卻因為外力的擠壓而變形，鑰匙不再是鑰匙。

不自在的感覺從心底冒出，以野火燎原之勢蔓延全身，顧念之獨自啜飲著杯中清水，無所適從。方才在走廊正好遇上任平生，她避無可避，終是被他一道嗓音喚回了門前。

「顧老師，今晚怎麼有興致來這裡？」任平生勾著唇角笑問，一切如常，彷彿先前的斷絕互動都是空中樓閣，兩人之間本沒有任何裂痕。

「我……」能言善道的顧老師被逮個正著，有些尷尬，一時間不知道該說些什麼。

這時任平生身旁的女人突然出了聲，「小任，這是你朋友？介紹一下吧。」

聞聲，顧念之將目光放到女人身上，她正紅的唇色豔麗無邊，綴著細亮片的眼妝精緻，飛揚的眼線無比勾人，身著半身的黑色細肩吊帶，外頭罩了一件暗灰的透膚薄衫，牛仔短褲堪堪掩住腿根，白花花的纖細長腿暴露在空氣中，腳踩一雙漆皮黑色馬丁靴。

兩人距離親密，女人身型嬌小，站在任平生旁邊有著小鳥依人般的可愛。

顧念之感覺心下有什麼失足墜落了。

「行，這是顧念之，我鄰居，T大那個顧清晨知道吧？這是他姊姊。」任平生從善如流，為兩人介紹彼此，「這是沈醉，我朋友。」

聞言，沈醉挑了挑那畫得精巧的小山眉，嗔道：「介紹我就沒別的可以說了嗎？漂亮寶貝沈醉、人間仙女沈醉、讓大家沉醉不已的沈醉？」

任平生無語，一掌拍上她的頭，「大家的範疇是只有妳嗎？如果是的話，那行吧。」

沈醉瞪他一眼。

顧念之看著兩人自然的互動，心上說不出的堵，感覺兩人無論是逗嘴還是接話都具有一定的默契，而她就像個被排除在外的人，顯得格格不入。

她掩住百般心思，面上平靜，朝沈醉伸出手，「妳好，我是顧念之，很高興認識妳。」

「妳好呀！」沈醉笑咪咪地握住她的手，「念之來都來了，要不要一起進去玩？」

「不了。」顧念之不著痕跡地放開她的手，轉向任平生。

為了不讓這場撞見顯得太刻意，顧念之方才心底慌了一陣，在心裡斟酌著要用什麼合適的理由蒙混過去，總不能直接說她就是突然想見他，才衝動跑來結果還慫了吧，那多尷尬。

正絞盡腦汁思考著，餘光卻瞥見包裡露出的一角乳白色，是她今天下午逛街的時候買的香氛蠟燭。後來她回到家也沒整理手提包，隨手就扔在沙發上去做其他事，它也就一直靜靜地躺在包裡。

顧念之靈機一動，將它拿出朝任平生遞過去。

「剛才出門正好遇到你妹妹，她說忘了在你出門前給禮物，說是一定要在今天你生日結束前給你，要不然過了生日就不叫做生日禮物了。但她身上沒錢，這麼晚自己搭車來找你也不太安全，所以我就幫她送過來了。」

任平生認出她手裡的東西是之前在她家看過的香氛蠟燭禮盒，彼時放在客廳的木架子上，只不過當時那盒是限定款的粉藍色。

至於任時安……她從小到大就沒送過他生日禮物，更不用說J牌這種精緻的輕奢品。

任平生沒拆穿，笑著收下，「多謝妳包容時安的任性了。」

「不會，那我走了。」

「哎，顧老師，一起進去吧，不玩一下多無聊啊，難為妳這麼晚還特地跑這一趟。」任平生在她轉身那刻拉住了她的手，彎著眉目笑道。

「對呀對呀，妳就一起來玩嘛！唱唱歌喝喝酒，抒發一點壓力也好！」沈醉也在一旁邀請。

最後顧念之難抵兩人盛情，終是跟著他們進了包廂。

她拒絕不了，心底也隱隱不想拒絕。

諷刺的是，剛才邀她進來的那個人，正在不遠處和一個不認識的漂亮女人對唱〈青檸〉。

可嗅到仲夏檸葉香，你莞爾的笑，身旁青色的檸檬微蕩……
冰鎮可樂甜甜的芒果，一口擁抱全世界降落……
我明了害羞地徬徨，彷若青檸的悠揚，到達直通你心門的方向……
（〈青檸〉作詞：徐秉龍&川與嶼笙／作曲：徐秉龍）

歌詞清甜，聲線溫柔，對望處滿目深情。

一曲歌畢，一群人樂得開始起鬨。

「我去，這個歌詞，怎麼聽都和你倆搭不上邊。」

「笑死我了，害羞的徬徨，Sara就算了，她雖然平常沒臉沒皮的，但至少偶爾還會有女孩子的小矜持，但任平生你真的知道害羞是什麼嗎？哈哈哈哈哈哈哈！」

「欸欸欸，剛才不是有唱到冰鎮可樂甜甜的什麼鬼，一口擁抱什麼的，這裡剛好有可樂，你們兩個乾了可樂然後抱一下吧！」

「操，梁易騫你個鬼腦袋很優秀啊！我喜歡我喜歡，你們快點喝可樂抱抱吧，不想喝可樂，喝酒也沒關係！」

沈醉眼明手快，不知道什麼時候就倒好了兩杯可樂，趁勢塞進任平生和Sara的手裡，「來來來，都幫你們準備好了，不用謝。」

「你們這群死崽子。」任平生笑罵了一句，接著就要把可樂往嘴裡送。

豈料在杯沿碰到唇緣的那一刻，對面的Sara突然捏住了他的杯子。

「不是吧哥，讓你喝你就喝，這多沒意思啊。」她一邊說一邊把拿著杯子的手勾住他的小臂，笑得風情萬種，「交杯可樂喝不喝啊？」

語聲落下，包廂裡又爆出一陣哄笑。

「我操Sara妳是真的會玩！」

「我家Sara姊沒在怕的啦！」

「笑死，她昨天還發一張跟人牽手的照片，今天就在這邊跟任哥喝交杯，厲害了厲害了。」

望著眼前燙著大波浪妝容精緻的女人，任平生揚了揚眉，就在大家以為他要發表點什麼的時候，他卻手一伸將人連腰攬過來，猝不及防的拉力使得Sara往前踉蹌了幾步，直接跌進他懷裡，兩人的距離更為親密，現場氣氛激烈地迎來最高點。

顧念之挨著角落沙發的扶手，看著男人和女人手臂相纏喝完交杯飲，接著任平生將手中的力道收得更緊，把Sara深深擁進懷中。

一秒、兩秒、三秒。

時間像是凝滯的死水，漫長得彷彿恆久無止境，如緩慢的凌遲一般，在心尖剜下一道又一道深深的血痕。

這個擁抱以Sara踮起腳尖，在任平生的側頸落下一個吻結束。

在兩人離開彼此之後，顧念之正好於朦朧的光線中對上了任平生的目光，她面無表情地起身，而他別開視線，與前來攀談的另一個短髮女人碰杯。

坐在門邊的沈醉原先在滑手機，發現她要離開，順勢挽留了一下，顧念之稍稍點頭禮貌示意，毫無猶豫地開門離去。

而自始至終，任平生搭著身側女人的肩，目光從未往她投去任何一眼。

五、伯樂只有自己

時至五月，料峭的春寒逐漸散去，在沛然的陽光中迎來初夏。

《掩生》已然完稿，線上正文的連載也完結了，正如火如荼地準備著實體出版的活動。

顧念之的日常從剛回國的寫稿、嗆任平生、寫稿、損任平生，變成了修稿、修稿、修稿。

顧老師又回到了一心只有稿子的狀態。

男人是什麼？男人就是狗。

不對，狗都比男人好，狗至少忠心耿耿不會背叛你，男人只會表面上說著愛你，回頭又跟其他女人唱情歌，唱完又抱在一起，抱著抱著又喝了交杯飲。

既然如此，重新比喻一下……男人是垃圾，還是不可回收的那種。

經過上一回在KTV看見的畫面，顧念之算是認清了事實，她跟任平生本就不是一個世界的人。

兩人之間的關係主導權看起來在她手中，但事實上她從來就是被動的那一方。

他可以不顧她意願地闖進她的一方天地，同樣也可以不顧她意願地說走就走。

對他來說，她只是花園中的一株小野花，玩膩了牡丹、芍藥等豔麗的花，偶爾關照一下在奼紫嫣紅中不起眼卻也是最起眼的那株野花，可以獲得一些栽培上的滿足感。

但是對她來說，他那些也許不上心的隨意給予，卻是野花一生中最受到眷顧的一段時光。

他帶走的不只是波瀾不驚日子裡的樂趣，更是連帶著順走了她的心，而留給她的，僅僅是殘破。

浪遊花叢的人終究是要回歸花叢，園中有那麼多花等著被採擷，沒有誰會一心掛念著角落那一朵小野花。

有些人注定只是萍水相逢，在彼此的生命中短暫交會後，終會回到自己既定的軌道上，從此兩不相見。

心痛嗎？

好像也還好，只是覺得體內的某一處彷彿被掏空了，靈魂似乎殘缺了一片，空虛得讓人難受。

顧念之望著自己寫的稿子，房間的燈沒開，黑燈瞎火中唯一的光源便是電腦螢幕。她任由黑暗包裹住自己，手指敲上鍵盤，增減了幾句男女主角的對話。

顧念之自嘲似地扯了扯唇，上揚的細微弧度裡沒有摻入半點情緒，電腦螢幕的白光將她臉龐照得發亮，古井無波的面容在過曝中顯得更加冷白無生氣。

她敲下結局章的最後一個字，存檔寄給責編宋昀希，面無表情地蓋上筆記型電腦。

就是可惜了那天買的香氛蠟燭，國內新進的限量款，偏偏就成了她這段感情的陪葬品，葬送在任平生那傢伙手裡了。

交稿後的日子過得很是閒適，顧念之拋開所有想法睡了一整天，補眠之後她神清氣爽出了門。

其實也沒有特別想去哪，就只是漫無目的地在街道上行走。穿上杏仁黃的短版寬袖襯衫，下襯著清水藍的牛仔寬褲，搭一雙奶茶色的淺跟綁帶涼鞋，再簡單畫一個清新的粉橘調妝容，將自己丟到滿城的陽光中，走進夏日的篇目寫一段未知的詩行。

沒有方向的信步十分愜意，T市身為大都城，節奏本就較其他城市快速，平時順著人流汲汲營營，如今能放空自我隨心調整步調，其實是一件很療癒的事。

顧念之走著走著便到了市中心的廣場，今天正好舉辦了市集，從不遠處就能看到廣場上一個又一個的攤販，人潮來來去去。

顧念之進入市集裡閒晃，走過甜點工作室，經過手繪設計的文創商品，繞過手作的乾燥花束，最後在一個販賣飾品的攤販前停了下來。

本來只是想進來隨意看看，豈料在彎過轉角的時候，被一個小雛菊的飾品吸引了目光。

夕色吻上銀飾，於雛菊的銀色花瓣邊緣勾出淺淺的流光，顧念之不由自主地拿起那枚戒指端詳。

老闆是一名年輕男人，長相是普通的溫和，只是那眉眼細長格外勾人眼球，腦後鬆鬆地紮了一個小馬尾，頗有藝術家的氣質。

老闆見她上門光顧，拋開手機起身招呼，「歡迎光臨，飾品都是925純銀，不用擔心會過敏，也可以戴著洗澡。」他指著戒指區旁的一個金色圓盤，上面擺著各式各樣的雛菊飾品，「雛菊是這裡賣最好的系列，基本上都挺百搭的，還有耳釘、手鍊、項鍊等等，有喜歡可以直接試戴，不用客氣。」

顧念之看了他一眼，接著垂首將嵌著小雛菊的指環套進無名指中。

她的肌膚本就白皙，手指也是纖細修長，一朵小花別在指間，清新中帶了點優雅。

她抿了抿唇，把手伸到老闆面前，「好看嗎？」

老闆愣了愣，接著笑了一聲，「難道我要說不好看嗎？我還要做生意的。」

顧念之被逗笑了，心想還挺有道理。

見她滿喜歡這只戒指的模樣，老闆問道：「妳知道雛菊的花語嗎？」

顧念之搖搖頭，好看的眉揚起兩彎弧度，「不會是什麼暗戀的悲情的愛而不得的意涵吧，這花長得這麼清新。」

老闆勾了勾唇，「清新是清新，悲情也是悲情，這小花的花語是深藏在心底的愛，乾淨清純彷彿不染塵世，卻藏著沉重的感情每日向陽而生，不覺得這反差挺有意思的？」

顧念之在聽到花語的時候心下一顫，原先掛在唇邊的淺淡笑意僵成了一直線。

半晌，她面無表情地從皮夾裡抽出紙鈔，黑色的皮革擦過銀白的戒指，顯得那朵小雛菊更為精緻無瑕。

她把紙鈔遞給老闆，「直接戴就好，不用包裝了。」

走回家的路上，顧念之望著指節上那朵銀白小花，想到了方才老闆告訴她的雛菊花語，深藏在心底的愛……

某個身影從腦海中一閃而過，顧念之扯了扯唇，牽起的肌肉線條布滿冷意。

是要深藏什麼愛，雛菊、雛菊，在某人的世界裡，她早已被判定出局。

顧念之繞到巷口買了一碗麵，回家後又沖了杯花茶，坐下來正準備享用晚餐的時候，一串旋律伴隨著震動聲倏地竄進耳裡。

一看來電顯示，她心下奇怪，明明自己已經交稿了，自家責編怎麼會在這種時候打來，但依然放下筷子接起電話。

一向開朗活潑的宋昀希卻微繃著聲線說道：「顧老師，《掩生》的出版……」

凝滯的，沉重的，彷彿從遙遠彼端的深淵中剝裂而出的一句，「可能得暫時停止了。」

語聲落下，顧念之當場愣在原地。

短短幾秒內，她的腦中閃現過無數個《掩生》的故事片段，一幀幀畫面順流而過，最終定格在結尾男主角那句「你是我生命中想掩藏的所有不堪與渴望」。

不知道過了多久，她才猶疑著啟脣，「是故事中……有什麼橋段不適合出版嗎？」

然而她才剛把修稿完的版本順過一遍，《掩生》並沒有任何過於禁忌或政治不正確的描寫，何況之前某段劇情更陰鬱重口的《Melancholy》也毫無阻礙地順利出版了，沒道理這本會有問題。

甚至昨天出版社官方帳號才官宣了《掩生》的出版預告。

「那個……」宋昀希似乎也挺為難，斟酌著要怎麼開口，「老顧，妳這兩天有上社群嗎？」

顧念之想了一下，「沒有。」

這兩天她深陷名為失戀的情緒之中，接著便專心修出版稿，修完之後開始狂睡補足熬夜犧牲的睡眠，基本上是獨自閉關的狀態，沒有時間和心力去關注社群。

「那……」宋昀希深知她沒有每天玩社群的習慣，正思考著要怎麼跟她解釋，然而這種事情從哪個角度切入好像都沒辦法委婉，最後她乾脆破罐子破摔，「老顧，有人在網上發文，控訴《掩生》抄襲。」

空氣的流動彷彿在頃刻間停止，顧念之一時間沒能反應過來，過了大約三十秒，她腦子裡「轟」的一聲炸開了。

饒是泰山崩於前而色不變的顧老師，這下子都沒能控制好自己的表情，全身的血流僵在血管中，連呼吸都下意識地頓住。

「等、等一下，昀希，妳再說一次。」顧念之在衝擊中深吸了一口氣，出口的聲音都在抖，顫巍巍的，有些啞。

宋昀希嘆了口氣，「《掩生》被指控抄襲，今天開會討論之後，決定暫時延緩《掩生》的出版。」

顧念之感覺心一瞬間空了，有冷涼的寒氣灌入，在裡頭鋪灑了漫天大雪。

「昀希……妳知道……我沒有的吧？」顧念之握著手機的手愈收愈緊，宛如左胸處被不知名恐慌愈掐愈緊的一顆心。

第一次見到一向高冷淡定的顧念之這副無措的模樣，宋昀希挺心疼的，畢竟這幾年的相處和合作下來，對於她的為人也有一定的了解，宋昀希不相信她會做出罔顧道德的事，甚至在看到貼文的第一時間只覺得是無稽之談，沒想到這話題會愈鬧愈大。

「知道的，《掩生》在構思初期妳就已經跟我討論過了，我清楚妳從零到生出大綱到完成一本書的過程。我認識的妳是個對於創作有極大熱情和原則的人，對於自己的原創故事盡心盡力，每一個細節都要做到盡善盡美，不可能會做出這種事。」

宋昀希一字一句道，似是要透過話語帶給她一些力量，儘管語言在某些危難面前蒼白得不堪一擊，但在這種脆弱的情況下，能幫助一點是一點。

「說實話，調色盤我也看了，我覺得有些點根本就是為黑而黑，但礙不住網上爭議太大。妳是國內的暢銷言情作者，具有一定的聲量和書迷，這次的事件也會有不少關注，而現在網上分成兩派在戰，且流量持續擴大，為了避開風波，出版社只得先暫緩《掩生》的出版，避免更多爭議。別擔心，等我們蒐集好造謠的證據和做出反盤，出版社會幫妳進行公關，也會聯繫對方進行說明，一定會讓造謠者付出代價的。」

一顆心彷彿從高空墜入谷底，失重的感覺讓她消化不了任何資訊，顧念之整個人被茫然和恐慌吞噬。

始終忠於自己、忠於作品，任誰都沒有想到會發生這種事。

得知這個消息之後，晚餐也吃不下了，心像是破了一個洞，有源源不斷的鮮血從窟窿裡汩汩流出。顧念之一個人坐在沙發上，盯著面前的乾麵和花茶，眼神空洞。

不知道過了多久，她才慢吞吞地拿起方才掛了電話後就擱在一旁的手機。

打開螢幕，進入社群平臺，甚至不用輸入關鍵字，在她動態第一條推送就是關於她抄襲的貼文。

【熱門】A文學平臺熱門作品《掩生》疑似抄襲新人作者果子糖《若有一城花》

儘管《掩生》是她認真付出心血寫出來的原創作品，並無任何抄襲、致敬的行為，清白得如同一張白紙，但當這行字猝不及防闖入眼底時，依然沒能抑制從背脊浮上的冷顫。

無畸不有：有沒有言情界大佬顧念之抄襲新人小白的卦？

附圖是一張調色盤，比對的是顧念之《掩生》和果子糖《若有一城花》的相似部分。

顧念之點進樓主做的調色盤，仔仔細細地閱讀調色盤上的每一行字，愈看眉頭上的摺痕愈緊，這份對比圖確實挑出了兩本書類似的地方，有幾塊大方向具有相似性，但身為作者，她看到的更多是對於《掩生》斷章取義的部分，技巧性剪裁之後的片段使得兩本作品有一定的重疊度。

然而對她最不利的因素是《若有一城花》公開的時間比《掩生》早，掛上完結的時間也比《掩生》早了一週。

瀏覽完調色盤之後，顧念之接著往下去看網友們的評論。

紅豆湯圓：扯，樓主這麼一比對還真的有像，沒記錯的話是果子糖那本先完結的吧，所以《掩生》抄襲實錘？

仙仙呀：我操，一直都挺喜歡顧念之的，沒有想到她居然會做出這種缺德事？？？

我的微笑不是笑：懸疑推理、家暴、雙向暗戀……厲害了，大方向都撞了，這可要怎麼辦啊：）

離離原上草：大佬484覺得抄一個小透明的文不會被發現啊，笑死了，仗著自己粉絲多、流量高，就可以這樣竊取別人的智慧財產權嗎？

不服就來槓：這貼文都被爆出來一天半了，顧念之到現在都還沒做任何回應，是心虛了還是心虛了？

全網第一嘴砲：《掩生》昨天不是還官宣出版了嗎？出版社還敢出版抄襲狗的書？嘔嘔嘔。

有嘲諷抵制的批評，當然也有護航的言論。

菲常可愛：這兩本書我都看過，我看的時候就沒聯想在一起，有什麼毛病啊？硬要湊成堆欸。

四竹的小棉襖：無語，懸疑推理、雙向暗戀都是常見的題材，家暴的設定也不少見，那是不是每本霸道總裁文都是互相抄襲啊。

泰奶成癮症：絕了，顧念之自己名氣夠實力也夠，幹麼非要想不開去抄襲一個小透明啊，人家文筆架構也沒她好，她又沒傻>>

胡大白：顧老師每本作品都是我的精神支柱，帶給我好多力量，曾經有一次看到書裡女主角患上憂鬱症，沒忍住也在留言的時候傾訴自己憂鬱症的痛苦，老師很真摯地回覆了我，是個非常善良溫柔的人，我相信她不會做出這種事的！

今天鬧哥發歌了嗎：樓主邏輯感人，兩本我都有追過，這調色盤只是把兩部的大方向列出來，很多細節根本不是這麼一回事，尤其《掩生》的選擇性剪裁真的很嚴重，根本就是有意想要誤導不知情的路人吧＝＝

時安時安：樓主真的看過《掩生》嗎？嚴善殺了自己的父親是因為常年受到父親家暴，甚至母親還被父親打死棄屍野外，但你這邊就點了個有家暴，隔了好幾段再寫少年殺了自己的父親，也沒講原因。而《若有一城花》裡的配角殺了自己的父親，理由是因為他要藉機繼承龐大的遺產，家暴則是女主的個人生命經驗，這兩部分有個Ｐ關係啊？認真傻眼，根本為黑而黑吧。

天天浪天天笑：說吧樓主，您是不是覺得可以藉機蹭一波熱度漲粉很划算？我看破您這噁心的嘴臉了，給我下去。

顧念之把貼文底下的每一則評論都讀完了，基本上支持與反對各半。

其實也不怪誰，調色盤做成這副模樣，若是兩本都沒看過的路人，光是看這個圖表，肯定也覺得《掩生》在一定程度上抄襲了《若有一城花》。

她掐掉手機屏幕，面無表情地進了浴室。

脫掉衣服，打開蓮蓬頭，將溫度轉到冷水的極端，水柱自頭上傾瀉而下。

她額頭向前抵著牆壁，目光落在地上，靜靜看著連綿不絕的水流滑進排水孔中。

她突然就想到了網上那些還願意為她說話的讀者，儘管素未謀面，這世上卻依然有一群人毫無保留地相信她、支持她。

泛著涼意的清水沿著精緻的下頷線滑過，顧念之閉眸沉思，再次張開眼時，眼瞳裡暈著的是比身上漫流的水更加深沉的寒，她肯定不能讓他們失望的。

顧念之花了一整晚把《若有一城花》讀完，再把兩者相似、相異的地方整理出來，建立成一個檔案傳給宋昀希。

宋昀希：我也讀完那本書了，說實話讀的時候根本不會聯想到《掩生》，其他編輯看完也是這麼想的。雖然兩本都是建立在懸疑推理的基礎上，但你們的劇情架構完全是兩回事，更不用說分鏡手法，硬要把兩者扯在一起討論，真是過於牽強了。

顧念之看著她傳來的訊息，回了一個「好」。

宋昀希凝視著那一個單薄的「好」字，都能想像得到現在顧念之的情緒有多麼低落，她嘆了一口氣，按著鍵盤回訊息。

宋昀希：妳先好好休息，接下來的事交給我們處理，等反盤做出來之後會發布到網上，妳再轉發表明自身立場就好。出版社會無條件支持妳，但在這之前先不要發表任何言論，避免更大的爭議。

顧念之又回了一個「好」，隨即把手機關機，揉了揉隱隱作痛的太陽穴，就著窗外溢進來的晨光沉沉睡去。

然而她睡得並不安穩，熬夜蒐集資料很消耗體力，照理來說被疲憊占據的身體應該會進入深沉睡眠，但她睡著了之後，卻總有夢魘纏住她的思緒，將睡意切割得七零八落。

在一句「妳這個破麻，出版社社長肯定沒少睡」朝自己砸過來的時候，顧念之驟然驚醒。

冷汗細細密密地布滿背脊，她大口喘著氣，宛如即將滅頂的落水者，有浪潮不斷地沖刷而來，將氧氣與鼻腔隔絕開來。

床鋪凌亂，顧念之將自己蜷縮窩在雙人床的角落，外頭日光正盛，卻怎麼樣也照不進她的心底。

某些記憶太過強烈，儘管事隔多年，仍然能將自己傷得體無完膚。

那些不堪的言論、惡毒的攻擊，全都來自素未謀面的人，她不懂為什麼明明從未參與過彼此的世界，卻能對一個陌生人抱持著強大的怨恨，將源源不斷的惡意澆灌到她身上。

第一次嘗試寫文的時候，她還只是個剛成年的少女。

年少時期父母離異，她跟隨著從商的父親去美國定居，在遇到聞夕染之前，因為性格孤冷不喜交際，身旁的朋友也沒幾個，知心閨密更是一個都沒有。

人際關係網單薄，顧念之平常的興趣就是閱讀，小說、散文、詩集、史地、社科、財經、報章雜誌……

她幾乎來者不拒。而在某一回讀完一本推理小說之後，因著那後勁強烈餘韻不絕，她突然就萌生了想要寫出一樣有趣故事的想法。

心血來潮打開電腦，顧念之在那個盛夏的午後，開始了人生第一篇長篇小說的書寫。

原本只是因為無聊寫來打發時間，但寫著寫著，她也逐漸寫出了興趣。故事進行到一半的時候，她聽聞現下流行的網路連載平臺，便去註冊了會員，開始在文學平臺上連載自己的小說。

起初是沒有人認識的小透明，點閱率、評論區寂寂無人一片慘澹。

本來她對於這些數據沒有太在意，沒有慾望、沒有野心，只覺得若是有緣，便會在這廣闊的文學世界裡相遇，透過文字共享生命經驗。

然而在看到偶爾來留言的讀者後，讀著那一條條的評論，雖然不多，但也足以熨貼內心。她突然覺得很神奇，原來自己寫的故事，可以帶給這些素不相識的人療癒、快樂，就像是無形中牽繫著彼此一般，從對方身上獲得了不同的動力。

或許是顧念之運氣好，在第一本書連載到一半的時候，有一天早上，她登入文學平臺正準備更新今天的章節，突然發現那本書的點閱數在一夕之間爆增了許多。

以往一天內最多就三十個觀看數，然而今天才過了一半，點閱數竟然已經快一千，顧念之盯著電腦螢幕石化了。

她狠狠地掐了兩下自己的大腿，感受到腿部傳來的痛意，才確定這不是夢。顧念之茫然地往下滑，看到評論區多了好幾十條留言，才漸漸拼湊出這本書在短時間內爆紅的原因。

原來是一個小有名氣的讀書帳號介紹了她的書，帳號經營者說他一看就停不下來，雖然此書還沒完結，但因為太精采了，所以破例推薦給大家。這支帳號介紹的書大多都是有一定熱度的小說，難得推薦了一個不知名的小透明作者，大家都湧起好奇心，便一窩蜂地跑去看。

瀏覽著讀者們的留言回饋，稱讚的、鼓勵的、分享心得的，她突然有點想哭，暖流從心下緩緩滑過，溫熱柔軟。

也是因為這次的事件，顧念之在文學平臺上的人氣大漲，一下子竄升到排行榜前幾，每天的流量十分可觀。

然而樹大招風，或許是因為嫉妒，或許是因為其他作者心理的不平衡，某一天她打開書籍頁面準備要回留言的時候，倏然發現底下多了許多評論。

惡意的、不堪的、下流的。

1234567：我去，這是被塞了多少資源啊，一炮而紅的劇本演得很入戲啊。

CNMB：回樓上，確實是一「炮」而紅啊：）

這屆不行啊：我還以為排行榜前三的文有多好看，看了幾章就看不下去了，這鋪陳也太枯燥了吧。

我家哥哥怎麼可以這麼帥：那個讀書帳號的經營者被扒出來是網站的某個編輯，這不是黑幕是什麼啊，公器私用厲害了厲害了。

有瓜的地方就有我：欸前陣子不是才有這家出版社高層潛規則某個職員的新聞出來嗎？你們說會不會這顧念之也是因為跟某些人睡了一覺才獲得這麼多流量的？

社畜只是畜：很多個寫好幾年的優秀太太都值得被看見，為什麼要捧這種小白啊？空降排行榜以為大家看不出來是被操作的嗎？

顧念之愣在電腦螢幕前，久久沒能回神。

後來，顧念之打電話給當時的男朋友彭彥，說自己心情鬱悶，想要聊聊。

彭彥是商管碩士生，為了能提早畢業，當時正在煩惱自己的論文。他沒問顧念之發生了什麼事，僅是隨口安撫幾句，便倉促地掛掉電話。

顧念之盯著手機螢幕上的「通話結束」四個大字，心底空蕩一片。

網上一群人毫無憑據地說她靠資源上位，但曾經的她一個禮拜有一則留言就是驚喜，一次更新加起來的點閱數從沒超過五十，收藏人數更是少得可憐。

可是當她紅了之後，大家都只看到她風光的一面，名氣、聲譽、數據、流量……每個人都在羨慕她的明媚、羨慕她的運氣，但是沒有人會去注意到她背後的辛苦，那些評論區慘澹沒人想要留言的日子，那些不知道是不是有人在看自己一字一句用心寫出來的故事的日子。

那時的她，伯樂只有自己。

在這個名譽和利益至上的世界裡，大家都殺紅了眼在爭名奪利。當成功的時候，人們在看到逆襲排行榜後只換來一句都是命，而不會注意到她在寫文上盡心的努力；眾人只看上那漂亮的流量數據，羨慕嫉妒不在話下，卻看不到她發自肺腑真情實感描繪出來的故事。

儘管不具名的惡意充斥在周遭，但顧念之只想忠於自己，單純的、專心的寫出自己喜歡的故事，在這條路上安安穩穩的一直走下去。

但是事態的發展總是無人能預料，在接受了一波子虛烏有的惡意攻擊之後，顧念之又跌入了更深一層的深淵。

當時有位讀者發現，同平臺的某一本書與她連載的這本書文案過於相似，點進內容後，甚至有一段文字是直接複製貼上，顧念之看著讀者給她的私訊，再次愣在螢幕前面。

她第一次遇到這種事，不知道該怎麼辦才好。

委屈嗎？肯定是委屈的。

顧念之還沒來得及理清思緒，自家讀者們已經在那本書下方的評論區跟作者吵起來了。

情況有些失控，顧念之縱然受到傷害，但因為低調的性格使然，她也不希望事件鬧大，只要對方跟她道歉，把書刪掉就沒事了。

然而她沒有想到的是，在聯絡對方之前，對方卻先找了上來。

她劈頭就是一句，「顧念之您好，我是草莓糯米丸，您知道您的讀者正在我的書版下方指控我抄襲您嗎？我知道您現在是排行榜前幾的大佬，但有名氣就可以這樣放任讀者噴別人嗎？請管好您那些無理取鬧的讀者吧，只要您發個聲明說我沒有抄襲您，我就可以當作這件事沒有發生過。」

顧念之讀完訊息後，真實地傻在原地。

緩過了那個勁，她又重新把草莓糯米丸的訊息仔仔細細讀了遍，確定自己沒有看錯之後，對著空氣呆了三秒，然後發自肺腑地感嘆了一聲。

一開始還挺委屈的，然而現在只覺得荒謬。

顧念之氣笑了，她就是單純想來開心寫文的，怎麼一件件破事都找上她。

文字風格、敘事手法、人物設定、故事題材幾乎就是顧念之那本書的復刻版，這樣的人還敢說自己沒有抄襲？甚至理直氣壯地跑來讓她替她發澄清聲明？

顧念之三觀被這波操作妥妥地刷新了一層，覺得自己果然還是個不經世事的少女，原來人還能厚臉皮成這副模樣。

顧念之想找人討論看看這事要怎麼處理，但把周遭的人都想了一圈之後，發現自己的交友圈真是貧乏，連個能講心底話的朋友都沒有。

至於彭彥，想到前幾天他在自己難過得要死的時候只會敷衍，顧念之就一點都不想跟他說了。

在她思考要怎麼將這件事處理好時，草莓糯米丸見她已讀了訊息卻不回，不知是不是想要先發制人，竟把這件原本只有兩家讀者知道的事，直接公開掛到網上。

草莓糯米丸：某顧姓作者粉絲造謠我抄襲，無語欸，我沒說她抄襲就不錯了吧，笑死，人紅了就以為自己高大上了，什麼嘴臉都有，下一本書還能不能上榜都不知道。

顧念之心想，這顆糯米丸真的是分分秒秒都在替她打開新視界……抄襲者還能問心無愧地回踩原創作者，這世界到底要多麼荒唐？

顧念之見對方這麼搞只覺得好笑，她的性格本就低調不喜歡出風頭，想著明眼人都能看出抄襲的到底是誰，便也不打算公審或回草莓糯米丸的訊息，就任由她鬧，鬧到無人問津沒有熱度之後，自然就會消停。

豈料這顆糯米丸似乎不打算放過她，儘管評論區被網友們嘲諷，她依然咬死自己沒有抄襲顧念之，而在顧念之不理她的第三天，她又放出了一組圖。

這組圖沒什麼重點，唯一值得關注的就是那張後臺的截圖。

草莓糯米丸：老子這本書在去年就構想出來了，不是想要比時間先後嗎？來看看到底是誰抄誰啊。

雖然兩本書在網上公開的時間，草莓糯米丸比顧念之晚了一些，但文學平臺的後臺會記錄下每一本書開坑的日期、章回發布的時間，草莓糯米丸那本書在後臺的建立時間是去年九月，明顯比顧念之早了將近半年。

網路風向在一夕之間轉變了，時間先後無疑是極有力的證據之一，那些吃瓜的路人，將戰場從草莓糯米丸的評論區轉移到了顧念之這邊，本就看不慣她新人一炮而紅的酸民，更是加緊了機會狠狠地攻擊她。

社畜只是畜：顧念之在這件事裡從頭到尾都沒有發表過任何一個字，是不是因為心虛所以才不敢說話啊？

冬瓜西瓜南瓜北瓜你就是瓜：好好笑，想知道出版社後悔了沒？原本打算捧一個超級新人，結果沒想到這新人才捧出來沒幾個月就惹上一堆瓜。

冰滴拿鐵好好喝：抄襲狗給我下去啦。

有瓜的地方就有我：蹲一個出版社會怎麼幫顧念之公關？484要看跟高層睡幾次再來決定公關文的效力？

來點數來寶：皇族就是不一樣，資源吃得飽飽的，覺也睡得好好的>>

這屆不行啊：推一個樓上，笑死我了什麼RAP大師。

我CP今天結婚了嗎：別躲了啊大大，人家糯米丸躍躍欲試想跟您槓呢，出個聲也好啊，有後臺撐腰還慫什麼呀。

儘管仍是有支持著自己、為自己加油的讀者，但網路上的惡意依然排山倒海而來，近乎要將她摁死在那惡劣的言論海浪中。

每天打開書頁看到的就是罵自己的評論，就算內心再堅強、對外在再不在意的人，時間久了累積下來，情緒多少都會有些崩塌。

漸漸的，她愈來愈害怕上網，不論是社群網站或是文學平臺，只要到了自己的主頁就會被惡評所淹沒，但是她不想因為這件事而停更，她有義務對她的故事和讀者負責，因此還是需要登入文學平臺。

言論是最輕便的殺人武器，網上的一字一句都像淬了毒藥的刀，肆無忌憚地朝著她衝擊，在心上、皮肉上剜下一道又一道的瘡口。

儘管現實中只有短短幾天，但在那惡劣的環境下卻彷彿過了好幾個月，而她在沒有止盡的漫長日子裡被凌遲致死。

顧念之受不了情緒的壓力，最終還是跑去找彭彥訴苦。

然而她沒有想到的是，在把自己遭受到的網路霸凌向他傾訴之後，換來的卻是男朋友的一句——我們分手吧。

「什麼？」顧念之平穩冷然的聲線此刻宛如被一點一點剝離，連發出聲音都顯得吃力，出口的話緩慢而顫慄，小心翼翼地確認，「彭彥，你剛才說什麼？」

「念之，我們分手吧。」低磁的聲嗓透過話筒傳進耳裡，他平靜的複述一次，不帶任何猶豫。

顧念之所有語言頃刻間被扼殺在喉頭，簡短的一句話帶著巨大的衝擊力朝她鋪天蓋地而來，大腦彷彿在一瞬間被奪走了運作能力，她想要保持冷靜地分析現下的情況，卻發現自己什麼也沒辦法思考。

彭彥見那頭沒有聲音，抿了抿唇，目光落在電腦螢幕上的貼文，半晌開口道：「念之，我們交往也有一陣子了，妳應該很清楚我的原則，我不能接受任何違反道德的事情出現在我的生活中。」

顧念之沒有說話。

「我上網去查妳說的爭議了，有網友整理了整個事件的時間線，來龍去脈完整清晰，這樣從頭看下來，我認為錯誤確實在妳這邊，不是嗎？」彭彥盡量讓語氣保持溫和，他良好的修養不允許他對女性疾言厲色，就算是踩到自己雷點的「前女友」也一樣，「尤其對方曬了她開坑的日期，也的確是在妳開書之前，光是這條關鍵證據就毫無疑慮地將矛頭指向了妳，我很難相信妳是清白的。何況妳的書籍頁面下方有著許多負面評論，如果妳沒有抄襲的話，他們也沒有理由攻擊妳，對吧？」

顧念之握著手機的手緊了緊，一顆心隨著他的一字一句愈發冷涼。

「妳知道的，我當初是被妳清高淡然的氣質所吸引，交往之後，我發現妳有著不同於外表冰冷的善良，是個內心柔軟的女孩。但是這些日子相處下來，我認識到的妳也僅僅只有這樣，我們之間彷彿有一道無形的牆，我想要更深入地去了解妳，但妳似乎不想讓我靠近妳的心，甚至讓我覺得妳在排斥我的接近，這感覺就像傾盡全力卻一拳打在了棉花上。念之，我很喜歡妳，可是我們似乎不合適。」

「而現在這件事，就像是壓垮我的最後一根稻草，我最厭惡的就是背棄良心道德的人，妳抄襲別人卻想要裝無辜脫去一身髒名，說實話，我對妳很失望。」

寒意伴隨著他的聲音傳過來，割裂皮膚，滲進血液，整個人像是泡進了極地的冰湖中，她的身子愈來愈沉，從四面八方撲騰而來的冰冷張牙舞爪地將她拖下去，心臟墜入深不見底的黑暗之中。

「妳踩上我的底線，我覺得我們沒有辦法再走下去了。」

最後一句話落下，顧念之被一股強大的力量拽進了黑暗的冰淵。

無法解釋，也無力解釋，面對這樣的他，好像說什麼都沒辦法替自己除罪。

她一直都知道彭彥是個正義魔人，嚴謹正經的高材生，除了對成績的要求，他對於道德也有著絕對的準則，無法容忍任何背信棄義的事情發生，身邊朋友的人品也是經過重重篩選之後，才得以成為他的至交。

那時候的顧念之覺得他三觀很正，是個值得讓人託付的對象，儘管有時為了正義會發表一些稍微偏激的言論，但沒有人是完美無瑕的，何況他的出發點也是好的，於是便抱持著試試看的心態與他交往。

彭彥除了價值觀端正之外，也是個溫和有禮的人，與他相處起來不會有太多的不適，他也確實是個體貼溫柔的男朋友，但顧念之本就不擅長表達自己的情感，也不太能直率地掌握與他人之間的關係，只是與彭彥相處下來，她覺得如果是他的話，似乎可以嘗試著將自己的心交出去。

然而沒有想到的是，這樣的念頭才剛萌生沒多久，就出現了這些紛紛擾擾的事，而他寧可聽信網路上帶風向的隻言片語，也不願意去相信自己的女朋友。

顧念之愣愣地盯著黑屏的手機螢幕，不知道過了多久，轉頭看向床頭櫃上那個打算給彭彥驚喜的禮物，突然覺得自己特別可笑。

她就像個笑話，重視的人在自己最難受的時候拋棄自己，而重視的事依然毫無能力去捍衛它。

根本沒有人願意相信她。清者自清？清你媽。

顧念之感覺自己在一條甬道裡走了很久很久，空間窄得只能容下一個人，黑暗鋪天蓋地的壓下來，沒有任何光源。

那段時間久到彷彿沒有終點，儘管最初並不想要放棄更新，但在那些惡評的淹沒之下，她最終仍是無力負荷，開始了無限期的停更。

每天受到惡意評論的折磨，所有積累的壓力和情緒在那個夜晚爆發，坐在空無一人的家裡，顧念之望著窗外傾倒的夜色，不能明白為什麼自己分明沒有對不起任何人，卻依然要承受這些尖銳的言論。

除此之外，愧疚感也深深地凌遲著她的心臟，沒能對讀者負責，更沒能保護好自己的故事。

夜色深深，沉得好似沒有盡頭，月光被屋簷的邊角打碎落在少女的眼角眉梢，清輝伴著冷寒的風，替她拂上滿身淒情。

網上一如既往的分成兩派在吵，讀者們見顧念之因酸民輿論而停更，沒有精神糧食供給的大家都炸了，脣舌之戰愈演愈烈。

直到有一天早晨，顧念之熬夜通宵打完了學術報告，闔上筆電的那一刻，疲倦感傾壓而來，她也隨之進入深沉的睡眠。

她夢到她依然在那條黑暗的甬道裡走了很久很久，然而這回不一樣的是，在走了一段時間之後，她突然看到前方有光。

一束帶著半透明的稀薄光源，驟然闖進晦暗之中，將她的眼瞳映得燦亮，在一片沉黑中倏然接觸光線，顧念之被刺激得下意識閉上雙眼，下一秒便從夢中驚醒。

她瞪著天花板呆滯了幾秒，心頭浮上一陣奇怪的預感，鬼使神差地登入了社群平臺。

久違地登入之後，衝擊而來的便是一則又一則的訊息通知，私訊箱也不知道已經爆掉多久了，她隨便點開一條，發現是讀者傳給她的鼓勵和打氣之辭，最後還附上了一條連結。

顧念之心頭一暖，點了網址進去。

映入眼簾的是一篇叫做「浮藍斯」的帳號發的貼文。

浮藍斯：大家好，我是@草莓糯米丸的親友，在此正式且鄭重地向@顧念之道歉。兩位作者的抄襲爭議想必大家已有一定的認識，作為草莓糯米丸的親友，因為受不了良心的譴責，故藉此篇文章說明整件事情的來龍去脈。

首先，有讀者在看到草莓糯米丸的《玫瑰與河》後發現其人設、劇情和敘事語言都與顧念之的《偏偏》過分相像，因此抨擊草莓糯米丸抄襲。而後草莓糯米丸私訊顧念之要求其澄清自己並未抄襲，見顧念之沒有回應，故直接公審先發制人，控訴顧念之抄襲，並貼出後臺開坑時間表，證明《玫瑰與河》的構思優先於《偏偏》。

然而，問題就出在那張後臺的時間圖，其實《玫瑰與河》根本就不是去年九月開坑的，至於我為什麼會知道，因為草莓糯米丸丟上網當證據的圖，都是由我幫她P出來的，而草莓糯米丸也確實是抄襲了顧念之。本篇文最後一張是兩個月前她與我的聊天紀錄，當時她在和我討論《玫瑰與河》

的大綱，可以證明她構思的初衷是為了蹭《偏偏》的熱度。

我的家境不是很好，草莓糯米丸其實在經濟上幫助了我很多，因此為了報答她，我常常幫她控屏、攻擊與她意見不合的人，甚至是這次做假證和調色盤，我也無視良心去做了。但是最近看到顧念之飽受輿論壓力的折磨而停更故事，這段日子下來愧疚感不斷地折磨著我，她明明與我素不相識，只是在做著自己喜歡的事，卻因為我和草莓糯米丸的指控，而要承受這些惡評的攻擊，真的感到非常非常抱歉。我真心悔改，並唾棄這樣的自己。

這篇聲明的發布我並沒有事先與草莓糯米丸討論過，大概這次事件之後我也會失去她這個朋友，但良心的譴責讓我無法再接受顧念之被網路霸凌，因此寫下了這份聲明。謝謝看到這裡的大家，再次誠摯的向@顧念之道歉，不奢求原諒，只希望能還您一個清白。

洋洋灑灑的一篇澄清文橫空出世，下面的留言區又炸了。

檸檬不是萊姆：草，這什麼反轉。

漂亮寶貝：不是欸，雖然你誠心的道歉了，但你和草莓糯米丸的行為真的太過分了＝＝

SYE給我出道：靠，所以一句道歉就沒事了嗎？顧念之這段時間受的精神創傷要怎麼彌補？你們兩個做出的妖搞得顧念之被網路霸凌，她做錯了什麼啊？知不知道多少人因為網路霸凌而得憂鬱症或是自殺？

人間缺愛小仙女：其實浮藍斯還算有良心的了，但正主草莓糯米丸死去哪了？出來道歉啊幹。

@草莓糯米丸

查理大帝：謝謝你出來說明了事情的真相，還我們顧念之大大一個清白，能站上風口浪尖澄清是一件很不容易的事，謝謝你的勇氣。

豪想跟床結婚：@草莓糯米丸是死了還是死了？

春和：啊當初那些被帶風向瘋狂黑顧念之的鍵盤俠呢？現在都跑去哪裡了？你們是不是也欠顧念之一個道歉？

沙發馬鈴薯：推樓上，酸民都不知道自己隨便一句話對一個人造成的傷害有多大，盲目跟風黑評根本就是在網暴，人家被逼到半退圈你們開心了吧？現在被澄清了臉疼不疼啊？還有點良心就去把那些在人家書籍頁面下方的惡意留言刪掉吧＝＝

玉笙寒：我真的是要醉了，@草莓糯米丸到底噁不噁心，現在重新回去看她公審顧念之的貼文，吐得我三天前吃的火鍋料都出來了，要點臉吧。

這篇貼文的發表時間是昨天晚上，當時顧念之正熬夜閉關趕報告，再加上兩個多禮拜前確定停更之後，就再也沒有登入過社群網站，因此對於昨夜的風風雨雨絲毫不清楚。

只是這案情峰迴路轉，饒是她本身就無愧於心，但看到這發展還是驚了一下，沒有想到會有人直接站出來還她一個清白，甚至對方還是草莓糯米丸的親友。

是真的……看到光了，真的走出那條黑暗的甬道了。

當天晚上，在社群上消失了好一陣子的顧念之，發布了一條新的動態。

> 顧念之：謝謝@浮藍斯的道歉聲明。在這件事中一直沒有發表立場，是因為我始終相信著清者自清，只要我沒有愧對於任何人，那些子虛烏有的指控都只是浮雲。當然，後來我也發現了……想黑你的人照樣黑，根本沒人在乎你是否清白。儘管我一直以來無愧於心，但後來想要為自己澄清時，卻因為那段時間被惡評攻擊得怕了，懦弱的我最終還是選擇了暫時逃避網路世界……謝謝自始至終相信著我的你們，謝謝包容我所有不足的你們，我會努力寫出更好的作品，不負大家的期待——黑暗的路獨自走久了，謝謝你們成為了我的光。

一輛跑車穿越從市區連接到近郊的大道，呼嘯而過時帶起漫天塵土，地上成堆的落葉也被氣流捲起四散。

待行至一幢別墅前，駕駛漸漸放緩了速度，駛入偌大的前院，停好下車。

任平生扯了扯衣襟，正要按門鈴時，大門卻應時地打開了。

「妳挺了解我的啊。」任平生看著眼前穿著高中制服的少女，挑了挑眉，「怎麼知道我這時候回來？」

任時安卻明顯沒有太大的興致,「你那車子的聲音這麼大聲,只要耳朵沒壞都知道是你回來了。」

見妹妹一臉懨懨,一向綴著光的眼瞳裡也沒有半分神采,只有平寂的黯淡,任平生心下微疑卻也不多說,只是關上了門,把手中提著的飲料遞給她,「妳喜歡的那家奶茶,微糖微冰紅茶牛奶二比一珍珠混小芋圓。」

任時安接過奶茶,情緒平淡,「謝謝哥。」

自家妹妹獲得了最喜歡的特製奶茶也不見歡喜,任平生舌尖頂了頂後槽牙,抬手搭上她的肩,「誰欺負妳了,跟哥哥說說。」

任時安把吸管插入塑膠封膜,吸了一口,晦暗的神色終於好轉了些。

她瞥了他一眼,嘀咕道:「說了你會幫我處理嗎?」

「不會啊。」任平生彎了彎脣,笑得人畜無害。

任時安瞪了他一眼,想要掙開,豈料十七歲的小身板根本沒辦法和奔三的成年男性抗衡,不多時又被勾了回來。

任平生也就是逗逗她,他這個妹妹平時活潑開朗,簡直就是個小話癆,眼下渾身散發著陰鬱的氣質,他也不免有些擔心。

「認真的,說吧,我幫得上忙就幫,如果是考試考不好就算了,那只能怪妳自己太笨。」

任時安翻了個白眼,「你不嘴我會死是嗎?」

「不會死,但嘴巴會不太舒服。」

「任平生！」

彼時趙子歡從廚房出來，見這對兄妹一如既往的在打鬧，不禁失笑，將手中剛煮好的銀耳羹放到桌子上，朝他們招了招手，「平生、時安，過來吃宵夜吧。」

聞聲，兩人立刻停止鬥嘴，任平生見母親大人出現，眨了眨眼，並給了她一個驚天動地的飛吻，「趙女士，您日日思念的兒子回來了。」

趙子歡已經習慣了自己兒子的騷操作，笑得溫婉，「我知道，我有眼睛。」

任平生一臉懷疑人生，而任時安見母親又端著溫柔得能掐出水的聲音來嘴哥哥，心裡一陣舒爽，一蹦一跳地跑到趙子歡面前，給了她一個甜甜的手指愛心，接著坐下來享用銀耳羹。

任平生不以為意，也在沙發上坐下，端起一碗銀耳羹拌了拌。

「平生，我上次和你說的事——」趙子歡啜了一口甜湯，悠悠啟唇。

任平生拿著瓷碗的手一僵，飛速打斷她，「我知道，我最近都沒有跟女人剪不斷理還亂了，您別給我安排相親，我消受不了。先別說這個了，您女兒今天怎麼了，心情看起來比她上次數學考了班上倒數第二還要差。」

任時安無力反駁，眉目哀戚地望向任平生，「我……」

任平生好整以暇，「妳？」

「我這次期中考數學三十六分……」任時安自暴自棄。

見自家哥哥揚了揚眉又想說什麼，她不給他任何攻擊自己的機會，立刻接話，「但這不是我心情不好的原因，我不開心是因為我喜歡的書被中止出版了，不知道什麼時候才會恢復發行。」

「為什麼不能出版了？」趙子歡順水推舟，關心問道。

任時安喝了一口奶茶，用糖分稀釋掉一些內心的陰霾後，才憤憤說道：「因為有人指控那本書抄襲，輿論鬧得愈來愈大，出版社不得不暫時中止發行。重點是兩本書我都看過，看的時候我壓根就沒聯想到另外一本，哪裡抄襲了啊？我不懂，現在的酸民都隨隨便便就給人家扣上一頂黑帽子，長沒長眼啊？凡事追求有條理、有邏輯的證據好嗎？在那邊惡意抹黑亂帶風向真的無語欸。」

見自家妹妹氣得蘋果肌都暈了一層淺淺的紅，估計還有一腔激憤想要發洩，任平生從善如流地問道：「是哪本書？」

「喔，就我上次跟你推薦的顧念之老師，你還記得嗎？她的新書《掩生》前陣子完結了，原本出版社官宣了下個月要出版，誰知道在官宣隔天就鬧出這些事。」任時安生無可戀，「啪」的一聲往後倒，癱在沙發裡囁嚅著，「我真的好喜歡這個故事呀，看到出版消息的時候都快開心死了，想要買個五十本在校門口發給大家。」

任時安講著講著也有些上頭，不禁悲從中來，怒氣和鬱悶盪到眼尾成了溼意，語聲哽咽，「真的替顧老師感到好委屈，她明明就沒有抄襲，現在卻被惡意潑髒水，我快氣死了，好想為她做些什麼，可是以我的能力除了去檢舉那些惡評之外，根本沒辦法再給她更多的幫助，我為什麼這麼弱小啊……」

趙子歡柔聲安慰忿忿不平的任時安，而任平生在聽到顧念之的名字時心下一顫，思緒中宛如飛過一臺又一臺的轟炸機，不斷的往腦子裡投下航空炸彈，將他的意識粉碎得七零八落，硝煙漫天。

她……出事了？然後他現在才知道？

任平生猛然起身，將只喝了一兩口的銀耳羹放在桌上，途中還因為手抖，甜湯險些翻倒。

「平生？」

「欸，哥！」

任平生無視母親與妹妹的呼喊，大步流星往大門走去，彼時任齊應酬完正好回來，他匆匆看了父親一眼，連招呼也沒打便快步走向停在前院的車。

任齊來不及叫住他，不到一分鐘便見兒子的愛車從眼前疾馳而過，駛出庭院奔赴一片沉黑夜色。徒留他站在敞開的大門前一臉茫然，與趙子歡和任時安面面相覷。

任平生從任宅衝回晴南上居，近郊到市區的車程半小時，他硬是開二十分鐘就抵達了目的地。匆匆停好車，完美主義的任律師也不管這下停歪了，連忙下車往電梯走去。電梯上升期間，他一顆心也隨之往上懸起，到達樓層後，那顆顫巍巍的心卻依然停在虛空中，沒有一處可以安放。

她現在是不是很無助？心血受到汙衊是不是很難過？始終視為信仰的事物被質疑糟蹋，內心是不是受盡了輿論折磨……

任平生出了電梯卻沒有往自家走去，反而站到了顧念之的家門前。

一向隨心所欲無所畏懼，可以在法庭上雷厲風行把對方辯護人槓得毫無退路，也可以輕而易舉撩到美女的任律師，現在卻不再有更多的動作，食指懸在門鈴上，距離五公分，遲遲沒有按下去。

確實是有些……慫了。

聽到她出事後衝動之下便趕了回來，臨到門口卻不敢再往前一步，就怕是不是會打擾了她。是沒有勇氣，也是沒有立場，以他們現在的關係，他似乎沒有資格去干涉她的任何事，連想要給予安慰都顯得虛偽。

更諷刺的是，是他親手斬斷了與她之間的連結。

明明知道她不喜歡社交場合，卻硬是把她拖進了人生地不熟的包廂；口口聲聲說著喜歡她，卻故意在她面前與其他女人親熱。

顧念之那天離去的表情至今仍清晰地烙在他的腦海裡，是對他無盡的失望與心痛，晦暗染上她一向清明的眼瞳，有什麼在裡頭徹底湮滅。

她明明毫不知情，他卻把她傷得這麼深，只因害怕自己的過去被揭露而不敢面對，便自私地逃避甚至是想方設法撬掉這份感情的根，徒留兩敗俱傷。

這些日子下來，他愈是努力地想要遺忘她，她就愈是藏在思緒裡揮之不去。

擁著其他女人的時候，眼前浮現的卻是她清冷恬淡的面容；吃拉麵時，想到的是生病的她盯著那碗去油去鹽的麵，一臉生無可戀；去夜店會不自覺望向那處角落，只因當時的她在那面無表情地說要把人做成鞣屍；一個人躺上床閉上眼後，侵入心緒的始終是她眉眼微醺，細細說著「因為是你，所以我好像也討厭不起來」的真摯……

是啊，他怎麼可能忘掉她。

帶來清冽泉水滋潤他生命、如初春料峭的寒氣卻又不失和煦的美好女人，他怎麼可能忘得了她。

人間百味，他既取了那瓢飲，便再也不懂得其他甘甜。

可是現在只能眼睜睜地看著那流清水從指縫間逝去，一向游刃有餘的他卻毫無辦法。

自己造的孽又有誰能去償還？

那天晚上，任平生站在顧念之家門前，久久沒有離開。

似是懺悔，也似是執念。

直到晨光渲染了半邊天，他才挪步準備離去，卻因為站了一整夜，下半身早已僵麻，抬腳的同時一屁股跌落在地，狼狽不堪。

在抄襲爭議發酵了三天之後，宋昀希和顧念之合力整理出反盤，編輯部也開會討論了相關事項，準備為《掩生》進行公關，澄清抄襲的不實謠言。

宋昀希將公關稿事先傳給顧念之過目，如果她覺得沒有問題，今晚六點出版社的官方帳號便會發布這篇聲明，並考慮對散播不實謠言的人和人身攻擊的惡評者採取法律途徑。

顧念之讀了聲明稿，認為一切恰如其分，便靜心等待著晚上六點的到來。

她清楚地明白，儘管發布了官方澄清聲明，依然會有一部分的惡評甚囂塵上，認為出版社只是在包庇自家的簽約作者。

然而她對於寫作一向問心無愧，每一個故事、每一段劇情、每一個設定，甚至是每字每句都是她事先做了許多功課，確認合情合理沒有任何疑慮，嘔心瀝血反覆斟酌後寫出來的。

她沒有對不起自己，也沒有對不起任何人。

從前的顧念之沒有勇氣也沒有能力保護珍愛的心血，但是現在的顧念之不一樣，她成長了。她知道外人不會在乎是否清者自清，他們只看到那些漫天滿地的言論，只根據片面的資訊進而斷章取義揣測人心。

她要全力捍衛自己的熱情與信仰，守護那些始終支持並相信她的讀者，不讓他們對她的滿腔真心付諸流水。

顧念之知道這是一場戰爭，而她必須大獲全勝，沒有退路。

在等待聲明發布的這段時間，顧念之平靜地讀完了一本詩集，夏初午後的日光清和，輾轉撫過淺色牛皮紙上詩人的心事。

眼見天色漸暗，時針也離六愈來愈接近，她闔上書，打開手機就看到出版社發布聲明，她也跟著在第一時間轉發表明立場。

顧念之：澄清聲明與證據如圖，本人從未做出任何剽竊他人智慧財產權的行為，對於自己筆下的故事始終抱持著誠實與忠誠。至於果子糖《若有一城花》完結時間比《掩生》早了一週這點，《掩生》全文在網路連載完結的前一個月已經完稿，並進入出版修稿的流程中，這部分的證據有電腦檔案紀錄的截圖，那些依據時間線指控《掩生》抄襲的言論希望可以消停了，剩下的就不多說，看圖吧，但願這次事件就到此為止。謝謝你們一直都在。//@新明出版社：根據@顧念之《掩生》的相關作品爭議，本公司在此進行澄清聲明，其他針對作品與作者的惡意不實言論，將酌情訴諸法律途徑，以捍衛作者與本公司的聲譽。〔照片〕〔照片〕〔照片〕

公關澄清後，顧念之像是洩了氣的氣球般，肩膀一垮，整個人癱進沙發裡。

該做的都做了，那些願意留下的自然會留下，至於看完澄清聲明和反盤仍是不相信她想要脫粉的，那就慢走不送吧。

最近紛亂的事太多，顧念之也沒什麼食慾，簡單下了個清湯麵當作晚餐，草草吞下肚後便去洗澡休息。

隔天一早睡醒後，打開手機卻發現網上言論在一夕之間風雲變色。

先是輿論導向全都偏向了她，先前那些罵她的黑粉一瞬間消失殆盡，原本烏煙瘴氣的留言區此時只餘讀者們滿滿的「辛苦了」、「抱抱我們念之老師」、「老顧我會永遠支持妳的」等等慰問話語。

她尋思著不太對吧，就算官宣澄清了，自己也確實沒有做出抄襲他人的垃圾行為，但她一向看得清，聲明這種東西本來就是權看閱聽者信不信，網路上形形色色什麼人都有，總不可能每個人都毫無保留地支持她。

她揣著奇怪的心思繼續在討論區裡逛著，在看到一篇貼文的時候，倏地恍然大悟。

【熱門】無畸不有＝果子糖？！〔照片〕

今天閒哥發歌了嗎：什麼什麼什麼，他倆是同一個人？？？

菲常可愛：等一下我錯過了什麼，有沒有懶人包可以跟我解釋一下:O

沒寫完論文不能看男人：回樓上，有大大扒出無畸不有和果子糖是同一個IP位置，估計無畸不有就是果子糖的小帳了。

羊駝教主：臥槽，還有這種反轉的嗎？

蘇蘇的藍：欸，果子糖估計被罵到受不了剛剛發文道歉了，說自己確實眼紅顧老師名利雙收，才惡意剪裁調色盤想要誤導路人給她輿論壓力。實錘了啊兄弟們。

及川徹我可以嗑一輩子：雖然本來就覺得顧念之沒抄襲，但看到這倆是同一個人我真的是噁心得要吐了，是要多惡劣才會這樣披馬甲潑髒水。

娜娜子：講到這個，我記得這果子糖之前也有個類似的卦啊，雖然沒實錘但也八九不離十了。

心字香燒：樓上跟我想到一處去了啊，這果子糖以前叫做一枚月，也曾經搞個小帳來黑另一個作者抄襲，當時那作者好像也是排行榜前十吧，結果把那作者惹得退圈了，一枚月倒是蹭到了不少熱度，小破文在那段時間還挺多人點閱的ㄏ。

嚕嚕米是精靈不是河馬：我去，為了蹭流量就能這樣隨便扣一頂帽子在人身上嗎？知不知道抄襲這兩個字對一名創作者來說是多嚴重的罪名，怎麼可以這麼歹毒啊＝＝心疼那個退圈的作者，也心疼顧老師。

顧念之把貼文滑了一遍，整個人都驚了，這劇情也太峰迴路轉了吧。

她花了一小段時間接收了這個龐大的資訊量，稍稍思忖了下，還是發了訊息給宋昀希。

顧念之：IP那事是你們做的嗎？

宋昀希：不是，我也是今天早上睡醒才看到的，昨天半夜莫名其妙就爆出來了。

顧念之默了默，就看到自家編輯又傳了訊息過來。

宋昀希：搞不好是妳的哪個小粉絲正好是搞這行的，看不下去妳遭受汙衊，就用點手段給妳查了下，好巧不巧就抓到了。反正妳沒抄襲是事實，我們官宣反盤出來後網上風向也大多都偏向妳這邊，不用擔心啊，《掩生》出版的事我們會繼續安排，這幾天妳就先好好休息一下吧，之後我再把一校的稿子發給妳。

過了幾秒，宋昀希又發來一條語音訊息，顧念之在讀完上面那段文字後順勢點開音頻，接著一道清脆的女聲從喇叭處播放出來，盈滿整個臥室。

「妳是最棒的顧老師呀！」語聲溫和生動，彷彿揉進了源源不斷的明媚陽光，顧念之心下一暖，嘴角向上翹了翹，她家編輯真的就是個小太陽。

至於IP的事顧念之一時間也沒頭緒，不過這破事也算是因此而落幕了，她長長吐出一口氣，覺得這幾天淤積在心頭的陰霾終於消散不少。

放鬆了一下午，難得清閒，她想著今天的晚餐乾脆自己下廚，便去附近的超市買食材。

繞了幾圈把該買的東西都放進購物車後，顧念之正好經過冰品區，看著冰箱裡琳琅滿目的冰品，突然就有點嘴饞，開始糾結著要買冰淇淋還是雪糕。

天人交戰到一半的時候，倏地一聲「姊姊」竄到耳裡，她覺得這嗓音有些耳熟，往聲源一看，只見少女在不遠處跳著向她揮手。

任時安三步併作兩步地跑到顧念之面前，「姊姊，好巧喔！」

顧念之沒有想到會在這邊遇到她，見少女眸光亮燦燦的，整個人像是被興奮因子給包裹住，任時安的情緒特別外放，她也不禁被染上了幾分喜悅，莞爾道：「妳怎麼會來這？什麼事這麼高興？」

「我同學家等一下要開烤肉趴，我跟朋友想說買點零食飲料過去，要不然白吃人家的也不太好。」

顧念之心想這個年紀的孩子快樂總是這麼單純，和同學聚會烤肉就值得開心一整天。

豈料下一秒就聽她道：「雖然我很喜歡烤肉，但讓我高興的主要原因不是這個。」任時安瞇著眼笑道：「姊姊我跟妳說，我這幾天發現，我哥果然還是愛我的。」

顧念之一臉懵。

「就是呢，我之前跟他訴苦我喜歡的作者出事了，他看起來一點反應也沒有，喔不對，有反應，他直接從我面前走掉。」思及此，任時安翻了個白眼，卻是話鋒一轉，「不過這兩天事情平息了，我跑去跟我哥宣揚，妳知道他回我什麼嗎？」

少女笑開了花，語氣中有顯而易見的驕傲，「他居然回我『也不看看妳哥是誰，擺平不過是分分鐘的事。』哇……雖然他那個樣子很欠扁，但我真的覺得那時候的他宇宙第一帥，比我暗戀的男同學還帥，比給我零用錢的老爸還帥！」

任時安激動得不行，顧念之卻在聽到「喜歡的作者出事」時，心下猛地一顫。

最近文圈出事的作者，除了她還有別人嗎？總不可能這麼巧吧。

「時安，我可以問一下——」

「問一下我喜歡的作者是誰？沒問題，姊姊妳準備好了嗎？我要來大推特推了喔！」一有推廣的機會，任時安興奮得很，「我最喜歡的作者叫顧念之，不知道姊姊妳有沒有聽過，她的暢銷書有《Melancholy》、《換一季晚風》、《他說》……文筆超級好，寫的文還特別有深度，不是無腦的傻白甜只會談戀愛，而是可以跟著劇情推理，真的很好看！」

少女清脆的聲嗓落入耳裡，卻彷彿平地驚雷，重重地衝擊了她的感官。

顧念之愣了半晌，直到任時安的呼喚，她才將意識拉回現實。

匆匆與少女道別，顧念之急忙回到家，感覺內心的震盪久久不能平息，方才與任時安的對話雖短，資訊量卻過於龐大。

她進了浴室沖冷水澡，卻依然沒辦法冷靜下來，有什麼在體內橫衝直撞，逼得她去接受一些現實。

她是真的不懂了，明明兩人已經沒有交集，為什麼他卻默默在背後幫助她呢？

她不知道在那夜過後自己對他的感情究竟為何，也不知道他這麼做的緣由。

她只知道，現在的她，很想要見到他。

情感一向沒有巨大波動的顧念之，這回終於沒能控制住情緒，也不顧自己洗完澡還沒吹頭髮，她披了件薄開衫便頂著一頭溼透的髮，奪門而出。

揣著一顆忐忑的心顫巍巍地按了隔壁的門鈴，在鈴聲響了五秒之後，這回任平生終於不再避而不見，門應聲打開。

眸光交接。

顧念之在看到他的那一瞬間，所有情緒再也崩不住，一行清淚順勢滑落臉龐。

是真的，好久不見了。

六、地獄之所以稱之為地獄

任平生癱在沙發上，目光停留於對話框的訊息上面，短短的一行字簡單明瞭。

「報告任少，事情都辦好了。」

下面的訊息倒是比上一條多了些內容，其中包含確認兩支帳號是同一個人在操作的證據，以及爆料後網路上輿論生態的觀察報告。他大致掃過了那幾行文字，眼睛眨也不眨，轉了錢過去。

任平生想到先前與「無畸不有」，也就是「果子糖」的對話內容。

對方是一名二十歲的大學生，起先堅決否認一人分飾兩角操控帳號，直到任平生甩了IP位置以及其他數據上去，她見無可隱瞞才終於承認。任平生讓她公開向顧念之道歉，她卻不覺得自己有錯，直接拒絕。

任平生雖然憋著火，但對於一個小女生也不想發怒，直到對方一句「有本事爬上神壇，就要承擔被拉下來的風險」丟過來，他才終於冷了神色。

年紀輕輕的，不知道價值觀哪裡出了問題。

這世上不可能有人永遠坐在頂端屹立不搖，跌下神壇的原因有可能是江郎才盡，也有可能是行銷手法不足，更有可能是時運不濟，但絕不會是以造謠抹黑的身分被無辜拖下水。

兩人僵持了一陣，任平生看著手上的資料，最終勾起唇，「令尊在徐迎酒店當業務經理？」

果子糖愣了一下，語氣中猶有警惕，「你怎麼知道？」

任平生笑了笑，「不巧，徐迎是我們定風集團旗下的企業。」

果子糖在聽到「定風」兩字時，瞳孔震盪了一陣，「你……」

「忘了告訴妳，我的本業是律師。」任平生唇邊的弧度漸大，眼底卻沒有半點笑意，「刑法第三百一十條第一項，意圖散布於眾，而指摘或傳述足以毀損他人名譽之事者，為誹謗罪，處一年以下有期徒刑、拘役或一萬五千元以下罰金。」

「如果明天中午十二點前沒有看到妳向顧念之公開道歉，我們就法庭上見，另外……」他又笑，冷意卻順著電流傳進她耳裡，「祝您父親安好。」

任平生今早起床後，順利地看到了果子糖的公開道歉文。

他冷笑了一聲，仗著網路這個屏障，躲在後頭自導自演，以為不會有人抓到，就可以任意傷害他人，直到自己的利益即將受損，才急忙想要力挽狂瀾，到底是欺善怕惡的。

而後任平生覺得只因為忌妒而去造謠帶風向潑髒水，甚至不惜賠上自己的其他權益，確實是有些過了。託人更深入調查之後才發現，原來這小女生曾經寫的一部懸愛劇本是打算要拍成電視劇，豈料審查都已經到了最後階段，基本上是確定要錄用時，劇組導演卻臨時換了劇本。

而那部劇本，是顧念之懸愛代表作《Melancholy》的IP授權。

原先以為機會即將到手，卻在緊要關頭被人橫插一腳，始終懷恨在心，之後又看到對方暢銷書一本接著一本，長年霸佔排行榜，心理不平衡，最終點燃了惡意攻擊的最後一根稻草。

當然，這些顧念之都不知道。

任平生垂著眉眼，漆黑的睫毛壓下來，目光落在那篇道歉文上，直到手機螢幕自動黑屏後，才將視線移開。

他將指腹抵上手掌中心，微微凸起的觸感傳來，有一道不深不淺的疤痕橫在皮膚之上，明目張膽，像是囂張地暗示著什麼。

任平生發愣了一陣子，直到門鈴聲充斥了整個靜謐空間。

意識驟然回歸，目光在虛空中花了幾秒重新找到焦點，緩緩起身前去開門。

女人端端正正地站在眼前，面上毫無波瀾，狹長的眼尾吊著疏離，依舊是熟悉的高冷。

然而下一秒，他就見那一向收著情緒沉默寡言的女人，眼角猝不及防地滑下一行清淚。

廊上的燈光是暖橙色的，顧念之逆著光，細細碎碎的昏黃光點落在她身後，陰影將她的五官切割得更加分明。

光影參差，任平生凝視著那滴懸在下頷將落未落的晶瑩，心下顫了顫，感覺有哪裡在一瞬間破了洞。

那些想要在她面前掩藏的不堪，那些不知該如何面對她的愧疚，那些狼狽，那些無地自容，在看到她的那一刻，盡數從感官中剝離。

兩人一陣無話。

顧念之張了張口，卻什麼也說不出，嘴邊肌肉牽扯著拉動下頦，淚珠順勢墜落。

彷彿有什麼也落進了他心底那個洞，細細密密的冰涼沿著神經擴散，分赴四肢百骸。

「顧念……」任平生輕輕換了聲，豈料話還沒說完，身前便湧上了一抹暖意。

顧念之在看到他的那一刻，所有理智早已崩裂，心裡有千百句話想要傾吐而出，卻不知該從何說起，最終那些纏繞的情緒化為一股衝動，驅使她去擁抱他。

女人柔軟的身子貼著，纖細的手環住男人的腰，臉蛋埋進他懷裡，尚未吹乾的髮仍滴著水珠，有清淡好聞的沐浴香鑽進鼻間，柔化了心口的顫慄。

顧念之突如其來的主動，饒是浪遊花叢依然游刃有餘的任平生，這下也不禁僵了僵。

安靜瀰漫在窄小的廊道間，時間歇息了，宇宙萬物像是在剎那間停止了活動，只有彼此溫熱的呼吸在空氣中流淌。

任平生感覺那個破裂的洞，倏地被填滿了。

他稍稍傾身，無所適從的雙手匆匆擁住懷裡的溫香，有些急躁，有些笨拙，深怕不緊緊箍著，下一秒就會散了。

他的臉埋進她的肩窩，近乎貪婪地汲取著她的氣息。

夢寐以求——任平生腦子裡忽而閃過這四個字。

也曾在夜裡輾轉，滿心滿眼勾勒著未來。女人的身影似是虛幻似是真實，想要深深擁入骨血，奈何僅隔著一面牆，人卻彷彿隔了片汪洋，觸手可及，卻也觸手不可及。

燥熱翻滾著，清冷的夜終究沒能稀釋慾念，汗水沿著脖頸滑下，也只是徒留一手黏膩。

而如今那個朝思暮想的女人，此時真真切切地在自己懷裡，骨肉是真，氣息是真，那雙狹長鋒利的丹鳳眼勾著的溫柔也是真。

任平生滿足地嘆了口氣。

顧念之跟著任平生進了家門。

除了玄關唯一的一盞光源，其餘皆是昏暗，任平生隨手打開了客廳的燈，顧念之瞇起眼緩了幾秒適應亮白的光線，才脫鞋踩上地板。室內開了空調，拋光石英磚的涼意沿著腳底的神經一路蔓延至全身，任平生見她一個激靈，連忙從鞋櫃裡拿出一雙室內拖鞋。

一時無話，任平生進了廚房，顧念之在沙發上坐下。

半晌，他拿了杯水出來，顧念之望著玻璃杯中透明清澈的液體，隱隱將自己模糊的身影映了上去。她抿了抿唇，伸手接過。

沉默在彼此之間氾濫，牆上的指針一滴一滴地往前走，細微的摩擦聲響此時顯得格外清晰，彷彿也在誰的心上一點一點地落下腳步。

不知道過了多久，女人有些緊繃的嗓音落下，在空氣中劃了一道清冽。

「IP的事是你做的嗎？」

「嗯。」任平生沒有否認，「舉手之勞。」

見他那風輕雲淡的模樣，顧念之心想舉你媽的勞，查IP這種事還能是順手嗎？

她默了一陣，抬眼對上他的目光，「為什麼？」

任平生沒回答。

「明明不知道事情的來龍去脈，甚至刻意疏遠了我，為什麼還願意相信我？」

良久，他開口，「因為妳值得。」

聲線壓得低，顧念之卻聽清楚了，心下猛地一顫。

任平生似笑非笑，沒再繼續這個話題，反而問道：「妳為什麼會想寫家暴議題？」

話題跳躍得猝不及防，她愣了愣，卻依然認真回答，「因為看到太多相關的社會案件，很多家暴受害者不知道自救方法，或是被傳統社會灌輸『家醜不可外揚』、『清官難斷家務事』等死板觀念，而不斷忍受家人的虐待，在這種黑暗暴力的壓抑之下，不只是身體的皮肉傷，心理大多也生了病。」顧念之語聲沉緩，即使一向不輕易顯露情緒，也不禁嘆了一口氣，「雖然我只是寫小說的人，對社會沒有太大的影響力，不過如果能借助故事傳達一些意涵，讓更多人關注這件事，或許世界上就會少一些苦痛，多一些美好。」

顧念之默了默，某些畫面從腦中浮出，才意識到原來有些記憶儘管平常沒有注意，卻深刻地印在腦海中。

「嚴善是我故事裡的一個配角，也是家暴受虐兒，某次他被家暴後，大晚上逃到無人的街道。我還在美國讀高中的時候，印象中是十六歲吧，某一天晚上到街上散步，遇到了一個男孩。」

沉黑的夜色攜著朦朧雨絲傾壓而下，街上的路燈燃著寂寞的光，昏沉沉的亮點暈在他身上，渾身的戾氣未收，眼角眉梢都是冷意，不知道夜晚和少年哪個更涼薄一些。

一幀又一幀景象掠過眼前，顧念之頓了頓又道：「他渾身都是傷，卻穿著一件近兩千美元的T恤，大半夜的不回家，那時還下著雨，他也沒撐傘就坐在路邊發呆。我不知道他發什麼神經，估計是哪家少爺跟家裡不合離家出走……不過跟家裡吵架也不太可能會弄得一身傷。」

客廳燈的白光澄澈透亮，灑在女人身上，將五官都染上了一層淺淡的亮邊。任平生定定地凝視著她，感覺心間那床乾涸的泥地，在事隔多年後有清泉湧出，明淨而疏朗。

他聽見她繼續說：「後來寫稿時，不曉得為什麼突然就想到了那個雨夜、那個坐在路燈下沉默寡言的少年，當時寫到嚴善被他父親發洩似地毒打一頓，於是就順著那個意象，讓嚴善帶著滿身的傷跑到街上了。」話落，顧念之像是沉浸到自己的思緒裡，喃喃輕語，「不知道那個男孩現在過得怎麼樣……」

漆黑的髮絲順著臉頰滑落，露出耳下一小片白皙的肌膚，任平生望著那塊細膩，擱在腿旁的手指小幅度地動了動。

喉頭有些癢，心底有什麼正肆意地滋長著，他壓著嗓子啟唇，「是在LA的時候嗎？」

「什麼？」顧念之回過神。

「遇到那個少年的時候，是在LA嗎？」

「在G小區的超市附近？」

「穿著那一季X牌的暢銷主打？」

一連串的問題砸過來，顧念之不禁瞪大了雙眼。

印象中，她沒有和任何人提起過這件事，照理來說任平生應該不會知道才對，然而他甚至連那個少年穿了什麼衣服都一清二楚。

「你……」

任平生嘴角勾了勾，肌肉上揚的弧線帶著幾分無奈，依舊是散散漫漫的模樣。

「不是想知道那孩子現在過得怎麼樣嗎？」男人低磁的嗓音摻了點笑意，直直望進她眼底，「他現在過得很好。」

有什麼預感模糊地纏上心頭，顧念之錯愕地看向他。

眼前人薄唇輕啟，嘲諷般地哼笑了一聲——

「不巧，我就是那個孩子。」

顧念之一時間沒能把沉黑雨夜裡那名落魄的少年，和眼前這個從容矜貴的男人重疊在一起。

「你……」

「驚不驚喜？意不意外？」

光線傾落，淺淺勾勒出他的輪廓，眼前的男人微瞇著眼，有碎光綴在清透的眼瞳上，嘴邊笑意盛大。

顧念之常常覺得，任平生是一個沒心沒肺的人，一雙桃花眼勾魂攝魄，笑起來眉眼彎彎，拉長的眼角彷彿把全世界的春意都收攬，看著是個對誰都溫柔的風流浪子，偏偏仔細一瞅就能看出，那笑意只是浮於表面未達眼底，多情又無情，像個負心漢。

她也發現雖然任平生愛笑，但其實很少真情切意的笑。笑容對他來說，更像是一種偽裝工具，幫助他建立既有的形象，輕易地帶過某些棘手的情況，不需要額外費心思。

例如現在。

顧念之望著他嘴邊那似揚非揚的弧度。

肯定發生了什麼，才會大半夜滿身傷痕出現在街頭，不知道為什麼他還能一副沒事的樣子，想要笑著蒙混過去。

「不要再笑了。」顧念之毫不避諱地盯著他，聲線冷了幾分。

任平生嘴角一僵。

「一直笑也沒有比較開心，嘴巴不痠嗎？」她不鹹不淡地瞟了他一眼。

任平生唇線繃直，微微向下耷拉著，半晌低聲道：「習慣了。」

顧念之眉目清冷，就這麼直勾勾地望著他，沒有說話。

年少時期的記憶隨著那場雨沖刷至腦海，順著連綿的雨絲銜接到回國後與他再次相見。

曾經萍水相逢的少年，卻在十年後以光鮮亮麗、無所不能的姿態來到自己的生命中。

思及此，她驟然鼻頭一酸，伸手抱住他。

「你要跟我說嗎？」顧念之聲音很輕，「我都聽你說。」

他的目光停駐在不遠處的一個點上，良久低聲道：「我其實看過《掩生》，跟嚴善一樣，我也被打了。」

顧念之安撫的動作一頓。

那些被打壓、被欺凌、被暴力相待的日子從塵封的記憶中竄逃而出，視線所及是一片混沌，腦中畫面卻依然清晰。

那天他下課回家，看到本該是緊閉的大門開了一條縫，再望向庭院中平常此時應該空著的停車格，正停了輛高大上的瑪莎拉蒂，就知道今晚注定不會好過。

只是任平生沒有想到的是，那個夜晚將會成為壓垮他的最後一根稻草。

一打開門，映入眼簾的便是一地狼藉，懸著水晶吊燈氣派輝煌的家，此刻都被蒙上了一層灰。

濃厚且刺鼻的酒精味撲鼻而來，任平生蹙了蹙眉，視線沿著地上碎裂的玻璃杯，再移到偏離正位的沙發，看向被撞歪的小桌，接著往上……

任平生的瞳孔猛地一縮。

女人烏黑的髮絲散亂，身上的連衣裙皺痕遍布，垂著頭像是早已沒了意識，而手臂上開了一道瘡口，有鮮血順著地心引力滑下。

站在客廳中央的男人身型高大，鼻梁上架著一副無框眼鏡，看著面若冠玉，彬彬有禮。

如果只看臉的話。

只見他單手提著女人的後領，將她破布娃娃似地抓著，另一隻手舉了個釉彩花瓶，抬起手來正要往她頭上砸——

「你幹什麼！」嘶吼聲倏地傳來，男人動作一頓，只見少年從門口處衝過來。

男人冷笑一聲，手一鬆，女人被拋置在地，身軀撞到地上時發出了不小的聲響。

任平生朝男人奔去，眼前的情況剝奪了所有理智，他一把撞上男人，抬手去抓他手上的釉彩花瓶。

豈料男人雖被撞得踉蹌了幾步，卻似是抓準了他的目的，將花瓶巧妙地閃過他的追捕，繞過身子後方，換了一隻手拿著。

任平生撲了個空，憤怒地瞪向他，眼底的戾氣翻騰洶湧。

下一秒，男人一把將花瓶砸在少年的頭上。

碎裂的瓷瓶以額頭為圓心噴灑出去，任平生只覺得眼前白光乍現，腿一軟直接跌坐在地。過了幾秒之後，熱辣辣的疼痛感開始燒灼著頭部，碎瓷片刮傷皮膚，留下一道又一道血痕。

頭暈目眩的同時，男人居高臨下地望著他。

「臭崽子，讓你再囂張。」他扯著任平生的衣領將他拖起來，「就這麼想跟你媽一起去死嗎？」

任平生原先還因為疼痛而無法思考，此時聽到這句話，腦子在一瞬間炸開來，他艱難地睜開眼，聲音破碎，「你……」

男人笑了一聲，「我怎樣？」

任平生一拳揮過去，「我操你媽的人渣，不要臉的死東西，你又對我媽做了什麼！」任平生腥紅著眼嘶喊道，又一拳招呼在男人臉上。

男人連著兩拳被打得趔趄了幾步，望著滿臉鮮血的少年，似是不敢置信，在被花瓶砸過後的他居然還有力氣反擊。

疼痛在頭上燃燒著，似是要將皮肉剝離，然而任平生無暇去顧及自己的傷勢，他死死盯著眼前的男人，眸底的暴戾氾濫而出。

他只知道現在不反抗，連命都有可能丟掉，不知道這個瘋子會做出什麼事。

趁著男人恍神的時候，任平生又快速地將他撞倒在地，他跨坐在男人的身上壓制，一手掐著男人的脖子，一手往他臉上揍。

空氣中瀰漫著濃重的血腥味，任平生毫無節制地將全身的力氣都往他身上撒，一下又一下的皮肉重擊聲響在靜謐的客廳裡。

男人起先還在掙扎，而後似是無法呼吸，聲音愈來愈小。

直到感覺到身下的男人沒有動靜之後，任平生的一線理智驟然回攏，扼住脖子的手鬆了鬆，揮拳的動作頓在半空中。

他從男人身上起身，見到癱軟在地毫無意識的女人，著急地就要去查看，左腳踝卻突然被緊緊攥住。

任平生心跳漏了一拍，轉身望去，只見本來被揍暈的男人，此時正伸著一隻手狠狠拽著他的腳，手勁大得彷彿要掐碎他的踝骨。

下一秒，男人出力一拉，任平生往後跌落在地。

「你是不是覺得自己真能弄死我？」男人抹了把嘴角的血，面目猙獰，爬起來將他壓著。

「你他媽……」任平生被禁錮著，艱難地從嘴裡吐出話。

「我裝的。」男人勾了勾唇，看著他的眼神帶著輕蔑，「小孩子果然就是天真啊。」

「你……」任平生掙扎著，見男人不知道從哪裡變出了一把水果刀，扭動的動作頓了頓。

男人見他眼底逐漸漫上恐懼，支配人的愉悅充斥著感官，他抬手就要往任平生臉上劃去。

在泛著銀光的刀尖擦過自己鼻尖的那一刻，任平生費力掙脫出一隻手，即時握住了那把刀。刮骨般的疼痛爭先恐後地爬滿手心，任平生狠狠地抓住刀刃，血不斷從指縫間汩汩溢出，他屈起一隻腿，使盡全身力氣頂上男人的腹部。

男人慘叫了一聲，鬆開水果刀，捂著腹部倒地。

任平生再次將他壓制，不斷往他身上揮拳。

他什麼也不知道，他只知道他想殺了這個人。

不知道過了多久，男人終於沒了聲息，五官紅腫不堪。

任平生確認他是真的失去意識之後，趕緊起身叫了救護車，接著立刻跑到女人身邊。

「媽……」他撥開她凌亂覆蓋面容的髮，捧著那張毫無血色的臉哽咽了一聲，淚水從眼眶中滾出來，「媽……是我不好，我沒能保護妳……」

眼淚淌過血痕遍布的雙頰，更加刺激了神經，劇烈的疼痛凌遲著感官，任平生疼到意識也有些模糊，卻仍是抱著母親不放。

他望著女人緊閉的雙眸和布滿新舊傷痕的身子，有些一看就是今天新添上去的。

是他不好，是他不好。

他下課之後應該要早點回來，而不是留住化學老師問上次小考的問題。如果他早點回家，如果他在那個惡魔之前回家，母親是不是就不會遇到這種事了……

半晌，任平生倏然起身。

面無表情地走回到奄奄一息的男人身邊，任平生凝視著他，狹長眼尾銳利，眸色冰冷，眼底的仇恨滾燙熱烈。

這個男人，是他血緣上的父親，與母親生下了他，卻從未盡過父親的職責。

表面上風度翩翩，看著是個菁英中的菁英，把公司打理得井井有條。然而撇開事業，實際上不是在外尋花問柳，就是回到家後施暴，把工作上的壓力和不滿全數發洩在他和母親身上。

地獄之所以稱之為地獄，就是因為它的苦痛沒有止境。

思及此，任平生看向方才墜落在地的水果刀，尖端閃過一點銀光，他彎腰拾起，動作輕緩。

如果趁現在殺了他，是不是之後的日子就會好過一些了？

如果他消失在這個世界上，是不是就能帶著媽媽從地獄裡逃出來？

任平生蹲下身，將沾滿血痕的刀面貼上男人的脖頸，鳴笛聲隱隱從不遠處的街道外傳來。

下一秒，有鮮紅色的花在腹部上綻放——只不過是任平生自己的。

任平生跟著母親趙子歡被送到了急診室。

其實也不是第一次被打了，只是被打到送醫院，還是第一次。

趙子歡經過診斷發現有輕微腦震盪，身上有幾處骨折和新舊瘀傷，還好都沒傷到要害，當時被打得狠了，才痛到暈過去，倒也算不幸中的大幸。

任平生則是立刻被送往手術室，臉上的傷口因為花瓶的緣故殷紅血痕遍布，看著十分可怖，但還好只是皮肉傷較多，最深的一道傷口醫生幫他縫了幾針，再處理好右手掌上因為抓住刀刃的模糊血肉後，基本上就沒什麼大礙。

最嚴重的部分是受到刀子刺傷的腹部，雖然沒有傷及要害，也及時止血了，但仍需檢查腹腔有沒有內臟受損，進行治療。

手術順利結束，任平生醒來後，第一件事是想要下床。

正好他的主治醫師過來巡房，看到他的舉動，氣急敗壞地將他壓回床上，「你想幹麼？剛動完手術不好好躺著休息，不怕傷口撕裂嗎？」

任平生眨了眨眼，笑了一聲，「我這不是擔心我媽，急著去看她嗎？」

金髮美女醫師見他一臉滿不在乎的模樣，深吸了一口氣，抑制住想要發火的衝動，「你媽沒事，你倒是擔心一下自己吧，算你幸運，再往左偏一點就刺到要害了。」

她看著眼前的少年，五官生得深邃漂亮，不女氣的那種漂亮，就算面部仍有大小不等的傷痕交錯，依然不減其風采。只是臉上猶帶著未完全收起的戾氣，看著張揚又具攻擊性。

「身上還有其他地方不舒服嗎？」她環胸望向他。

任平生搖頭。

「你的腹部和手上的傷太深了，比臉上還要嚴重，估計都會留疤。」美女醫師頓了一下，終究還是問道：「怎麼回事？」

任平生嘴角倏地耷拉而下，低聲開口，「那個男人刺的。」

「跟你們同時進來的那個男人？」

「嗯，那個男人，我血緣上的父親。」一提起他，任平生眸色猛地暗了下來，有翻騰的情緒壓抑在眼底深處，「我看到他正在打我媽，為了阻止跟他打了一架，誰知道他突然變出一把刀子，好在我閃得快，讓他刺偏了。」

美女醫師凝視著他，沒有說話。

任平生冷笑了一聲，「我看他是真的想殺了我。」

不知道過了多久，她溫聲啟脣，「做筆錄的時候要和警察說清楚，能保障自己權益的一個都別落下，我看你父親就只是被揍暈過去，也沒有什麼重傷，你記得要表明自己是正當防衛。」

「必須的，至少也要讓他進監獄多待幾年。」任平生依舊是那漫不經心的樣子，嘴角勾起一抹嘲諷的弧度，「殺人未遂這種事……」

語聲戛然而止。

過了幾秒，他重新抬頭，笑得燦爛，彷彿方才眼底的陰鷙只是虛幻。

「謝謝醫生啊！但不知道那男人醒來之後又會想做什麼，如果可以的話，請把我媽和他的病房安排在相隔最遠的兩間吧。」

任平生睡了一整天，再次醒來時是半夜兩點，天色黑得看不見底，充斥著蒼白和藥水味的醫院讓他有些喘不過氣，於是偷偷溜出去，在外頭晃了一圈，不知走了多久，傷口有些隱隱作痛，他無奈地嘆了口氣，便隨意在路邊坐了下來。

層層疊疊的烏雲也飄來這塊小區，漸漸下起了雨，然後他就遇到了顧念之。那個看起來冷漠無邊，莫名其妙在深夜的街巷遊蕩，看起來沒有半點靈魂的少女，卻在沉黑的雨夜中，把傘送給了非親非故的自己。

小小的、隱晦的關心，在夜闌盡處綻放了溫柔。

「於是就遇見妳了。」任平生擁著她，不由自主地蹭了蹭她的頸側，動作很輕，小心翼翼的，深怕會嚇跑她。

「為什麼那時候……不離婚呢？」男人柔軟的短髮搔著耳畔，顧念之心下軟了軟，遲疑著開口。

「離了，在住院之後。」任平生低磁的嗓音悶在她肩窩，嘆息似的。

因為住院，再加上兩方一個是知名企業高層、一個是圈內小有名氣的珠寶設計師，都算得上是有頭有臉的人物，紙包不住火，直接把維持長久的平衡打破了。趙子歡的父母得知後匆匆趕到美國，見到女兒和外孫的模樣，氣到立刻讓兩人簽字離婚，兩家再也不相往來。

「過去他們是商業聯姻，一舉一動都關係著兩家的命脈，不能輕易破壞這種平衡。再加上我媽從小堅強慣了，捨不得讓遠在家鄉的父母擔心，就算被家暴了，她也沒有說出來。」

「而且她還是個挺有名的珠寶設計師，在外是個女強人的形象，說她愛面子也沒錯，她就是不想讓大家知道自己受到這種毫無人性的對待。」

「我能理解她的堅持和隱忍，但我不能接受，她就是傻，才會讓自己差點死在那個男人手上。」他語氣頓了頓，將眸底的冷厲藏在她看不見的地方，方又說道：「如果我那天再晚一點回家，那個失控的瘋子會對我媽做出什麼事，我真的不敢想下去。」

「如果我再強大一點，是不是就能早一點反抗那個男人，帶我媽逃離地獄？」

雖然他的語聲很輕，顧念之還是聽出來了，有不易察覺的哽咽細細密密地揉進聲線裡，帶著壓抑過後幾欲爆發的悔恨。

顧念之抬手，安撫性地拍了拍他的背，「任平生。」

「嗯？」

「當時是不是很辛苦？」她語聲清淡，卻如春雨潤物般，無形中安定了他躁亂的心思，「對不起，那時候沒能發現你的脆弱。」

一定很辛苦吧，一定很寂寞吧，在那些無人知曉的夜裡，一定獨自承受了很多痛苦吧。

任平生閉了閉眼，再次睜開眼睛時，瞳膜卻隱隱覆上了一層霧氣。

「妳在說什麼傻話。」他低聲開口。

顧念之眼睫顫了顫，語聲很輕，「那，是不是都過去了。」

任平生沒說話。

「所以別自責了。」顧念之拉開與他的距離，直直望進他眼底，「你成為了很強大的人，現在的你可以保護自己，也可以保護你母親，那個人再也無法傷害你們。」

女人上揚的眼尾一向藏著收不住的銳利，任平生此時卻清楚地看到那眉眼間的和煦，好似滿城的溫柔月色都在那裡棲息。

任平生有一瞬間的怔忡，而後他抿了抿唇，低低笑了一聲，「嗯，都過去了。」

當男人均勻綿長的呼吸傳來的時候，顧念之無疑是茫然的。

不是，這人怎麼說完話又逕自抱上來，抱著抱著就睡著了？

顧念之面無表情地側了側首，瞥了一眼靠在自己肩上的不要臉之人，聲線沉緩，「別裝睡。」

客廳燈光豐盈，卻是沒有半點動靜。

顧念之挑了挑眉，依舊風輕雲淡，「你可能很常在某個軟玉溫香裡睡著，但我的肩膀不隨便給別人靠的。」

肩上的那顆頭小幅度地動了動，柔軟的髮絲蹭上耳梢，引來一絲絲的癢。

顧念之目光直視前方，面上古井無波，「我是不是還沒答應當你女朋友。」

「啊？」任平生倏地抬起頭，一雙桃花眼微瞇，沾了點惺忪睡意。

顧念之無語，您還演得挺上頭。

他沉沉的聲嗓滲進些微鼻音，「妳剛才說什麼？」

顧念之皮笑肉不笑，「任律師，要不要先放手。」

任平生眨了眨眼，又埋回她的頸窩。

八風不動顧老師震驚了，見過不要臉的，沒見過這麼不要臉的。

顧念之抿了抿唇，抬手覆上他的小臂，稍稍施力想要扳下來。

任平生無動於衷，像個老流氓似地深深吸了一口氣，「妳好香。」

「我剛洗完澡當然香。」顧念之在心裡翻了個白眼，突然想到自己確實是洗完澡沒多久就匆匆跑來這了，連頭髮都還來不及吹。

她下意識地摸了摸自己的髮尾，髮絲因為水氣而聚集成一綹一綹的。

「任平生，先起來吧，我得吹個頭髮。」

任平生這才慢吞吞地抬起頭，模樣頗依依不捨。

顧念之冷酷無情地瞅了他一眼，正要起身，就見他早她一步離開沙發，拖著腳步往臥房走去。

走進房間後，過了幾秒注意到身後沒人，任平生又從門口探出頭，見顧念之一臉茫然地站在沙發前，他眨了眨眼，向她道：「過來。」

顧念之眉梢微揚，遲疑了一下終究還是走過去，一到門口就見他拿著吹風機，朝她招了招手。

顧念之道了聲謝，順手就要接過，卻見任平生並沒有要給她的意思，逕自壓著她坐下，「我來幫妳吹吧。」

顧念之心下一顫，「什麼？」

「乖乖坐著啊。」任平生拇指腹推開吹風機開關鍵，撩起她溼透的髮，懶洋洋道：「不用擔心，我很會幫女人吹頭髮的，跟那些自以為對女朋友貼心卻手法粗魯的粗糙男人不一樣。」

顧念之眸光驟然暗了幾分，扯了扯唇，隱隱含了點譏諷，「不意外呢，肯定從很多女朋友身上練習來的吧。」

吹風機的聲響轟轟地震動著耳膜，縱然女人幽微的聲嗓近乎被淹沒在雜音之中，但任平生依然敏銳地捕捉到了隻言片語。

任平生低低笑了聲，帶著幾分無奈，「我沒有幫其他女人吹過頭髮，那時候我媽住院因為手受傷，頭髮都是我幫她吹的。」

顧念之垂了垂眼廉，不動聲色地藏起眸中情緒，壓在心上不知名的重量突然少了幾分。

她張了張口，想要說些什麼，卻又覺得說什麼都不太對。

任平生見她腦袋耷拉著，心下好笑，也沒再接話，兀自幫她吹頭髮。

窗外滿城燈火闌珊，兩人安靜無話，空氣中只剩吹風機震耳的聲響。

吹完頭髮之後，任平生幫她整理了下，看著她難得溫順的模樣，任平生的目光不自覺放柔了些，「好了。」

顧念之旋身望向他，「謝謝。」

「既然該做的事都做完了，我們來談談別的？」任平生把吹風機擱在一旁的小桌上。

顧念之瞳孔猛地一縮，心下兵荒馬亂，面色卻是無波無瀾，「談什麼？」

「澄清一下妳對我的誤會。」任平生眉眼彎彎，笑得從容，「我沒有女朋友。」

顧念之垂在身側的手指蜷了蜷，有什麼畫面閃過腦海，於是冷笑一聲，「喔，所以上次一起唱歌還喝了交杯飲的只是炮友？」

任平生生平第一次感受到何謂搬石頭砸自己的腳。

「不是……」他臉上難得出現慌亂之色，捏了捏眉間，斟酌著要怎麼解釋。

那事確實是他混帳，無可反駁。不過在釐清自己對她的心意之後，他就沒有再出去喝酒撩妹，夜生活一夕之間清淡了不少，他也樂在其中。

可是在看了《掩生》之後，那因為家庭暴力、言語侮辱而刻進骨子裡的自卑感卻探出了頭，縱然現在光鮮亮麗好似無所不能，但他沒有把握在她知曉了自己曾經陰暗的背景後，還能擁抱他的狼狽與不堪。是他配不上她。懦弱在心底鑿開一個又一個窟窿，將他吞噬其中。他開始逃避她，回歸從前靡爛的紈褲生活，甚至刻意在她面前與其他女人親密，為的就是要斬除她好不容易才對他萌生的好感，這樣他才能狠下心去遺忘她。

雖然失敗了。

那段時間裡，擁在懷中的女人沒有一個在他腦子裡留下印象，彷彿攬著一個人形布偶似的，他滿心滿眼都是那雙清豔的眉眼，平時不屑一顧冷然至極，彎著的時候上挑的眼尾順勢拉開，有細細碎碎的笑意盪在瞳裡，特別好看。

好看到他想一輩子溺死在她的雙眸中，只要她願意再看他一眼。

任平生自嘲似地彎起嘴角，「在認識妳之前，我或許和許多女人有過輕重不等的關係，但是在確認自己喜歡上妳之後，我就真沒和朋友再去過那些場所了。」

他站在她面前，微垂著頭望進她深深的眼底，「可是在看了《掩生》之後，那些與自己太過相似的設定讓我害怕了，害怕妳會不能接受有著這樣過去的我，所以故意疏遠妳，甚至在妳面前做了那些混帳事，希望妳能放棄我。」

顧念之沒有避開他的視線，在半空與他眼神相接，浮光明晦間清冷的聲線劃過夜晚的寒涼，傳進他耳裡，「任平生，你是對自己不夠自信？還是對我沒有信心？」

任平生感覺心臟被重重地撞擊了一下，他愣愣看向她。

「不過人可能就是失去了才懂得珍惜，也多虧你前陣子死都不肯跟我聯絡，我才發現自己其實挺喜歡你的。」顧念之頓了頓，再次開口時，冷調的嗓子彷彿摻入了三月裡最和煦的那瓢春意，咬字清晰溫柔，似青柳淺淺拂過湖面，在心底撩起一陣陣漣漪，「比我想像中的還要喜歡。」

「所以。」她朝他伸出一隻手，唇角向上揚了揚，「請多指教了，男朋友。」

任平生深深凝視著顧念之，那雙漆黑的眼底有平靜、有堅定，還有細微的柔情綻放。不知道過了多久，他抬手放在了她的手心。

小心翼翼，虔誠似的。

顧念之心下一軟，豈料下一秒，任平生卻倏地握緊，將她直接拽過去，顧念之被驚得瞪大了雙眼，直直往他的方向倒去。

任平生穩穩地接住她，一手攬住那纖細的腰肢猛地使力，於一聲驚呼中將人貼上自己的身前，另一隻手仍是牢牢地牽著，他將下巴擱在她頭頂，因為剛吹完頭髮的緣故，髮絲還微微蘊著熱氣，暖意輕巧地覆了上來。

顧念之突然被這一拽一拉的有些昏頭，此時被按在他懷中，感受到男人溫熱的氣息拂面而來，隱隱帶著清淡好聞的木質香。

他的聲音也溫柔地送入耳畔，「請多指教，女朋友。」

沉沉的嗓音低緩，帶著一絲絲啞，一下又一下地刮著耳梢。

顧念之感覺心臟震顫了一下，左胸的頻率有些加快。

她僵了一陣，而後稍稍抬手，手掌覆上他的背脊，也跟著擁上他。

「嗯，以後請多指教。」她低聲重覆了一遍。語聲方落，不知怎麼的有點鼻酸，她吸了吸鼻子，覺得人真是談了戀愛都矯情了起來。

顧念之有些不自在地動了動，卻只是換來他一句低低的「別動」。

任平生雙眸闔起，整個歲月靜好的模樣。他挨著她柔軟的髮絲，輕聲道：「再讓我抱一下。」

顧念之「嗯」了一聲，半晌後又開口，「你是真的沒有女朋友嗎？」

她又補了一句，「除了我。」

「親愛的妳這話題是跳得有點快了。」任平生挑了挑眉，沒摸清她在想什麼，看著一臉嚴肅的她，也不禁跟著正了神色，「沒有。」

「炮友？」

「沒有。」

「男朋友?」

任平生舌尖掃過下唇，皮笑肉不笑，說出口的話感覺有那麼一絲咬牙切齒，「顧念之妳——」

「你這種禍水一樣的男人，我怎麼知道你是不是男女通吃。」顧念之打斷他，她上挑的眼尾飛揚，理直氣壯，「你說沒有就沒有嗎?我要怎麼相信你?」

任平生直勾勾地盯著她，見她氣勢凌人、眉眼生動，他低低嘆了一聲，莫可奈何似的，偏偏摻了幾分寵溺。

那始終裹著冰霜的面容如長年淤積的冬雪漸漸消融，晴光當頭澆下，萬物朦朧甦醒，開始染上不同的情緒色彩。

都是因為他。想到這，任平生好心情地翹起唇角。

「念之，我認識妳多久了?」他突然沒頭沒尾地問道。

聞言，顧念之稍稍思忖了下，「差不多半年?」

「嗯啊，是半年，我半年沒有性生活了。」任平生勾了勾唇，依舊是那散散漫漫的模樣，「認識妳之後，我就再也沒有跟外面的女人亂來了，怎麼都提不起勁。」

「親愛的，我為妳守身如玉了半年。不相信的話可以把我手機拿去，妳隨便檢查。」任平生鬆開圈住她的手，就要從口袋裡掏出手機。

顧念之「哎」了一聲，連忙按住，「不用了，我信你。」

任平生微微感動，下一秒卻聽見她道:「三個月還有編造的可能，但半年對你來說太煎熬，既然你敢說出來，就代表還挺有誠意的，我也沒有不信的道理。」

任平生抽了抽嘴角，不可置信道：「我他媽是什麼精蟲上腦的衣冠禽獸嗎？」

顧念之面色絲毫未變，語聲淡淡反問：「你不是嗎？」

任平生氣笑了，倏地傾身，薄唇貼著她的嘴角，將聲音渡進她唇裡，「那妳是不是沒見過衣冠禽獸是怎麼樣的。」

男人的氣息鋪天蓋地壓下來，顧念之下意識地攥緊了他的衣料，只見他極輕地咬了咬她的下唇。

高嶺之花顧老師愣了愣，緋紅攀上耳根，漫山遍野開成了花。

任平生稍稍拉開與她的距離，滿意地欣賞一陣子，而後手上略施點力，再度將人抱個滿懷。

他把她散著的髮絲輕輕勾至耳後，彎身湊到她耳邊低聲道：「今天先放過妳。」

男人的吐息熱燙，一字一句燒灼著頰畔，唇角猶有那輕咬的觸感，極淺極淡，卻帶著巨大的存在感，讓人無法輕易忽視。

八風不動顧老師終於忍不住臉紅了。

任平生望著她紅透的臉，只覺怎麼瞅怎麼好看，讓人想要深深鐫刻在心上，成為生命中永遠忘卻不了的風景。

女朋友、女朋友。

他以前都不知道這三個字原來這麼好聽，讓人想要一再地複誦咀嚼，仔細回味字裡行間的甘甜。

3

日子在忙碌中一晃而過。

《掩生》的出版差不多到了收尾階段，最近顧念之被宋昀希推坑了一部韓劇，其實她平常很少看劇，但人家都推薦了那她也就看一下，豈料這一看就停不下來。

這天她閒閒無事，待在家看了一下午的韓劇，追完最新的一集後，正巧自家編輯打電話過來了。

「親愛的，在幹什麼呢？」有好好寫新書的稿子嗎？

顧念之瞅了一眼螢幕上定格的男主角特寫，「看劇。」

宋昀希：「……您真愜意。」

顧念之哪裡聽不出她的弦外之音，輕笑了一聲，「也不想想是誰推給我的。」

宋昀希在電話那頭安靜了三秒，最後自暴自棄，「好，是我，我罪魁禍首，我不務正業，我搬石頭砸自己的腳。」

顧念之也就是逗逗她，嘴角微翹，接著就聽她道：「老顧，廠商把書印好了，檢查後也沒發現什麼問題，我昨天把一些寄給妳了，沒意外的話應該這兩天會到，簽完再讓貨運公司把它們送回來就好。」

宋昀希是來跟她交代出版進度的，這次出版社幫《掩生》搞了一個活動，官方通路限量特裝版，不只有神仙繪師繪製的特別版書封和明信片，還有顧念之的親筆簽名。

但因為出版社在K市，而顧念之住在T市，為此特地南下有點麻煩，宋昀希便寄書過去給她，讓她把特裝版簽好之後再寄回出版社。

顧念之又耐心地聽宋昀希絮絮叨叨一陣子，待那頭告一段落後，她低聲道：「昀希，《掩生》結束之後，我想休息一下。」

「行啊，妳怎麼知道我正想跟妳要下一本書的大綱了？默契啊默契——」宋昀希很爽快，笑著道：「那給妳休息一下，我一個禮拜後再開始跟妳催稿啊。」

「不是新書大綱的事。」

宋昀希沒理解，帶著疑問「啊」了一聲。

「我的意思是……我想要休息一段時間，無限期的。」

通話那頭沒了聲音。

顧念之眼睫顫了顫，再次開口時聲音裡隱隱摻了點倦意，「昀希，我從二十歲寫到二十七歲，這七年來從未停止過。不是沒有想過要放棄，但因為太過熱愛，所以始終放棄不了。寫作這件事早已滲進我的生命，在我的骨血裡刻上抹滅不了的印記。」

顧念之自嘲似地笑了一聲，「可是現在的我太累了，如果我不停止一下往前走的腳步，可能會開始對我視為信仰的寫作產生心理抗拒，那是很可怕的，我不敢也不願意看到這種事發生。現在只是暫時的，想要沒有後顧之憂的去生活，不用擔心網路上怎麼評斷我或是我的作品，去做其他喜歡的事，以另一種方式好好充實自己。」

語聲落下，一時無話。

顧念之見窗外的殘陽在地平線那端一點一點地傾落，夕色逐漸斑駁，夜晚帶著勢不可當的蠻力衝上來，將天空渲染成一片墨色。

不知道過了多久，宋昀希才輕聲應道：「好。等妳哪一天想回來的時候，記得要告訴我一聲。」

她語聲清切，溫和堅定，「無論何時何地，我始終都在。」

七、平生是你，念之愛之

顧念之在買牛奶的時候接到快遞公司的電話，說有好幾箱包裹，是從K市寄過來的。

這麼一聽，她就知道八成是宋昀希寄來的《掩生》新書。

但顧念之還在樓下的超商沒辦法去簽收，可快遞員已經推了推車把幾箱書都運上樓了，也不好意思讓他多等，她想著任平生這時候應該在家，只好讓他先幫她收貨。

任平生簽收之後，便把幾箱東西搬進客廳，想到顧念之說有空的話可以幫她檢查包裹，於是取了美工刀割開密封的紙箱，果真是剛印刷好熱騰騰的《掩生》。

不到五分鐘，門鈴再次響了。

然而顧念之方才說排隊隊伍很長，估計不可能這麼快回來，那這下又會是誰？

他心裡忖著，挑了挑眉，打開門見到的是任時安。

少女綁著高馬尾，身穿水藍滾邊的白色棉T和橙藍相間的格子裙，肩上斜揹著一個帆布口金包，笑得燦若驕陽。

「晚安呀哥！」任時安朝氣蓬勃地跟哥哥打了聲招呼，便就著他與門框之間的空隙鑽了進去。

任平生見她熟門熟路地從鞋櫃裡翻出女士拖鞋，接著蹦蹦跳跳地跑到客廳，一屁股坐上鬆軟的沙發，仰了仰纖細的脖頸，發出滿足的喟嘆。

他關上家門，走到她身邊，「妳這時候來做什麼？」

任時安放下身上的口金包，正打算從裡面掏出手機來，聞言後抬起頭看向他，一臉無辜，「怎麼了？難不成我打擾到你跟誰約會了嗎？」

任平生無語，下一秒又想，反正顧念之等一下也會上來，她這麼說似乎也沒錯。

於是任平生懶洋洋的「嗯」了一聲，任時安聽到後，立刻就指著他的鼻子道：「哎！你上次不是跟媽咪說你沒有再跟女人剪不斷理還亂了嗎？被我抓到了吧，我要去跟媽咪講讓她繼續幫你安排相親！」

少女盛氣凌人，一副抓到他小辮子似的得意洋洋。

任平生毫不留情地翻了個白眼，屈指在她腦門上輕彈了一下，「妳就是為了來嘮嘮叨叨的嗎？」

猝不及防的攻擊，任時安吃痛地揉了揉額頭，毫無威脅性地瞪了他一眼，「沒，我剛剛跟朋友在這附近逛街，要搭車回去的時候突然想到今天是爸媽的結婚紀念日，想說不要太早回去打擾他們相親相愛，所以順路來你這邊蹭個晚餐。」

「那妳真是個貼心小棉襖。」任平生皮笑肉不笑，便不再理她，逕自走去廚房倒水。

豈料當任平生順手拿了瓶任時安喜歡的蘋果汁出來後，見到的就是呆站在紙箱旁邊的她。

「時安？」任平生喚了她一聲，「喝果汁嗎？」

任時安極其緩慢地轉過頭，像是電影裡刻意放慢速度的特效鏡頭，而客廳燈沒開全，昏黃的光線傾落，她的樣子看起來帶著一絲絲莫名的幽怨。

「哥，這些是什麼？」她又看了一眼那敞開紙箱中堆著的東西，小心翼翼地開口，聲線中隱隱摻進些微顫意，「怎麼會……在你家？」

「喔，那個呀，妳顧念之老師的新——」話說到一半，似乎也覺得哪裡不太對，應答聲戛然而止。

一時間空氣似乎停止了流動，兄妹倆中間隔著一套沙發，在虛空中大眼瞪小眼。

不知道過了多久，任時安才點點頭，一雙眼瞳清明，直勾勾地望向他，「對，這些是顧念之老師的新書，但是出版社官方帳號明明說《掩生》兩個禮拜後才正式出版，你為什麼已經有了書？而且還這麼多。」

能言善辯的任律師張了張口，他怎麼就忘了這小孩是顧念之的狂粉呢……

「哥。」任時安一臉嚴肅，「你該不會是盜印的吧？」

任平生把果汁放在桌上，隨後輕咳一聲，面無表情地看著她，「妳說什麼？」

「雖然你是我哥，但如果你做出侵害智慧財產權的行為，我還是會去檢舉你的。」任時安雙手環胸，面色凝重，語氣也不禁沉了幾分，「而且你身為律師還做出這種事，不僅危害了顧念之老師的權益，也泯滅了你的職業道德！」

任平生緩過了一開始被指責的無語、無奈，最後竟然也覺得挺好笑的，便好整以暇地倚著牆，看她義正詞嚴地高談闊論。

任時安見自家哥哥被撻伐依然無動於衷，甚至還散散漫漫沒有骨頭似地靠著牆，沒有在認真聽的樣子，她怒瞪他一眼，炸毛了，「你這人怎麼這麼不要臉啊！」

任平生勾了勾唇，語調拖得慢，饒有興致，「妳這小孩腦子裡到底都裝了些什麼？」

任時安正在氣頭上，想也不想就扯著嗓門道：「裝了我對顧念之老師的愛！」

在語聲落下之際，突然一道「咔」的開門聲從玄關處傳來。

任平生和任時安不約而同把目光投向大門，只見顧念之手裡拎著瓶家庭號牛奶，望著站在客廳中央明顯在對峙的兩人，很慢地眨了一下眼。

「妳回來啦。」任平生率先發話，繞過沙發走到她面前接過牛奶，順便把門關上。

兩人互動自然無比，任時安正茫然地望著他們，還沒來得及提出疑問，就見顧念之已經走到自己的面前。

顧念之眉目清冷，凝視著一臉懵的少女，語聲平淡卻不失真誠，「謝謝妳對我的愛。」

任時安石化了。

要說任時安現在有多震驚，大概是她成天吊車尾的數學成績考到了校榜首——都不會受到這麼大的驚嚇。

任平生見妹妹僵在原地，大腦明顯已經過熱當機的樣子，不禁覺得好笑。

他好整以暇地坐下來，抿了一口水，接著下巴微揚，往任時安的方向點了點，懶洋洋地介紹，「這我妹，顧老師您的狂粉。」

慵懶的語聲落下，顧念之還來不及反應些什麼，只見任時安纖細的身軀重重的一抖，雙眼睜得更大了。

任平生笑了一聲，看戲似的，還捏了把桌上保鮮盒裡的堅果吃。

顧念之也被少女的激烈反應給整懵了，好半晌才對她道：「時安，我們之前見過的。」

任時安似乎還沉浸在巨大的衝擊裡，顧念之看了任平生一眼，見他一副作壁上觀的模樣，也沒指望他能幹什麼了。

「時……」顧念之又喚了一聲，豈料才吐出一個字，就見任時安身子晃了晃，淚水從眼角倏地滑落，起先還只是抽咽，最後情緒像崩盤了一般，不管不顧的開始大哭，任由淚水決堤而下。

見狀，任平生往嘴裡送堅果的手頓了頓，心裡悠悠嘆了一口氣。

顧念之哪裡見過這陣仗，要不是上一回兩人聊得愉快，她都要懷疑是不是自己長得太嚇人了。

顧念之睨了眼任平生，用眼神尋求他的幫助。

任平生舌尖在後槽牙掃了一圈，然後道：「要不然妳也跟著哭？她看到肯定嚇得哭不出來了。」

顧念之無言以對，最後兩人花了好一段時間才把任時安安撫下來。

「任時安妳挺有趣的啊，整天說要是哪一天有幸能親眼見到顧念之老師，一定要把她上天下地誇一頓，再瘋狂輸出愛的告白，給她留下好印象……」任平生好看的眉梢輕揚，目光在耷拉著腦袋的少女身上旋過一圈，漫不經心扯了扯唇，「現在這模樣就是妳留下好印象的方式？」

任時安捲翹的睫毛上還懸著滴剔透的淚珠，聞言，她睜著紅腫的雙眼瞪向他，「你閉嘴。」

任平生失笑，不再搭理她。

任時安見他這副心不在焉的欠揍樣就來氣，她作勢要打他，拳頭在虛空中裝模作樣揮了幾下，「你要是在毫無防備的情況下見到你女神，甚至發現她就是之前見過面的鄰居姊姊，你還能不激動嗎？」

「能啊。」任平生又揀了粒果乾往嘴裡放。

任時安無語，您也真是敷衍得好不明顯喔。

任時安沒好氣道：「才怪，你根本沒有女神。」

這句話讓任平生聽得不是很滿意，他蓋上保鮮盒，斜了她一眼，「哪沒有。」

他漂亮的桃花眼一挑，往她身邊的女人望去，眸光透了那麼點意味深長。

顧念之原先聽著這對兄妹鬥嘴，豈料突然在半空中對上任平生的目光，只見他對著自己眨了眨眼，還沒來得及捕捉到什麼，就聽到男人拖著嗓子悠悠道：「不只有，我還天天見。」

後來任平生被趕去廚房做飯了。

礙眼的哥哥被驅逐出境後，任時安拉著顧念之細細講起話來。

「顧老師，我真的特別喜歡妳！妳寫的每一本書我都買了，還各買了兩套，一套收藏，一套翻閱！」任時安緩過衝擊後便開始興奮地表白，「我好喜歡好喜歡好喜歡《掩生》，雖然之前遇上那些破事，但還好最後順利出版了嗚嗚嗚嗚……」

任時安像隻小麻雀劈里啪啦瘋狂輸出愛意，顧念之被逗笑了，聽她一個人講了好一陣子，才道：「謝謝妳。」

「不會不會不會，老師妳寫出了這麼多好棒的故事，是我才要謝謝，我嗚嗚嗚嗚嗚……」

遠在廚房的任平生正切著菜，聽到客廳又傳來哭聲後，毫不留情地翻了個大白眼。

「顧老師……那《掩生》出版後……」任時安又嚶嚶啜泣了好半晌，最後握著顧念之的手緊了緊，小心翼翼地啟唇，「妳可不可以給我簽個特簽呀？」

這小孩方才大肆表白都不嫌害臊，現在倒是緊張得渾身都僵硬了。

顧念之點點頭，反捏一下她的指節，示意她放鬆，「我現在就可以簽給妳。」

「哎？但那不是編輯讓妳簽完名寄回去的嗎？」

「她有多寄幾本過來給我收藏，我可以先送妳一本。」

「啊——」

聞言，任時安又激動得要開始哭了，顧念之連忙把她躁動的身子按下，笑道：「妳消停點，不然妳哥要拿著鍋鏟出來打人了。」

「他不會的。」任時安笑咪咪地說：「他看著對什麼事都不在意，但是脾氣特別不好，可說脾氣特別不好吧，其實也沒有那麼小心眼。」

顧念之下意識地看了一眼他在廚房忙碌的背影。

「顧老師妳知道吧？我跟我哥不是親生的。」任時安眨了眨眼，羽扇似的睫毛鋪成一片，一雙眼睛靈動而明媚，「我們異父異母，根本沒有血緣關係。」

「嗯。」顧念之垂下眼，她有猜到。

任時安和任平生年紀相差太多了，何況之前聽任平生說他們是重組家庭，而趙子歡不是任齊的元配，代表在這之前，任平生和任齊已經有過一段婚姻。

這麼一想，任時安不是親生兄妹，便也挺正常。

「聽說我母親生我的時候羊水栓塞走了。」見顧念之的眸色一瞬間暗了下來，任時安連忙補充，「但我從來沒有見過她，所以我也不會難過。不過我爸那時候應該挺不好受的，還好後來他遇到媽咪了，也逐漸走出喪妻之痛。」

「我第一次見到哥的時候才八、九歲吧，那時候我爸突然跟我說我多了一個哥哥。」任時安回想起來，當時她正在寫作業，結果任齊進來房間跟她說了一些事，她跟著父親到客廳就見趙子歡站在那裡，身旁還多了一名少年，「我知道我爸當時有女朋友，他也跟我說過之後可能會和她結婚，在這之前我見過她幾次，但她兒子我還是第一次見到。我那時候想，哥哥就哥哥吧，這麼大的一個家，多一個人陪我玩也挺好的。」

有淺淺的甜辣香氣從廚房飄過來，食物烹調的聲響細細碎碎地落在空氣中，少女拉著她的手逕自講著，顧念之安靜地聽。

「後來，我發現他這個人表面上對誰都很有禮貌，看著脾氣超級好，整天都在笑，其實對許多事情不上心，而眼底的戾氣怎麼壓都壓不住……說實話我小時候還挺怕他的。」說到這，任時安不好意思地笑了笑，接著又想起了什麼，「有一天爸媽都不在家，我發現他一個人躲在後院的角落，不知道在想什麼。」

彼時剛下過雨，暮色昏沉，少年蹲在後院的石階處，頭深深地埋進了膝彎。

任時安邊拆棒棒糖邊在家裡亂晃，看到隱在夜色中的少年，頭上的吊燈被風吹得晃，忽明忽暗。

任時安其實跟任平生不太熟，兩人年齡相差太多，他又忙，平時在人前總是笑著，但眼底卻空洞洞的，任時安看過好幾次，覺得這個哥哥好像有點難以捉摸，便不太敢主動和他說話。

只是現在見他彷彿被孤寂包圍的模樣，她瞬間想到了昨天晚上趙子歡給她講的睡前故事，裡面那隻被狼群拋棄的小狼崽。

任時安鬼使神差地走到他面前，奶聲奶氣地問道：「哥哥，你怎麼了？」

聽到聲音後，任平生抬起頭。

任時安看到他發紅的眼眶，眼白上的紅血絲蛛網似地遍布，暗暗嚇了一跳。

「哥哥，你心情不好嗎？」任時安三兩下拆開手裡的棒棒糖，胖乎乎的小手捏著糖遞過去，「這給你吃，蘋果味的。」

那是任平生第一次仔細端詳了這個毫無血緣關係的妹妹。

被接回國內後，為了考上最頂尖的大學，不辜負任齊給他的資源，任平生每天都將自己埋在書堆裡，常常只睡三、四個小時，便就著熹微的晨光起床繼續做試題，幾乎沒有時間與任時安親近。

美國與國內的教育體制、方式、內容都大不相同，他要花一年的時間讀完別人三年學得的東西，一邊跟著高三的課業，一邊去重新學習高一高二的知識，無疑是吃力的。

任齊與趙子歡並沒有施加任何壓力在他身上，任齊對他就像對待親生孩子一樣毫無差別，任時安有的，他肯定也有一份，任平生覺得自己一定得成就一番事業以回報他的恩情才行，給自己很大的壓力。

而這天模擬考考砸了，距離上次的校排名硬生生掉了三十幾名。

他幾乎是猛地失重墜谷。如果他連讀書這種事情都做不好，如何對得起用心栽培他、給了他一個完整的家的任齊。

他不能對不起任齊。

平日給自己安上無所不能的面具，其實是為了掩藏心底的不安，從小就算做得再好也只會被嗤之以鼻，因言語暴力催化出來的自卑與敏感，只要在某方面一失足，便會重新叫囂著纏上他。

唯有先騙過自己才能變得更強大，才能掙脫過去的夢魘，保護他珍而重之的人事物。

任平生看著眼前小小軟軟的女孩，淡聲道：「時安。」

輕飄飄的嗓音伴著微涼的夜色落下，便沒了下文。

「怎麼了？哥哥你是不是有點難過……」任時安眨巴著明亮的大眼，「我只要哭哭的時候，爸爸就會給我抱抱，雖然哥哥沒有哭哭，但我也給你抱抱吧？」

任平生見小女孩張開短短的胳膊要往他身上湊，覺得還挺可愛，扯了扯唇，心底那些過分膨脹的負面因子似乎莫名被稀釋了一些。

他一把抱起她，小女孩身子軟得很，棉花糖似的。

因為被抱起的緣故，任時安這下目光與他平齊，她伸出小小的手拍了拍他的腦袋，「哥哥不要不開心。」

「嗯。」任平生垂下眉眼應道：「沒事的，只是有些事情沒做好，怕會辜負爸爸媽媽的期待而已。」

他自嘲般地笑了笑，「我就有點敏感了。」

話一出口，他也不知道自己怎麼就跟她說這些事了。

算了，反正她還小，估計也聽不懂。

豈料下一秒，任時安突然把兩隻手貼上他的臉頰，捧著說：「哥哥你很棒！但你要記得睡覺，爸爸說睡不飽身體會壞掉的。」

任平生有一瞬間的怔忡。

他看著她，小女孩眉清目秀明朗可人，一雙眼睛特別漂亮，像是綴了點點星子，有銀河在漫流。

任時安其實都知道的，雖然她年紀小，但都看在眼裡。

有一回她晚餐鬧了脾氣沒吃，大半夜被餓醒，下樓找東西吃時經過任平生的房間，那門漏了一道縫沒關好，她看到哥哥凌晨三點多依然坐在書桌前奮筆疾書。

檯燈的光打在少年冷白的皮膚上，將眼眶下方那圈浮著的灰青色照得格外明顯，神態不是沒有疲倦，他卻仍堅持以最嚴格的方式要求自己，去面對生活中的每一件事。

那時候任時安才知道，哥哥平日裡要多努力，才能讓自己看起來那麼游刃有餘。

「那時候我就想，原來這個人內心也挺脆弱的。」任時安嘴角牽起一道細小的弧度，低聲說：「他也不是無所不能，他也不是不會難過。他也跟許多人一樣，有著自己偏執且敏感的小世界。」

炒菜的聲響從廚房傳來，任平生還放了音樂調劑氣氛，男人心情愉悅地跟著歌曲哼著，聲線清朗。

顧念之垂下目光，望著少女搭在自己手背上的手，思緒輕揚。

半晌，她仰起頭看向任時安，淺淺「嗯」了一聲。

任時安又笑了，「我哥雖然看著很不正經……好吧，確實就挺不正經，但有些敏感話題還是會認真的，妳要小心點。」

自顧自地講了一陣，她突然想到，「等一下，你們真的是那種關係嗎？」

顧念之「啊」了一聲，狹長的眼直勾勾地凝視著她，任時安突然被看得有些慫，「難道……不是嗎？」

顧念之覺得她的反應有些好笑，故意道：「妳覺得我們是哪種關係？」

「就，男女朋友關係啊。」任時安抿了抿脣，似是陷入糾結，「雖然我覺得他會交女朋友也滿神奇的，可是妳怎麼看都不像是會隨便玩玩的人，總不可能你們是炮友關係吧？」

「而且我哥……應該很久沒約過了吧？」

顧念之哭笑不得，「妳怎麼連這種事都這麼清楚？」

到底臉皮薄，任時安輕咳一聲，有薄薄的緋色在耳根子漾開，「我、我就覺得他最近看起來挺枯槁的，像是肉食性動物突然被迫吃素一般，那天我還聽到他朋友約他去玩，他敷衍一下就掛電話重新坐回電腦前，整個人都散發著工作狂的氣質。」

「枯槁」兩個字晃入耳裡，饒是顧念之這種八風不動的情緒冷感者，也崩不住了。

「妳用詞還挺精闢。」她捏捏少女柔軟的手，笑出聲來。

任時安把這當作誇獎了，笑咪咪地道：「那當然，也不想想我平常都看誰的書。」

話一出口，只聞低沉的聲嗓從頭頂落下，「妳平常要是多看點數學課本，就不會整天幫班上同學墊底了。」

任時安無語，兩人聞聲望去，只見任平生拿著鍋鏟站在沙發後方，「吃飯了。」

接著他的視線有意無意地往任時安的手上飄去，「妳別整天抓著顧老師的手啊，她不喜歡肢體接觸的。」

任時安挑了挑眉，朝自家哥哥挑釁一笑，「你是不是因為平常牽不到，所以嫉妒我？」

任平生往她頭上賞了記手刀，送給她一個大白眼，咬牙切齒道：「吃飯。」

任平生走沒幾步，又聽到女孩子壓低著聲音竊竊私語：「顧老師，我哥是不是被戳中痛處了才惱羞啊……」

任平生氣笑了。

任時安在哥哥丟下一句「不吃飯就給我滾出去」後，立刻放開顧念之的手，跑到廚房幫忙盛飯。

顧念之看著少女歡脫離去的背影，心想這孩子是真的可愛。

她慢條斯理地走向廚房，見兄妹倆正張羅著餐桌，一個把盛好飯的碗擺上去，一個分著餐具，還挺默契。

「顧老師妳這樣飯會太少嗎？」任時安指了指她面前的瓷碗。

「不會，謝謝妳。」

任時安又開心地直晃腳。

任平生無語，手指微屈，指關節輕輕敲了敲桌沿，「吃吧。」

顧念之見滿桌豐盛菜色，色香味俱全，看著就挺勾人食慾。她揚了揚眉，心底暗暗驚訝了一下，原來太子爺還會下廚。

「以前在美國的時候趙女士太忙，晚餐常常都是我準備的。」任平生似是看穿她的心思，撈了一匙紅燒豆腐到她碗裡，解釋道：「味道也稱不上多好，就，還能吃吧。」

「妳別聽我哥亂講，他是我們家廚藝最好的，但是每次為了逃避做飯，都說自己廚藝不怎麼樣。」任時安也夾了一塊糖醋肉給顧念之，獻寶似的，「妳快吃吃看，超好吃。」

顧念之輕飄飄地看了任平生一眼，將糖醋肉送進口中。

糖醋醬汁酸甜不膩，肉質不會過分軟爛，鮮香有嚼勁，調味與肉的本身搭配極好，和諧得彷彿為彼此而生。

確實好吃。一口下肚，顧念之舌尖輕輕掃了下唇瓣上殘留的醬汁，評道：「你挺會的啊。」

任平生勾了勾唇，「我這不是為了我們未來的生活著想嗎？」

任時安沒眼看，又夾了把清炒山蘇到顧念之碗裡，「顧老師妳再嚐嚐看這個，雖然我挺討厭吃蕨類，但我哥炒的山蘇是真的好吃。」

顧念之瞥了眼興致勃勃的任時安，發現這孩子自從知道她是「顧念之」後，原本還「姊姊、姊姊」的叫，現在全在不經意間改成稱呼「顧老師」了。

她道了一聲謝，想了想還是道：「時安，妳別叫我顧老師了。」

任時安聞言後「啊」了一聲，茫然地看向她，「那我要叫妳什麼？」

顧念之還沒來得及回答，她又自動陷入糾結的漩渦中，「其實我之前都是叫妳姊姊，但那是在不知道妳是我女神的情況下，既然現在知道了妳是顧念之老師，我怎麼可能還不用敬語稱呼呢……」

顧念之就是覺得叫「顧老師」太生分了，還不如叫「姊姊」的好，「要不妳就叫——」

「要不就叫嫂子吧。」任平生驀地打斷她，笑得風情萬種，拋出一個上揚的音，「嗯？」

顧念之和任時安看向他，一臉無語。

任時安蹭完飯後，悄悄看了面前的兩人一眼，頗有自覺地準備滾回家。任平生見天色晚了，便決定開車送她回去。

兄妹倆小打小鬧地出門後，顧念之打開那幾箱《掩生》，從包裡翻出一枝黑色奇異筆，開始了她的簽書大業。

任平生回來，一進門看到的就是滿坑滿谷的新書散在自家客廳，而女人被眾書拱在中心，專心致志地簽著書。《掩生》的書封是紺青色，襯得她一身孤高清絕。

任平生見她大筆一揮，瀟灑大氣的筆跡應然而生，饒有興致地跨越重重書籍，湊到她身邊看。

「顧老師也給我簽一本吧？」在盯著她重複的動作好幾次後，任平生忍不住說道。

顧念之的手一頓，睨了他一眼，語聲淡淡，「聽時安說你在看了《掩生》某一回後還摔了手機，你就別折騰自己收藏了吧。」

任平生神色一僵，想到當時自己過激的反應，訕訕道：「我那不是敏感發作了嗎？妳文筆這麼好，我差點就把自身帶入了……」

顧念之突然就想起任時安方才說的話——他也不是無所不能，他也不是不會難過。他也跟許多人一樣，有著自己偏執且敏感的小世界。

顧念之放下手中的筆，闔上剛簽完的一本書，側過身子稍稍往前傾了些，正對著他。

「任平生。」她的聲線本就較一般女性低了幾分，透著絲絲的冷感，彷彿摻了冰渣子似的，滾動著滲入耳膜。

任平生見她倏地靠了過來，沒懂她想做什麼。

「嗯？」他輕輕應了聲。

「你以後如果敏感了別憋在心裡。」她伸出修長的指，貼上他的太陽穴，沿著臉的輪廓滑了下來，最終停在下頷，「遲早悶出病。」

女人細膩的指腹貼著肌膚，途經之處帶起細細的癢，任平生額際跳了跳，握住她在自己臉上肆意橫行的手，「悶出病了妳還愛我嗎？」

顧念之裝模作樣地思忖了下，「看情況吧，你如果殘了廢了中風了，我可能會考慮去找第二春。」

您就是在詛咒我吧。任平生咬了咬後槽牙，笑了聲，「妳還有沒有心了？」

「我的心在你那，你說我還有沒有心？」她將手從他掌心掙脫出來，往他左胸口戳了戳。

聲嗓寡淡、目光涼薄，出口的話卻像是一簇火苗，蹭蹭蹭地燃上他的心口。

任平生發現顧念之這個人，總是甩著一張冷淡的臉，卻行雲流水般講出一些特別勾引人的情話，不知道是真的無意識，還是刻意為之。

「顧老師，妳筆下的女主角也跟妳一樣這麼撩嗎？」

「還行吧，差我這親媽一點。」

時間無聲地流動，顧念之望著他近在咫尺的眉眼，漆黑的瞳孔裡映著小小的自己，她瞅了半晌，驀地道：「任平生，接吻嗎？」

任平生看見她狹長的明眸中布滿星光，好似棲息了一方宇宙。

他心下一動，肢體比腦子反應得更快，他手繞至後方找到女人纖細的後頸，不輕不重地按了下，將人往自己的方向推進。

他低首，尋到了她的唇，試探性地碰了碰，一舉一動都透著小心翼翼。

顧念之原先是端端正正地坐在沙發上，現在身子側著與他相對，委實有些彆扭。她乾脆收了擱在地面的腳，抬手勾上他的脖頸，長腿一跨，整個人坐到他腿上。

她垂著眼廉，目光落在男人精緻的下顎線，一寸一寸向上，經過削薄的唇，於挺直的鼻梁逡巡了下，最終定在他那雙漂亮的桃花眼。

燈影錯落，眸光相接。

顧念之撫上他眉骨的同時，任平生也探首銜住了她的唇。

男人的氣息帶著慣有的木質香撲面而來，他輕輕地摩娑了下，顧念之壓在他眉骨上的力道下意識重了些，心尖顫了顫。

起先是柔和細膩的，如春雨潤物無聲般舔過唇瓣，和著溼薄的晨霧，一點一點種下早春的新芽。

任平生的動作太過溫柔，儼然在對待一件上好的珍品，極輕極軟，捨不得弄壞似的。顧念之的指不知何時已插入他的髮中，感受著男人在自己嘴上的活動，她的心化成了一灘水。

空氣中淌著細小的唇齒磨擦聲，儘管微弱，卻莫名引人心神俱顫，所有感官都在無形中被放大了知覺。

而不知從什麼時候開始，任平生的動作不再像方才一樣溫和緩慢，嘴上的力道逐漸增大，含著她幾番磨轉，甚至有些惡劣地咬了咬她的下唇。

尖利的痛感刺上來，雖不至於多疼，但她仍是反射性地輕呼了一聲。

而這一聲也彷彿催化劑般，潑得任平生感覺有什麼要從體內呼之欲出，扶著她腰的手緊了緊，嘴上更是毫不留情。

他的舌尖頂上她的齒，將人更深地攬入懷裡之時，也不由分說地撬開她的牙關，長驅直入。

軟舌相纏，如兩尾在池中追逐的小魚，波瀾影動間，他壓著她向前，在口腔中肆意侵略，留下了屬於他的痕跡。

碾過舌根，掃至深處，他吮著她的唇舌，帶出一絲又一絲黏膩的水聲。而那手也不安分了，貼著她的腰窩，指腹細細密密摩娑著，極其緩慢的速度更加勾人心癢。

直到一股酥麻沿著背脊蜿蜒而上，顧念之終於受不了，手掌抵向他胸膛，想要推開他。

「你……」她艱難開口，費了一番工夫，才終於讓聲音透過脣齒相合間的縫隙洩漏出來。

任平生嘴上的動作頓了頓，接著退出，轉而在她脣角落下一個輕盈的吻，聲線低沉，「嗯？」

顧念之看向他，男人的眼角紅著，眸中似是沉澱了整場的夜色，混濁而深沉，從喉嚨溢出的嗓音彷彿在碎石堆中打磨了一圈，啞得很。

顧念之本意是想要讓他消停些，怎知在看到他這副模樣之後，竟莫名地被不知名的力量蠱惑了。

任平生見她張了張口，卻連半個字都沒有吐出，他舔了舔下脣，低低笑了一聲。

他望著她暈紅的耳尖，好整以暇道：「想讓我消停些？」

顧念之機械式地點了點頭。

任平生又笑，抬手將她凌亂的髮勾到耳後，白皙的耳像是泡進了桃花釀，泛著剔透微醺的粉。他瞅了半晌，薄脣猝不及防地貼上。

溫熱的氣息盤旋著，顧念之還沒來得及反應過來，就聽見他磁性的聲嗓纏上耳梢，「任時安都說我枯槁了，妳說妳是不是該負點責任？」

最後任平生把顧念之壓在沙發上親了幾輪才終於放過她。

高嶺之花顧老師這輩子從來沒想過，自己有一天居然也會被壓制得死死的，毫無還手之力。

回到家後顧念之看著鏡子裡的女人，原本淡薄的脣片此時被親得腫了，右嘴角還殘留了一劃咬痕，微微刺痛，破了皮。

任平生接個吻就這樣，是禽獸吧。

T市一連下了好幾天的雨，烏雲從遠方翻滾而來，整個城市被籠罩在一片灰濛中，大雨傾倒了街城，空氣裡透著一股潮溼的味道。

顧念之許久沒有購置新衣了，今天本想去百貨公司逛逛，豈料吃完午餐後一場雨滂沱而下，直接澆熄了她出門的熱情。

她百無聊賴地窩在沙發上，有一下沒一下滑著手機。

滑到一半的時候，手機突然跳出一則通知，她看也沒看就點了進去，映入眼簾的是在大洋彼端的聞夕染。

聞家夕染：〔照片〕〔照片〕〔照片〕

照片裡的女人妝容清淡卻精緻，帶著微微的冷調，唇色是偏淺的豆沙紅，杏眼柔和微彎，嘴邊含著一抹似有若無的笑。看著清冽又純真，頗有出淤泥而不染的味道，讓人不敢輕易靠近，深怕塵世的喧囂會汙染這朵仙花。

她這個閨密算小半個網紅，偶爾會在網上分享妝容，再加上五官長得挺好看，不知不覺也就累積了一票追蹤數，只要發照片便會有不少粉絲留言。

顧念之揚了揚眉，滑過聞夕染的三張自拍，目光涼涼地掃過留言區那堆「仙女！」、「是心動的感覺啊啊啊」、「求妝容教程！」、「眼影哪個牌子的」這類評論，隨手打了幾個字發送。

顧念之：妳這妝還挺好看。

其實她也就是待在家裡太無聊，心血來潮留個言刷一下存在感，豈料兩分鐘後就看到她家閨密傳了訊息來。

聞夕染：〔影片〕

聞夕染：熱騰騰剛剪好的，讓妳當第一位觀眾，不用謝啊。

顧念之點進去一看，是方才那妝容的教學影片。

顧念之心想，您是住在網上嗎？她才剛留了評論，手機程式都還沒退出去，這人立刻丟了妝容連結過來？

顧念之想反正自己現在也沒事做，在沙發上喬好一個舒服的姿勢，點進那「純慾校花臉妝容，他的白月光是你嗎」的影片中。

別說，這標題騷歸騷，放到網上還真能騙來一堆點閱率。

她看著影片中的聞夕染，從初始只塗了無色防曬的大素顏，最後進階成高級清冷純淨系美女。

雖然顧念之覺得聞夕染本身就是白月光型的溫柔長相，再加上天生條件不差，素顏也就挺符合標題的概念了。不過這妝一上去，膚色倒是提亮了許多，看著也比較有精神，確實是有學生那種自然純真的校花感，帶著微微的疏離，卻又透著不諳世事的天真。

她覺得化妝這事可真是門學問，觀賞完畢，顧念之傳了個「已閱」的貼圖給她，表示自己看過了。

然而幾秒後，聞夕染又傳了條訊息過來。

聞夕染：幫妳畫重點，一、水光底妝　二、媽生感臥蠶　三、微野生霧面眉　四、楚楚可憐淡系眼影　五、裸粉色唇彩

顧念之：……您這售後服務也是很周到。

聞夕染：必須的，斬男必備啊，男人都喜歡這種純慾風，好像化了妝但又好像沒化，看著清清冷冷寡淡得彷彿從天上來的一樣，偏偏眼角微紅帶了點剛哭過的感覺，特別惹人疼妳知道嗎？

聞夕染：啊我忘了，我們顧老師不用斬，已經有主了（微笑

顧念之：……

行吧，她也算是上到了一課。

當然，會不會實際去嘗試那就是另一回事了。

自從《掩生》順利出版發售，也跟宋昀希說自己要休息一陣子之後，顧念之徹底成為一個羨煞旁人的閒雲野鶴。

這天她在家裡做完一套瑜珈，看了眼時間，也差不多到下班時間，心想任平生今晚似乎沒有應酬，自己也沒事，不如就去接男朋友下班。

她進浴室快速沖了個澡，洗去一身黏膩汗漬，順便抒解運動時的疲憊，簡單整裝一下便出門了。

顧念之出了地鐵站，走沒幾分鐘就到達任平生所屬的律師事務所，她站在一樓大廳，想說別上去打擾，反正他下班搭電梯下來一眼就能看到她。

顧念之在角落沙發坐下，這是她第一次來這，不免觀察了一下辦公大樓的環境。豈料就在她準備把目光收回來時，便看到一個熟悉的人影從大廳另一側走了出來，身旁還跟著個女人。

任平生身姿雋朗，舉手投足間都是矜貴與從容不迫的慵懶，與身側的女子並肩著，有說有笑。

女人烏亮的長髮披肩，一身小香風套裝，眉眼柔順親和，畫著別緻的淡妝，氣質乾淨脫俗。

她瞅了幾眼，突然想到聞夕染前幾天的影片，這不就妥妥一個模板出現在眼前了，還是超級成功的那種。

什麼白淨無瑕水光妝感、偽素顏純慾系、白月光校花風，隨便拎一個出來都中好中滿。

而聞夕染那句話也順勢竄進腦海裡——斬男必備啊，男人都喜歡這種的。

顧念之望著兩人言笑晏晏的身影，眸色一瞬間沉了下來。

女人看女人絕不會錯，那個注視的目光，那個神情舉止，怎麼看都不像是沒有非分之想。

顧念之不是不知道任平生過去身旁有多少鶯鶯燕燕，甚至回國後第二次遇見他，就是在飯店的走廊跟女人調情。但她覺得，這年頭誰還沒點過去了，至少這人也還算有誠意，在一起之前就拋開那些軟玉溫香，不再亂搞男女關係，甚至吃素了好幾個月，其心可鑒。

沒見到的時候以為自己心大得很，對這種事毫不在意，但當真真切切的例子出現在眼前，顧念之覺得自己的肚量似乎沒有那麼寬闊。

她又不是宰相，怎麼可能不在意。

不在意的是傻子吧。

顧念之冷著臉，視線毫不避諱地停駐在不遠處的兩人身上，再加上自身的氣場本就壓不太住，那雙狹長的眼勾著清冽，看著凌厲得很。

任平生結束談話後，一側首就看見顧念之坐在門口旁的沙發上。

他心一喜，正要走去給女朋友一個熱情擁抱時，只見顧念之倏地起身，輕描淡寫地瞟了他一眼，隨即面色寡淡旋身離去。

只留給他一個高貴冷豔的背影。

任平生追出去的時候，顧念之剛過了馬路，正要走往地鐵站。

他看了一眼綠燈上所剩無幾的秒數，在紅燈亮起的那一秒，順利衝過斑馬線到了對街。

豈料他還沒來得及緩過氣，就見顧念之準備要踏上通往地鐵站的手扶梯，他連忙上前抓住女人的手，在最後一刻成功阻止了她下樓。

手被扣住，顧念之步伐滯了下，下一秒就被一道拉力往後拽，落進了男人懷裡。

終於，任平生放心地喘了一口氣，她能感覺到他的胸膛在顫動，呼吸帶著剛跑完步的粗重。

她站穩腳步，旋過身輕輕推開他，面無表情。

「念之。」夏日傍晚的風徐徐而來，他身後是一片潑墨似的暮色，男人稍沉的聲線透著暖意。

顧念之面色古井無波，嗓音很淡，「怎麼？」

「怎麼就走了，不是來等我下班嗎？」任平生想到半小時前她傳來要出門的訊息，「我剛訂了妳喜歡的那家麻辣鍋，一起吃晚餐，嗯？」

「是啊，本來是要去等你下班，不過看到你跟漂亮女人有說有笑的，我覺得你們還是慢慢聊吧。」顧念之扯了扯脣，那弧度裡卻沒有半點笑意，「聊個平安喜樂，聊個家庭美滿幸福安康。」

任平生輕輕嘆了口氣，帶著三分無奈與七分縱容，「那是我同事，張琪律師，醫療訴訟很厲害的。」

顧念之心想你還有心思稱讚人，一張臉卻依舊無波無瀾，「嗯，聊什麼這麼開心？」

任平生語聲溫柔，細細哄著，「我們只是在談工作上的事。」

顧念之冷笑一聲，「嗯，因為對象是漂亮女人，所以就連公事都能談得很開心。」

任平生也不知道該哭還是該笑，這人連吃醋都寡淡得像是浮雲晃眼過，彷彿不曾在她眼底留下半點痕跡，偏偏嘴上卻繞著彎夾槍帶棒的。

他輕笑了聲，「念之，妳是不是吃醋了？」

顧念之沒有說話，目光卻不動聲色地偏了偏。

任平生捕捉到她刻意避開的視線，勾起嘴角，猛地俯身而下。

男人的氣息毫無預警地撲面而來，饒是她再怎麼氣勢強大，也抵不過他強而有力的侵略，顧念之下意識後退了一步。

豈料她退一步，男人就跟著往前一步，一來一往間，她的背脊撞上了地鐵站出口旁的牆。

「念之，看我。」任平生單手撐上牆壁，精瘦的小臂不偏不倚地落在她耳畔，整個人湊近，溫和的木質香蔓延在彼此之間。

身高的差距也讓兩人的氣場互相消長，顧念之面臨著不容忽視的壓迫感，終於也沒能淡定了，忍不住吞了吞口水，眼神不斷往腳邊的磁磚飄。

似是抓到她緊張的小動作，任平生眼底笑意更盛了，他重複一次，「念之，看我。」

顧念之沒動，過了幾秒，任平生空著的那隻手撫上她，在那好看的下顎線淺淺挑了一把，隨即扣住下巴，強迫她抬頭。

她那雙狹長的明眸中有冷豔，有犀利，以及藏在深處隱隱的倔強。

是的，顧老師有小脾氣了。

任平生捏著她的下頷，心想這也他媽太可愛了吧。

「你別這樣，這裡人很多。」顧念之感受到他直勾勾的視線，而身旁的人來來去去，她有些不自在，聲音細小，彷彿一出口就要消融進仲夏的晚風中。

「那妳先說妳是不是生氣了。」

「……嗯。」

「是不是吃醋了。」

「……嗯。」

「是不是不想我跟其他女人靠得這麼近。」

顧念之沒有說話。

「嗯？」他又貼近了些，吐息熱燙。

「……是。」顧念之閉了閉眼。

接著就聽到他很輕地笑了下，似是有意憋著什麼，她倏地睜開眼睛，見男人唇角微彎，眼底流轉著碎光，心情明顯很好的樣子。

顧念之一把火又燒上來了，「你笑什麼，你還有臉笑？」

任平生沒崩住，直接當著她的面笑出聲，就在顧念之想要掙開他甩手離去時，他突然抬高她的下顎，準確無誤在她唇上印下一個吻。

輕盈的，溫潤的，不帶半點情慾的。

顧念之愣了愣，望著他的目光被錯愕填滿。

「念之，妳太可愛了，我沒忍住。」他抿了抿唇，似是在回味著什麼，又笑了聲，「妳說的對，我不該跟其他女人靠得這麼近，我以後會把持好距離。」

「是我不好，沒能給妳安全感，從今以後我會在這條路上繼續努力。但是妳放心，妳所擔心的事情不會發生，自從遇到妳之後……」任平生握住她垂在腿側的手腕，將之覆上自己的左胸，「這裡，無論空間多大，也只裝得下妳一個人。」

心臟跳動的頻率隔著胸膛撞上她手心，顧念之一怔，又聽到他說：「妳永遠可以相信我。」

周遭的喧囂在頃刻間遠離，似是有一縷清風，在叢生的野草中溫柔地開出一條道路，目光所及之處明確而清晰。

搗入心底的瞬間，顧念之感覺靈魂跟著顫了顫，有什麼沿著神經分赴四肢百骸，最終只留下了舒坦，心口卻為之滾燙。

他又碰了碰她的脣，脣齒相依間，溫沉的聲嗓也滾動著餵入口中，「所以別生氣了，嗯？」

立於冰山之巔的顧老師徹底融化了。

任平生到底還是顧忌著在外頭，也沒有太放肆，把人小雞啄米似地親了幾下，便依依不捨地放開。

顧念之抿著脣，眼眶有些紅，還沒緩過來就聽見他話鋒一轉，「雖然我不會再跟其他女孩子這麼接近，但妳還是可以多吃醋一點。」

他歌詠萬物般地感嘆了一聲，「真的太他媽可愛了。」

顧念之無言以對。

過了幾天，顧念之再次去律師事務所接任平生下班時，前腳才剛踏入大樓，就看見男友從大廳一側走出來，垂著頭看手上一沓資料，目不斜視。

而電梯這時正好到了一樓，一名身著法式白領襯衣的女人也走了出來。

顧念之腳步頓了頓，突然決定不進去了。

原班人馬配置啊。顧念之饒有興致，就站在門口往裡看。

那女人一出電梯見到正看著文件朝自己走來的任平生，眉眼一彎，嗓音清透，「任律師。」

聞聲，任平生抬起頭，看到站在電梯前的女人，他點點頭以示招呼，「張律師。」

下一秒見張琪想提步前來與他攀談，任平生連忙道：「哎，站那就好。」

張琪甫抬起的腳猛地停下，一臉迷惑。

任平生將文件收進檔案夾裡，一邊開口，「我要是跟其他女人靠太近，我老婆就會難過。如果她難過的話，我就會心疼得睡不著覺，我睡眠不好工作效率就會低落，而工作效率低落事務所的營業額也會降低，營業額降低的話——」

這時事務所的老大捧著咖啡從旁邊經過，聽到任平生的一番話，順口接了句，「也不會怎麼樣，反正我就是開著玩的。」

張琪徹底被搞懵，無話可說。

ღ

給自己放了長假的顧念之走在人行道上，原先翠綠蔥郁的行道樹，在不知不覺間褪了色。

顧念之手裡躺了片葉子，葉緣開始脆化並泛著枯燥的黃，是方才被晚風捲起吹落的，正好掉在了她髮梢。

一葉知秋。她盯著手上的落葉半晌，接著走到路旁的一棵樹下，輕輕將它放在與樹根交錯的土壤之上。

顧念之告別了萍水相逢的葉，進了街角那家日系咖啡廳，日式木板的裝潢十分有質感，透著濃濃的復古味，在這節奏繁快的大城市裡，無疑是一個偷閒的好去處。

裡頭的人不多，可能是處在T大附近的關係，店內零星幾個客人都是學生，清一色戴著耳機面對筆電手速飛快地打著報告，顧念之環視一圈，最後點了杯冰美式和肉桂捲，挨著落地窗的小沙發坐下來。

沒有工作壓力的午後，無比清閒美好。

當然，如果沒有狗男人的打擾，一切會更加美好。

彼時她啜了一口咖啡，手上翻著在咖啡廳書架上借來的散文集，正看到興致處時，突然一道輕敲桌子的聲音響起，「叩」的兩聲打斷思緒，她幾不可察地蹙了眉，掀起眼簾望向聲源。

只見一隻手擱在桌面，顧念之在看到手的主人時，瞳孔猛然一縮，捏著書頁的指下意識緊了緊。

「念之，好久不見。」男人笑咪咪地道，語聲依舊是記憶中溫潤如水的模樣，彬彬有禮。

顧念之卻僵在原地，她沒有想到會在這裡見到他，比起內心的震驚，胃裡更是波濤洶湧，感覺方才吃下去的肉桂捲都快要吐出來。

近乎十年沒見的……前男友。

神他媽前男友。

半晌，她壓下生理性的反胃感，語聲淡淡，「彭彥。」

彭彥極其自然在她對面坐下，顧念之擱在腿上的手動了動，隱隱透著煩躁。

他似是久遇故人十分歡欣，沒有半絲尷尬，「最近過得好嗎？」

顧念之低低「嗯」了一聲，「你怎麼會在這裡？」

照理來說，這個人應該在美國過得好好的，依稀記得他身為商管學院的高材生，兩人還沒分手的時候就已經拿到一份知名企業的錄取通知，碩士畢業後便留在美國工作，根本不可能出現在這。

「被調回國內了，差不多半個月前回來的，十幾年沒回T市，感覺都跟我印象中不一樣，果真人事已非啊。」

顧念之又「嗯」了一聲。

彭彥笑道，雙手交疊著搭在桌上，「妳還是一樣少話呢。」

顧念之覺得挺煩的，兩人分手都多久了，當初也不是什麼好聚好散，這人還在她最低潮的日子誤會她、拋棄她，現在怎麼還能毫無心理負擔的在這跟她談天說笑。

顧念之垂下眼，餘光瞥了一眼已經喝掉三分之二的冰美式，不動聲色闔上書頁。

她站起身，居高臨下地望著他，「如果你沒有其他事的話，那我先走了。」

彭彥依舊是那好脾氣的模樣，「念之，妳現在有對象嗎？」

顧念之眉眼間覆著霜雪，聲線沉冷，「有又怎樣？沒有又怎樣？」

「念之，我有時候會想，我當初是不是傷得妳很深。」

顧念之面無表情。

「但有時候又會想，分手之後，妳看起來也如往常一般，也許妳從來就沒有愛過我。」彭彥語氣頓了頓，「或許，這樣對我們來說才是最好的。」

聞言，顧念之冷笑一聲，「確實是最好的，你覺得跟一個冰塊培養感情沒有獲得任何回饋，早點分了也不用再浪費彼此的時間……或者說，浪費你的時間。」

彭彥沒有說話。

顧念之看向他的目光混濁難辨，語氣隱隱透著嘲諷，「彭彥，我當初是愛過你的，甚至在你跟我提分手的前幾天，我才準備了驚喜禮物要給你。」

彭彥愣了愣，很快又恢復鎮定。

「念之，妳可以跟我說的。」他道：「如果妳當時跟我說妳喜歡我，我就不會跟妳分手。」

聞聲，顧念之像是聽到了天大的笑話。

如果她說了喜歡他，那他就不會提分手……這人是邏輯鬼才嗎？

在這段關係中不想當個惡人，於是把責任都推到她身上，好像當初她求著他不要分手，他就不會分手一樣。

所以他們沒有繼續走下去，都是因為她不懂得為自己爭取，都是她自找的。

顧念之氣笑了，眼底的厭惡感在一瞬間湧上。

彭彥看了眼因訊息通知而亮起的手機螢幕，狀似無意道：「聽說妳現在……跟任平生律師在交往？」

顧念之眸色愈發冰寒，心底的煩躁感不斷翻滾，卻仍是按捺住，面色平淡，「這跟你有關係嗎？」

「怎麼沒有了，我關心一下前女友的感情生活，看她離開我之後過得好不好。」彭彥快速瀏覽過鎖屏上的通知，重新抬起頭，溫聲道。

顧念之勾起嘴角，滿是諷刺，「你放心，她沒有你過得更好，簡直不能再好了。」

彭彥凝視了她幾秒，忽而彎了彎脣，「這樣啊，那我們後會有期？」

她看都不看他一眼，嗓音裡裹著呼之欲出的不耐，扔下一句話便踩著高跟鞋離開。

「後會無期。」

任平生今天上午剛打完一場官司，委實身心俱疲，恨不得馬上給自己請上半天假，回到家裡好好休息。奈何下午就立刻接到一個新的案子，他看著助理拿過來的滿桌文件，嘴角的弧度十分僵硬。

難道就不能讓他稍微休息一下嗎？

儘管律師這個職業並沒有像醫師那樣分門別類，但事務所裡的同僚們各有所長，像是張琪對於醫療訴訟尤為拿手，其他也有民事、刑事各類型的佼佼者，然而商業糾紛的案子，偏偏他最為擅長。

還真沒人想頂替他上工，何況對方甚至指名就要任平生。

於是他又忙活了一下午，一到下班時間立刻關上電腦，拎起公事包就要衝出事務所。

傻子才要加班，剩下的工作就交給明天的任平生去煩惱。

回到家後他直接癱在沙發裡當一顆軟爛的馬鈴薯，沒有半點平時矜貴的氣質。躺了一陣子，他突然想到今天還沒有顧念之的消息，於是撈了手機過來，打算打電話給她，聽聽女朋友的聲音，療癒一下被龐大工作量荼毒的身心靈。

然而才剛撥出去，門鈴就應聲響起。

任平生心想誰啊，非要打擾他下班後跟女朋友相親相愛的悠閒時光，他低低罵了一聲「操」，拖著不情不願的步伐前去應門。

豈料一打開門，看到的就是自家女朋友清冷寡淡的臉。

任平生心下一喜，正想讓她進來時，女人卻驟然上前，雙臂勾著他的脖頸，動作不似平日沉穩，舉手投足間都帶著急切。

門尚未關上，手提包掉落在地，發出一聲悶響。

顧念之踮起腳尖就往他嘴上吻，不管不顧。

任平生尚未反應過來，柔軟的唇便猛地貼上來。

她的氣息毫無章法地撲面而至，帶著似有若無的清香，任平生不知道那是哪個品牌的香氛，帶冷調的味道別樣沁人心脾，與眼前的女人一樣，容易讓人上癮。

他的手反射性攬住她的腰，目光所及之處，線條漂亮的丹鳳眼半闔著，長睫近在咫尺。

在顧念之旋身將他往一旁的牆上壓時，他腳勾著順勢把門關上。

「砰」的一聲，她將他抵在小小的玄關，好似瀕臨窒息的人迫切需要氧氣，急不可耐地探頭吻他，頸線被拉得修長，流暢精緻。

顧念之彷彿將平日的冷豔都拋置在後，順從骨子裡的躁動，殷切地去尋他的脣，沒有一本正經的規矩，只餘零亂無序的渴求，疾風驟雨般落下，任平生垂首去迎合。

在與彭彥分別之後，她別無他想，只知道自己想要立刻見到任平生。

太煩了，真的太煩了，這個人怎麼可以這麼煩。

說來就來，說走就走，明明彼此的人生已經毫無交集，還偏要往她眼前招惹。

在兩條漸行漸遠的雙曲線上各自安好不好嗎？到底誰給他的臉啊。

顧念之愈想，胸腔裡那股煩悶就愈發猖狂，她嘴上的動作更大了，急如星火，似是要燃遍肆意生長的野草，種下一場盛大的烈焰。

任平生感受到她發洩似的親吻，也不多問，摟著她腰間的手緊了緊，不動聲色地將人往自己的懷裡按得更深。

光影綽綽，狹窄的廊道蒸騰著熱意，黏膩嵌入空氣分子，細微的聲響碎片般地墜落。

而不知從何時開始，任平生反客為主，他微微側身，輕而易舉地將女人壓在牆上，一隻手撐著那冰冷的牆，懷裡的溫度卻是熾熱的。

支配權易主，顧念之也不惱，環著他脖頸的手稍稍施力，把人往自己的方向拉，距離頃刻為零，她再次急切地想要去吻他。

任平生撫著她半邊臉，拇指在她下嘴唇很淺地抹了一下，柔軟溫熱的觸感纏著指腹神經，他心下一燙。

「怎麼了。」話聲方落，他便低首銜住她的唇，在那方潤澤中落下屬於自己的記號，溫和細膩。

顧念之沒回答，任由他吻著自己，手指插入他的髮中，情不自禁，她是真的想溺死在他的溫柔裡，明明她什麼都還沒有說，他卻總能一眼就看出來。

任平生在她唇上廝磨，時光安寧無瑕，無聲地流淌過半邊天。

半晌，他的手探到後方，倏地就將人抱了起來。

顧念之驚呼一聲，修長的腿下意識地夾住他的腰，任平生拖著她臀部穩當地把人抱著，往客廳走去。也不知是遲來的羞恥感還是怎樣，顧念之整張臉埋在他的肩窩，聲音悶著，「你先放我下來……」

任平生恍若未聞，逕自走到客廳，將人放上沙發。

顧念之驟然騰空又驟然降落，整個人還沒緩過來，男人便半跪著傾身而下。

「你想幹麼……」

「我想幹麼？」任平生勾了勾唇角，「妳說說我想幹麼？」

顧念之耳根子一紅，望著他像是精雕細琢般的五官，竟是一個字也說不出來。她很惆悵，自己居然也成為會被美色誘惑的人了。

任平生見她腦迴路似乎還沒接上線，輕笑了聲，撥開她散亂的髮，在她光潔的額頭印上一個吻。

他語聲低磁，卻輕潤如水，「今天怎麼了？」

顧念之心尖顫了顫。

見她沒說話，他又輕輕碰了碰她的眼尾，柔聲道：「嗯？」

顧念之眼角發紅，手指攀上他的腰際，不知過了多久才終於開口，「遇到了不想見的人。」

她說這話時嘴角耷拉著，不情不願，像個小女孩在鬧脾氣，面部表情難得生動。

任平生心下一軟，愛憐地親親她的鼻尖，「怎麼就不想遇到了？」

顧念之另一隻手也搭上他的腰側，抱著他拱了拱身子，在他胸前輕蹭一下，撒嬌似的。

任平生心下何止發軟，根本要化水了。

「你肯定也不想遇見的。」她的脆弱稍縱即逝，隨即又躺回沙發上，似是想到那個人，眉頭浮上淺淺的摺痕。

「我怎麼就不想遇見了？」他抬手撫平她眉心的皺摺，嗓音愈發輕柔。

她直勾勾地盯著他，「我前男友。」

宛如平地驚雷，任平生身子一僵，有什麼在腦子裡「轟」的一聲炸開。

顧念之無辜地眨了眨眼。

任平生重重吐出一口氣，眼底透著不可置信，「妳還有前男友？」

「我看起來像是沒人要的女人？」顧念之挑眉。

「沒，我就是覺得妳似乎看不上任何人。」任平生頓了頓，「包括我。」

顧念之從善如流地點頭，「之前確實是的。」

任平生無語，他幹麼就非要挖坑給自己跳呢？

顧念之笑著抬手捏了捏他的耳垂，「但我現在最愛你。」

操。

任平生又炸了，這回不是什麼烽火連天，而是煙花成簇，絢爛了整片天。

這人能不能不要上一秒還冷酷無情地損人，下一秒就往你嘴裡塞了一塊糖，還是特甜特大號的那種。

寫言情小說的都這樣嗎？張口就是情話，都不害臊的。

任平生花了一段時間，才終於消化她那句看似輕描淡寫，卻藏著深厚情意的話，他難抵心頭滿溢成災的情緒，低低嘆了口氣，再次俯首尋到她的唇。

近乎虔誠的一個吻，綿長卻不跌宕，安安靜靜捲來半生柔情，赤誠地奉上。

他摸了摸她柔軟的髮，溫聲開口，「那他是怎麼樣的一個人？」

顧念之原先還沉浸在任平生的浩蕩溫柔之中，此時聞聲，眸色瞬間一暗。

「他就是個垃圾。」聲線裡都是冰渣子，扎得人生疼，毫不留情。

任平生怔了怔，隨即笑出聲，「那他真的就是個垃圾了。」

「我不知道他過去對妳做了什麼，讓一向沉穩的妳一講到他就情緒失控，我不會過問，想必妳也不願再提起。」他指腹蹭過她的嘴角，接著大手一撈，將人往自己的懷裡送，「但他這輩子至少做過一件正確的事……」

任平生抱著她在沙發上坐穩，與她眸光相接，「就是離開妳。」

顧念之跨坐著伏在男人身上，纖手抵著精實的胸膛，居高臨下望向他。

她看到他眼底有滾燙的星辰翻湧，伴隨著溫沉的嗓音落下，輾轉熨貼到她心口——

「於是我們相愛了。」

顧念之也不知道是什麼時候出了岔，涼夜被灼熱吞噬，她坐在他身上，手指沒入他柔軟的髮絲，眉眼朦朧，似被暈上了一層霧，霧的中心只有一個他。

任平生捏著襯衫布料漫不經心地摩娑了下，輕輕抽起紮進褲頭的衣襬，接著手便鑽入衣內。微涼猝不及防貼上肌膚，顧念之不由自主地顫了顫，眸光鎖著他的雙瞳，眼底卻沒有抗拒。

像是無形中獲得了應允，任平生原先徘徊在腰窩的手便毫無阻礙地往上，顧念之傾身去吻他。

他一邊回應著，一邊在她的身上游移，女人的肌膚皙白嫩滑，猶如上好的羊脂玉，一旦觸及了便不想輕易放手。修長的指似是帶了滾燙的火種，沿路撒下連綿星火，所及之處無一放過，燒得心尖顫慄，血氣翻騰。

時間緩慢地駛過，室外滿城燈火喧囂，室內卻靜謐無聲，只餘溫熱的鼻息交纏著，幾番廝磨。

就在指尖撚過蝴蝶骨，勾上了金屬釦時，任平生能感覺到身上的顧念之明顯僵了僵。

他笑了一聲，看向她的目光綿柔，「嗯？」

上揚的音混著刻意的拖沓，語尾迷離，勾引人似的。

顧念之沒回答，原先捧著他腦袋的手搭上了領子邊緣，指腹貼著鈕釦，稍稍一捻，釦子便從縫隙中彈開。

他的頸線一向極好看，往下綿延勾勒出精緻的鎖骨，顧念之眸色清濁難辨，細軟的喉嚥了嚥，薄唇覆上。

下一秒，貝齒抵著，不輕不重地咬了下。

此舉宛如催化劑般，任平生感覺有一股電流竄上，燙得心酥麻一片。他悶哼了聲，任由她在自己身上征伐，手中的動作也不停歇，輕而易舉解開了最後的屏障，沿著背脊那優美的線條摸了一把，便轉移戰場至前方。

胸前甫空，顧念之還沒來得及反應什麼，下一刻便被溫熱包裹上，男人的手上略有薄繭，擦過時惹得她一陣激靈。

身上的襯衣不知何時早已被褪下，大片的白皙暴露在空氣中，柔軟卻又劇烈地刺激著感官，不禁勾起某些藏在體內深處無法排解的邪念。

客廳的燈還開著，過分明亮的光當頭澆下。

「把燈關了吧……」顧念之耳根子一紅，埋進他的肩窩裡，語聲微弱，全沒了平時冷厲的氣焰。

見她如此，任平生又笑了聲，安撫性地捏了捏她的耳垂，嘴上卻毫無節制，「關什麼，我喜歡看。」

顧念之狠狠地掐了一把他結實的腰。

他吻著她的脖頸，嗓音低沉，「特別好看，是我見過……最好看的風景。」語聲含糊間，手再次不老實地覆上，柔軟從指縫間溢出，雪地裡埋了紅果。

他攏著、挑著，又捻著、抹著，好似那春風在一夜忽然而至，梨花綻放千樹，是滿目的白、極致的柔。

任平生湊了上去，一寸一寸地吻，銜住時舌尖頂了頂，癢意掠過尖端，她攥著他襯衫的手更緊了。

夜色深濃，比夜色更沉的是他的眸，本就是勾魂攝魄的一雙桃花眼，此時染了情慾，氤氳著繾綣春深，更顯誘惑。

她抬手摩挲了下他的眼角，眼底藏著她看不清的東西，近乎要將她吞噬其中。

「任平生……」

他聽她喚著自己的名，冷調的嗓被情動析出幾分軟，混著黏膩纏上耳梢，任平生心神一蕩，有什麼急速向下湧去，熱意洶湧。

她感受到他的變化，手跟著往下探，儘管隔著兩層布料，溫度也依然無阻地燙上她指尖。

「我幫你吧。」她眨了眨眼，同時間攀上皮帶釦，「咔噠」一聲響在寂靜的夜。

灼熱在手中一點一點變大，顧念之在頂端磨了磨，只見男人身子一繃，五指更深地插入她的髮中。

她會意，舔了舔唇，有些故意地就著那塊一捻，任平生唇線抿得死緊，便感受到那纖細的手開始前後滑動，時而快時而慢，帶著難以言喻的酥麻分赴四肢百骸。

「念……」話未說完，身下一脹，他喉頭滾出一聲低嘆。

「任平生。」顧念之啄了啄他的唇，將嘆息吞入口中，「你說，你什麼時候開始對我有著那些不可言說的想法。」

緩過了那股勁，他嘴邊勾起一抹弧度，拖著臀部將人向上抬了抬，「念之，妳的存在對我來說即是一種撩撥。」

他手探入，觸到一抹溼意，溫熱的。

「想對妳這麼做很久了。」

想讓妳眼裡只有我，只對我笑，只對我哭，只對我露出現在這種表情，只讓我占有。

任平生指腹往裡陷，尋到一個點揉搓，動作輕緩，溫柔得像是怕會弄疼她，軟得膩人。

顧念之手腳蜷了蜷，再多的隱忍也沒能克制住呼之欲出的低吟。

溼意氾濫間他順勢深入，窄道緊緻，纏著手指不放，任平生試探性地抽了抽，身上的顧念之劇烈一抖。

窗外不知何時下起了雨，陽臺上放著盆栽，軟枝隨著晚風晃動，雨絲傾瀉，花瓣顫了顫，一片淋漓。折花人滿指水痕，手上的速度更快了。

顧念之腦子空白了一瞬，控制不住自身的震顫，著急地想要抓住什麼，像是溺水的人急於尋求一塊浮木，她抱著他，肌膚冒出了薄汗，大口大口地喘息。

任平生強忍著將自己推進去的慾望，吻了吻她的鎖骨，「我去拿個東西。」

她按住他的手，「沒關係。」

「不行。」任平生撫著她的髮，聲線溫沉，卻帶著不容抗拒的力量，「就算是安全期也不行。」

他抱起她往臥室走，散在沙發邊緣的衣服隨著起身而滑落，地上一片狼藉。

「有些事情不能僥倖，我捨不得妳受苦。」

顧念之眼眶一熱，勾著他脖頸去親他，接著便被放到了床上，被褥乾燥溫暖，卻不及心口化開的暖融。

男人俯身而下，她注意到他腹部側邊橫過了一道疤痕，掌心下意識地撫上，微微突起的觸感刺激著感官，顧念之心下一顫。

「這……」

「那時候的，沒什麼。」任平生抬手覆上她手背安撫。

暖熱的溫度包裹著，顧念之想像了一下當時的情境，喉頭哽了哽，「肯定很痛吧。」

任平生笑，「妳親一親就不痛了。」

他本是說著玩，原以為她會如往常般送他一記白眼，卻在柔軟貼上那處之際，渾身一僵。

顧念之輕輕吻了吻，虔誠似的。

「還痛嗎？」

十年前烙下的疤早已無知覺，此刻任平生卻感覺以那處為起點，有野火往外蔓延，心頭被熨貼著，他傾身去尋她的唇，熱燙抵上腿根，顧念之反射性地瑟縮。

任平生察覺她的小動作，正想出聲緩和她的心慌，豈料下一秒便感受到一片溫膩裹上腰身，只見兩隻白花花的腿正大膽地纏上。

他舌尖掃過後槽牙，再次看向她時眸色驟沉，彷彿襲捲了整片夜色，有猖狂的野性在眼底蠢蠢欲動。

似是被點燃了火芯子，任平生不再壓抑，更重地去征伐。他近乎放縱地去汲取她的所有，嫩白的身軀被種下紅痕，像是被刻上專屬的印記，透著灼燙的情愫。

他抬起她的腿往上扳，抵在兩瓣對稱間的縫隙上下滑動，時輕時重，有酥麻的癢舔上身子占據所有感官。

「任平……生……」她情不自禁地仰了仰脖頸，指甲陷入他的背肌，「你就是……」

「嗯，我怎樣？」

他看著身下的她眉頭輕蹙，斜紅於頰上飛揚，死死咬著唇想要抑制些什麼，偏生眸子裡的渙散掩不去情動，終究還是被拉著往無盡沉淪。

他欣賞了一番眼前的美景，身下有意無意地重重一磨。

顧念之腳趾驟然繃緊，幾乎是用全身的力氣才將話語從牙縫間擠出，「你就是……故意的……」

「怎麼故意了？」他勾了勾唇，吐息旋在她耳畔，嗓音壓得低啞，「舒服嗎？」

回應他的只有破碎的輕吟。

「想要？嗯？」

他輕輕咬住她的耳垂，調笑似的，「想要就說。」

顧念之要瘋了，這男人骨子裡的劣根性就永遠沒個止境。

平常就騷得沒邊的人，在床上怎麼還能指望他有正人君子的模樣。

她紅著眼使勁咬上他肩膀，奈何這番報復在任平生看來也只是隔靴搔癢，他散散漫漫地笑了聲，身下擺動摩擦，卻依然沒有進去。

理智線瀕臨崩塌，顧念之腦子裡就如洪荒初始般混沌一片，什麼也無法思考，全數糾結成團。

終於，空虛感和似有若無的癢意擊潰了意志，她軟著嗓子道：「給我……」

聽到了滿意的答案，任平生下身一沉，抵著入口擠了進去。

突如其來的侵入讓空寂許久的腹地下意識地縮了縮，緊緊地咬著他，任平生「嘶」了一聲，有汗液沿著好看的下顎線緩緩低落。

體內如願以償地被填滿，卻沒有期望中的快意，顧念之只覺得痛感沉入潭水，她倒吸一口氣，下意識地拱了拱。

任平生低低罵了一句，撐著床鋪傾身去尋她的唇。

初如逆水行舟，他也不敢有太大的動作，生怕會弄疼她，便小心翼翼地抵著逆流向前，淺淺搗過江水，直到她放鬆了身體。

「念之。」他柔聲喚道，身下的動作倒是一點也不溫和。

一向冷靜自持的女人，此時褪去了渾身的淡然，半闔著眼沉浸在一波又一波的快感裡，修長的指重重地掐進他的背，在那落下一道道痕跡。

像是陷入雲泥之中，全身都被綿軟包裹著，潮起潮落間舒暢蔓延至每一條神經。

「念之，如果不舒服要說，我怕妳疼。」任平生大掌覆上她胸前的綿軟，輕輕一捏，「當然，舒服也要說。」

他更用力地頂了上去，顧念之尖叫一聲，有哭腔摻進聲線裡，呻吟陣陣，在夜闌人靜時分綻放出一朵又一朵綺麗的花。

「不要壓抑，怎樣都好聽。」

抽動間他一邊吻去她眼角的清潤，握著她的手壓在床上，床被凌亂不堪，他在摺痕裡與她十指緊扣。

窗外皎潔的月光照入昏暗的室內，影影綽綽間水聲漣漣，便是那春江潮水連海平，海上明月共潮生。

顧念之感覺自己被拋入了疊浪之中，在狂瀾之間載浮載沉，手腳放鬆了又縮緊，縮緊了又放鬆，如此反覆，終於在潮水褪去之際，她睜開了眼睛。

狹長的眼尾舒展開來，銳利被潤去，只餘無限柔軟的水色漾著。

夜色清冷，交纏的溫度卻熾熱，任平生與她眸光相接，愛憐地將人抱進懷裡。

一時無話，顧念之貪戀著他懷中的溫暖，伸手撫上他頰側，指腹很輕地摩擦了下。

「任平生。」

「嗯。」

「你愛我嗎？」

「愛。」

他撥開她額前因汗水濡溼的髮絲，親了親她的眉心，重複一次：「我愛妳。」

語聲方落，顧念之略為吃力地撐起身子，仰首吻上他。

「任平生，你的答案被我封進去了。」

「從今以後，不論跟誰親吻，你永遠只會想到我。」

「你的基因只會記得你愛我。」

聞言，任平生刮了刮她的鼻尖，無奈道：「妳知不知道妳在說什麼？我不會再跟任何人親吻，除了妳。」

「我說過的，妳永遠可以相信我。」

他嘴角輕揚，將人按進床褥裡，垂頭加深了這個吻。

「我只愛妳。」

任平生不知道千百年前春江上的那輪明月等待的是誰，他擁著她，只知道自己等到了夢裡的那個女人，從此再也不會放手。

ღ

後來顧念之才知道彭彥說的後會有期是什麼意思。

那天任平生有個仲裁庭要開，顧念之知道這件事時人正好在附近，便決定到那等他結束後一起吃個晚餐再回家。

然而仲裁庭是有保密機制的，不得有閒雜人等旁聽，顧念之臨到了門口被人攔下，這才反應過來，有些不好意思地向對方道歉。

就在她尋思著要到最近的一家咖啡廳待著等任平生時，大門再次被推開，陽光傾落，一道頎長的身影走出來。

顧念之下意識看過去，卻在見到來人時身子一僵，一向喜怒不形於色的臉沉了幾分。

彭彥當然也看到她了，眉眼瞬間彎起來，聲音溫厚，「念之。」

從前顧念之覺得任平生的沒臉沒皮已經登峰造極了，倒沒想到還有人能比他更不要臉，噁心之人的那種不要臉。

顧念之沒有說話，捏著手機的手緊了緊。

「念之，妳怎麼會在這裡？」話一出口，他又自問自答了起來，「啊，都忘了妳是任平生律師的女朋友，來等他的嗎？」

顧念之冷冷地「嗯」了一聲，不想多做搭理，抬步就要離去。

豈料彭彥突然望向她後方，嘴角勾了勾，「這不，說人人到。」

顧念之腳步一頓，旋身順著他的視線往後看去，只見任平生手裡拿了幾疊文件，正從不遠處走過來。往常那些慵懶散漫全數收斂，鼻梁上還架著一副金絲邊眼鏡，眼底的輕佻被鏡片遮掩了幾分，此時西裝革履，氣質彬彬。

當自家女朋友的身影撞進眼底時，任平生無疑是驚訝的。

他大步流星往他們的方向走去，禮貌性地朝彭彥頷首以示招呼。

「任律師，久仰大名。」

「彭先生。」任平生伸手與他相握，「可以先進去坐著等，等會就要開始了。」

與彭彥寒暄幾句之後，他轉向身旁的女人，「念之，怎麼來了？」

顧念之不動聲色地往任平生那靠了靠，淡聲道：「我去斜對面那家咖啡廳等你，忙完了再跟我說一聲。」

任平生點點頭，接著秉持商業交際的禮節，跟她介紹道：「這位是彭彥先生，等會仲裁的當事人之一。不過這樣看來……你們似乎認識？」

彭彥這回被調回國內的分公司，雖是為了長期規畫所想，但主要也是代表公司處理商業糾紛。

顧念之還沒來得及表示什麼，彭彥就笑著開口，「嗯，我跟念之是舊識，我們曾經……」

他講到一半便滯了下，尾音拖得長，有意吊人胃口似的。

彭彥畢竟是顧念之的前男友，她不能說對這個人全盤透澈，不過至少還是有基本的了解。

彭彥雙商確實都高，表面上謙謙君子溫文儒雅，心裡卻彎彎繞繞的，總是在話裡摻進一些不著痕跡的較勁，含沙射影有之，冷嘲熱諷亦有之。

至於現在，顧念之哪裡不曉得他隱藏在溫和有禮下的心思，她雖然不知道他的出發點為何，但也不可能讓他得逞。

顧念之瞟了彭彥一眼，見那傢伙風輕雲淡笑看著任平生，她心底那股好不容易被壓下的悶躁又竄上來了，於是冷聲道：「前男友。」

她突然的出聲，讓兩個男人都怔了一下，同時望向她。

「前男友。」顧念之重複了一次，面無表情，「彭彥，我前男友。」

不就是想要離間他們嗎？那她直接承認得了。

彭彥似是沒有想到她會直接了當地坦承，愣了愣，眼底起了些探究。

顧念之避開他的目光，看向任平生。

任平生瞅了她一眼，捕捉到她眼底的小情緒，與當時失控吻他時一模一樣，細微卻不容忽視，他再次感受到她強烈的煩躁感。

他在別人看不見的地方伸手勾了勾她的小指以示安撫，接著嘴角一翹，看向彭彥，「啊，我還想說是誰呢，原來是前男友。」

彭彥揚了揚眉。

任平生笑咪咪地拍了拍他的肩，「沒事啊，反正你們以前不分手，現在也會分手的。」

見彭彥不明所以，任平生嘴角的弧度更加囂張，好心替他說明。

「念之她眼睛糊屎也不可能糊一輩子嘛，她又不是傻子，怎麼會想要一直看著不乾淨的東西呢？」

「喔還有。」任平生無視於眼前人面色鐵青，又輕飄飄地補充一句，「您也不用太難過，畢竟我一出場，周遭都黯然失色也不是一天兩天的事了，她放棄您都是遲早的。不要自卑，自卑傷身啊。」

顧念之在一旁看得嘆為觀止。

她覺得自己可能得收回之前那句話，任平生才是真正的王者，彭彥跟他相比簡直是小巫見大巫。

這已經不是不要臉了，這是打從出生就沒把臉皮從母親的子宮裡帶出來。

仲裁結束之後，任平生收了文件準備去找顧念之，卻在臨走前被叫住。

只見彭彥朝自己走了過來，微微笑道：「任律師，我們談談？」

此時與會的人都走光了，室內只剩下他們，任平生挑了挑眉，「是對方才決議的內容有疑義嗎？」

彭彥搖頭，嘴邊依然掛著溫和有禮的笑，「談談念之。」

「那我覺得我們之間沒有什麼好談的。」任平生也彎了彎唇，「念之還在對面的咖啡廳等我，先失陪了。」

任平生走沒兩步，就聽到後方傳來一道聲音，「任律師，你知道嗎？念之她不給人碰的。」

他腳步滯了下，眉頭微微蹙起，聽見彭彥在後面繼續道：「她不只不給人碰，她甚至不會讓人走進心裡。」

任平生轉身，眸色在一瞬間沉了下來。

見他面色不好看，彷彿被戳到了點，彭彥嘴邊的笑意愈發大了。

有無形的硝煙在彼此間滋長，逐漸蔓延至整間會議室。

半晌，任平生冷聲開口，「彭先生，您從來就沒有真正認識過念之吧。」

聞言，彭彥愣了愣。

「念之她高冷不好親近，卻有著一顆赤誠善良的心。」任平生目光薄涼，像是在看著什麼不乾淨的東西，眸底的嫌棄毫不掩飾，「你不能因為自己使用了錯誤的方式與她相處，或是頻率對不上，就單方面認定她是個不值得被喜愛的人。」

「你因為對她有先入為主的想像，當她沒有達到你的期待後，你就覺得她跟你想的不一樣，對她失望、對她不理解，但其實她從來都是那個她。」

「你喜歡的始終是自己所期望的那個念之罷了。」

任平生晚上做了個夢。

他夢到他去參加顧念之的婚禮，然而新郎不是自己。

那是一棟白色的歐式別墅，因為臨海，能聽到有細微的海浪聲舒服地磨著耳梢，陽光大把大把撒落，燦然生輝。

偌大的庭園花草如茵，入口架了一道拱門，上頭纏著白黃粉相間的洋桔梗，往前延伸鋪出一條紅毯，盡頭是一個木製的演講臺，有一名老者站在中心，慈祥地望著眼前的一男一女。

任平生走了進去。

老者還在朗誦著結婚誓詞，庭院裡坐滿各路親友，笑望著臺前的新人，雙瞳裡都是祝福與喜悅。

只見新娘一襲雪白婚紗，下襬魚尾設計，腰線收得恰到好處，勾勒出窈窕的身材。妝髮精緻，此刻微垂著頭，脣邊掛了一抹柔和的笑，正專心聆聽。

任平生覺得那新娘的身影太眼熟了，愈看愈像他家女朋友。

果不其然，老者朗誦到新人的名字時，「顧念之」三個字便倏地竄進耳裡。

「顧念之女士，無論生老病死，貧窮、富有、悲傷、快樂……妳都願意對這位先生不離不棄，一生一世愛護他，並與他結為夫妻嗎？」

「不行！」

任平生大喊一聲，只見全場的目光瞬間向他投射而來，他也不管不顧，直接上前拉住女人的手。

「不行，妳不能嫁給他。」

語聲方落，身旁的新郎便轉過身來，一臉莫名地望著這位不速之客。

任平生不看還好，這一看，差點暈過去。

新郎竟是彭彥。

於是任平生硬生生被嚇醒了。

半夜三點，任平生驚魂未定，捏著被角定定地盯著天花板，一雙漂亮的桃花眼此時沒有半分風流寫意，只餘愕然與恐慌。

半晌，他摸了摸脖頸，才發現自己居然被嚇出一身冷汗。

想到方才夢裡的情景，忍不住又一陣寒顫，一時間竟有些反胃。他暗罵了一聲「操」，接著一把掀開棉被，打算下床去廚房喝杯冰開水壓壓驚。

這他媽都什麼跟什麼。

喝完水之後心境是好多了，然而重新回到床上卻怎麼也睡不著，每每閉上眼看到的就是那歐式庭園婚禮，浪漫得像是從童話中走出來，女主角是自家女朋友，新郎卻見鬼的不是自己。

三番兩次的輾轉之後，任平生終究還是按捺不住，也不管現在凌晨三點多，拖著腳步走出房間，站在玄關象徵性遲疑了三秒，接著風風火火出了門。

顧念之同樣在作夢，她夢到自己好不容易排了三個小時的隊，終於買到心儀許久的義大利麵，萬分期待把它送入口中，豈料一下肚，只差沒有把它吐出來。

不是，怎麼沒味道啊？

就在她這麼想的同時，任平生突然出現在眼前，眸光悠悠，好整以暇，「我讓店家做得清淡些，愈不鹹愈好。」

他就著她手上的叉子彎身嚐了一口，「嗯，還不錯，完全沒有味道，看來是直接去油去鹽了。」

顧念之氣笑了。

她心想，上次把拉麵去油去鹽還不夠，現在居然還要搞她的義大利麵？

就在顧念之要把手上那盤義大利麵砸到他身上之際，突然一陣音符飄進耳裡，她動作頓了頓，覺得旋律還挺耳熟的。

喔，是她家門鈴。

顧念之還沒能替她的義大利麵報仇，便被一連串的門鈴聲給吵醒了。

她睡到一半被打擾本就心氣不順，此時睜眼一看時間，只見那大大的「3:20」印在手機上，她愣了愣，轉頭望向窗外，別說是半縷曦光，天空依然是黑沉一片，萬物蟄伏酣睡。

顧念之更不爽了。半夜三點來按門鈴，是他媽有病還是有病啊？

天不怕地不怕，只怕鱗翅目昆蟲的顧老師也沒往牛鬼蛇神的方向去想，毅然決然倒回去繼續睡。然而比她更毅然決然的是門外那個人。

五分鐘後，顧念之終於受不了門鈴聲一直在耳邊環繞，低低罵了一句髒話，隨手拿件薄開衫披著，往門口走的同時，白眼已經不知道翻到幾個天外，她倒要看看是哪個神經病大半夜的來敲門。

豈料一開門，就見任平生穿著灰青色的成套睡衣站在門前，手上還拎了顆枕頭。

顧念之無語，得了，那個神經病是自家男朋友。

見到方才夢裡把自己的義大利麵給去油去鹽，現在還他媽吵醒自己睡覺的罪魁禍首，顧念之也不管那人是貓是狗是男朋友，第一句話就是，「你找死嗎？」

任平生凝視著她，眼前人穿著一件長版的透膚開衫，底下是黑色小吊帶和居家抽繩短褲，一雙白花花的腿暴露在空氣中，修長筆直。

視線往上移，卻撞進那沉鬱的眸色裡，女人身上有一股明顯壓不住的怒氣，在黑夜裡肆意地滋長著。一時無話。

半晌，他舔了舔脣，「不。」

「我找妳。」任平生推開半開的門，也不管顧念之的低氣壓，直接走了進去。他旋身看向她，輕輕喚一聲：「念之。」

顧念之的起床氣還沒消，也沒弄清楚這人大半夜不好好睡覺，非要跑來她家做什麼，她用力關上門，「砰」的一聲，發洩似的。

「幹麼？」她眉眼耷拉著，面色冷淡，嗓音更是透著不耐煩。

任平生一動也不動地望著她，直勾勾探進她眼底深處，顧念之被看得莫名其妙甚至有點毛骨悚然，不知道過了多久，才聽到他啞聲開口——

「結婚吧。」

論大半夜被穿著睡衣突然跑來妳家的男朋友求婚的心理概況。

顧念之覺得這人有病吧。

「任平生。」她冷眼望著他，「你有夢想嗎？」

「沒有。」話題跳躍得過於快速，任平生眨了眨眼，沒懂。

「行吧，那我有。」顧念之輕飄飄瞅了他一眼，「我的夢想是賺大錢讓你住進最好的精神病院。」

任平生很惆悵，自家女朋友的嘴一天比一天還要不留情了。

「哎哎哎，我有。」眼看顧念之扔下一句話後就要往臥室的方向走，他連忙丟掉手中枕頭，一個箭步上前，大手一攬抱住了她。

熟悉的木質香裹著暖意從背後湧上，顧念之愣了一下，接著便感受到男人厚實的胸膛，帶著讓人安心的溫度。她垂首，只見那手臂環繞著她的腰，像牢牢禁錮著什麼，透著莫名的占有欲。

軟玉溫香在懷，任平生先是滿足地喟嘆一聲，才道：「跟妳結婚算不算夢想？」

顧念之心下的暖還來不及擴散，聽到這番話後瞬間無語，皮笑肉不笑，「你大半夜的不睡覺，突然跑來求婚到底什麼意思？」

「我做了個惡夢。」

任平生將頭埋在她的肩窩，輕輕蹭了蹭，撒嬌似的，語調還摻了那麼點憋屈。

「我夢到我去參加妳的婚禮，但新郎不是我，新郎是彭彥。」

顧念之傻了眼。

客廳沒有開燈，只玄關處懸了一盞昏黃，顧念之用餘光瞥見了他擱在自己肩上的腦袋，有暖色的光潑在他身上。

她突然就覺得這人像隻大狗狗，黃金獵犬那類的，委屈的時候盡往主人身上湊，就求個撓撓脖子摸摸頭。

顧念之被逗樂了。那時候見他損彭彥毫不客氣，完全沒有顧忌等一下還要在仲裁庭上見，嘲諷技能直接開到MAX，事後也沒看他欲發表什麼意見，她以為這事就這麼翻了篇。

都說人的夢境是潛意識的投射，現在他既然夢到了這荒唐至極的事，可見心裡還是有點在意。

顧念之不動聲色地彎脣，抬手覆上他腦袋，輕輕拍了拍。

感受到她的安撫，任平生手上的力道收得更緊了，又大膽地往她白皙的脖頸蹭了幾下。

顧念之好笑道：「那就是個夢，不是真的，就像你說的，我眼睛糊屎也不可能糊一輩子，怎麼還會跟他結婚，你就非得要半夜三點多跑過來嗎？」

「我這不是沒安全感了嗎……」任平生的聲音悶著，像是被封在一團溼氣中，聽著可憐兮兮的，「被嚇醒之後，我重新閉上眼都是那婚禮的樣子，一想到妳穿著婚紗卻不是為我，我就氣得睡不著。」

顧念之這回沒能憋著，終是忍不住笑了出來。

聞聲，任平生報復性地刮了刮她的腰側，「顧老師您還沒點良心了？」

猝不及防的攻擊，顧念之被激得顫了顫，有什麼如電流般滾過神經末梢，最終在左胸處化成一片酥麻。

她掙開他的手，轉身望向他，「任平生，你不需要擔心，我就算穿上婚紗也不會是為了他。」

他心下一喜，「那妳要為了我穿上婚紗嗎？」

「不要。」

任平生眸光幽幽，「顧老師，果然愛是會消失的吧。」

顧念之氣笑了，戳了戳他的眉心，「你這人怎麼回事，我們也不過才交往幾個月，你就急著要結婚？」

「念之。」他滿面愁容，望著她的目光裡盈滿深情，聲線綿柔，「我快三十了，我覺得我這輩子不會再遇到比妳更好的人了。」

顧念之冷笑一聲，「我也快三十了，但我覺得我還有機會遇到比你更好的人。」

任平生卒。

被這一折騰，眼看時針就快要奔向四點了，顧念之實在太想睡覺，也就是嘴上順口損了一下，想讓他消停些。話畢她便彎身撿起被他丟在地上的枕頭，一把塞進他懷裡，提步走去臥房。

任平生拎著枕頭跟在她身後，一路安靜無話。

顧念之滿心滿眼都是那鬆軟的被窩，也不管自家男朋友的後續行動，到了房間直接滾上床，正準備閉上眼重新進入夢鄉時，臥室的門突然「咔」的一聲被關上了。

她掀起眼簾看向聲源，只見任平生耷拉著眉眼站在門口，平常那股張揚的氣焰全都沒了，看著莫名無助又可憐。

顧念之「啊」了一聲，「你自便吧。」

語聲方落，任平生像是獲得主人許可的大型犬，扔掉手裡的枕頭，立刻上床鑽進棉被裡。

顧念之在睡意朦朧間感覺到身旁床鋪的塌陷，心想反正是雙人床很夠睡，下一秒就落入一個溫實的懷抱。

她順手搭上男人圈住自己腰際的手，五指滑入指縫，在掉進夢野的那一刻，有溫煦的聲嗓和著今晚的最後一流月光，悄然纏上她耳畔。

「晚安念之。」任平生抱著她，吻了吻她的髮，「一夜好夢。」

經過昨晚的折騰，顧念之一覺睡到了中午。

正午的陽光燦爛，踩上樹梢隨風輕舞的葉，暖意透過玻璃窗渡進室內。

甫睜開眼，就見前方一張放大的臉，漂亮的桃花眼正一動也不動地看著自己。

睡意尚未完全發散，她迷迷糊糊間驚了一跳，還沒反應過來為什麼任平生會在她床上，額頭就被印上一記溫涼的吻。

「Morning kiss.」任平生眉眼含笑，語聲清朗，「早安念之。」

顧念之這才想起昨晚發生的事，她眨了眨眼，「你怎麼還在這裡，不用上班嗎？」

「今天星期六。」任平生的手探進被窩，把她纖細的手拽進掌心，心滿意足，「不知道妳會睡到什麼時候，所以就沒弄午餐了，妳想吃什麼，我現在叫外賣？」

顧念之細細地「嗯」了一聲，隨口道：「要不叫個港點吧，燒賣腸粉流沙包什麼的。」

因為剛睡醒還摻了點鼻音，冷調的嗓子此時也軟了幾許，任平生聽著只覺心尖一癢，手指蜷了蜷，又不動聲色地放開。

「去刷牙洗臉吧，我來點餐，等妳出來應該就差不多能吃了。」

顧念之也沒多加貪戀床的溫暖，當她洗漱完出房間後，果真如任平生所說，午餐已經上桌了。

「我還叫了飲料，妳要絲襪奶茶還是凍檸茶？」任平生遞給她一雙筷子，順道夾了顆小籠包放到她盤子裡。

「凍檸茶好了。」顧念之心安理得地享受著太子爺的服務，看到眼前琳琅滿目的餐點，才想到自己超過十二個小時沒進食，確實是有些餓了。

她咬了一口小籠包，皮薄肉香，湯汁盈滿口中，味道鮮美。

任平生見她吃得津津有味，胃口也不知不覺被打開了，兩人埋頭吃著沒講什麼話，時光安靜地流淌，歲月如歌。

任平生奶茶喝到一半的時候似是想到了什麼，忽地開口，「對了親愛的，經過一晚深沉的思考，我覺得，要不我們就先不結婚了。」

顧念之筷子一頓，心想這事您居然還惦記到現在，甚至還經過深沉的思考？行吧。想明白好，您可終於想明白了。

豈料她還沒來得及放寬心，就聽見任平生又道：「同居吧，嗯？同居總可以了吧？」

顧念之筷子一撤，饒有興致地看向他，「我說你這人還挺有趣的，我們就住在隔壁，什麼都方便，同居是要同居個寂寞？」

任平生揚了揚眉，懶洋洋地靠上椅背，「我昨天半夜找妳還得按門鈴等妳開門，哪裡方便了？」

顧念之沒說話。

「親愛的，這妳就不懂了，同居的話我們待在一起的時間就會變多，可以促進彼此感情。」任平生十分鄭重，娓娓道來，「婚前同居還能熟悉彼此的生活模式，避免婚後因為習慣不同而有摩擦，何況住在一起要幹點什麼也挺方便，何樂而不為？」

「我都還沒答應要嫁給你，你倒是想得挺長遠。」顧念之哭笑不得，「你說吧，你還想幹點什麼？」

任平生的眸光閃了閃，剔透的眼瞳深處有深流湧動，透著那麼點意味深長，「妳說呢……」

顧念之面無表情地夾起一顆燒賣塞進他嘴裡，「閉嘴，吃飯。」

雖然顧念之嘴上沒核准同居的提案，但自從那天之後，任平生只要一下班就進顧念之家，三不五時便往她那蹭，十分如魚得水。

據他所說是這樣的，「兩個人既然一起睡過了，那怎麼還有辦法一個人睡呢？」

起先還收斂著，頂多就是人留宿一晚，帶去的東西隔天還是會帶回家。豈料過了一陣子，這男人乾脆連澡都不回自家洗了，甚至把衣服等生活用品一點一點地偷渡到她那，沒有要收回的意思。

久而久之，顧念之家便充滿了許多他的東西，等到發現的時候，早已為時已晚。

行吧，狗男人還是那個狗男人，衣冠禽獸也還是那個衣冠禽獸。

幾番勸阻不成，顧念之也就由著他去了。

任平生覺得日子過得是一天比一天滋潤，早上起床看到洗手臺挨在一起的牙刷，心下一甜，雖是暮冬時分，卻彷彿有徐徐的春意在心底漾開，感覺人生至樂也不過如此了。

顧念之最近的興趣是做甜點。

身為一個閒人，她近期最常跑的地方，是上回在T大附近發現的那家日系咖啡廳。

儘管第一次來這裡的記憶不是很美好，但好店不該因為某些垃圾而蒙塵，撇開巧遇彭彥之外，顧念之還是挺喜歡這間咖啡廳。

自從吃了這裡的肉桂捲後，她便深深地為之傾倒，只要沒事便會來點杯咖啡和甜點，悠閒地度過一個下午。

一來一往的，便也與老闆相熟了。

這家咖啡廳的老闆是個女人，名字倒也特別，叫做蘇有枝。為人親切和善，比顧念之小幾歲，因為年齡相仿的緣故，兩人之間共同話題不少。

從前是任平生三不五時跑到她家待著，現在變成了顧念之三不五時跑去蘇有枝的咖啡廳。

沒想到跑著跑著，就從客人變成了助手。

原先是吃了咖啡廳新推出的軟餅乾後懷念起在美國的生活，想跟著蘇有枝學一下，豈料做一做也做出了興趣，最後就時不時的給她打下手，倒也挺樂在其中。

一段時間之後，任平生對於此舉提出強烈的抗議。

顧念之永遠是那一句，「我學會了新的甜點就能做給你吃。」

儘管任平生對於甜點沒有太大喜好，但每每聽到這句話，他便覺得自家女朋友真是太甜了，雖然與她相處的時間少了那麼一點點，但她研發新興趣的時候終歸還是沒有忘了他，生活總是快樂並痛苦著。

顧念之覺得，這男人在某些方面來說還是挺好哄的。

這天傍晚，她依然待在蘇有枝那，看著蘇有枝聚精會神地製作磅蛋糕，偶爾幫她遞個工具食材，就挺療癒的。

突然一陣清脆的鈴聲響起，只見店門被打開，玻璃門上的風鈴隨著外邊吹進來的晚風輕晃，暖橙色的暮光也被捎進室內。

「抱歉，我們已經打烊——」

蘇有枝正在攪拌的手一滯，卻在轉頭看向來人時斷了話尾。

她眨了眨眼，在腦海中搜索了一下這張臉，赫然發現曾在娛樂雜誌上看過，「任……平生律師？」

任平生站在門口，由於逆著光的緣故，身上好似披了一圈溫暖的絨邊，面上卻是影影綽綽，將五官切割得更為深邃。

「我來找我女朋友。」

「女朋友？」

顧念之看了任平生一眼，轉向蘇有枝，「啊，我。」

見蘇有枝一臉驚恐，顧念之這才想到確實沒有跟她說過自家男友是誰。

「等等等等，任平生不是聽說很花嗎？妳怎麼……」蘇有枝趁著男人還沒走近，連忙拉著顧念之小聲耳語。

「我聽到了啊。」語聲方落，任平生正好走過來，屈指敲了敲木製櫃檯，發出悶悶的聲響，伴隨著落下的還有他微沉的聲嗓，「什麼花不花的，妳挺有勇氣啊，整天把我家女朋友綁走，還敢說我壞話？」

蘇有枝抿了抿唇，眼神游移了一陣，最後投向顧念之，無聲尋求協助。

任平生也就是嘴貧逗二下，顧念之哪裡不知道，但自家師傅還是要維護的，她笑了笑正想說些什麼，就見任平生再次開口。

「過去的任平生已經死了，現在站在妳面前的是一心一意只有顧念之的任平生。」

他面朝蘇有枝，神色是一如既往的風輕雲淡，眼底卻是蘊著真摯。

蘇有枝愣了愣，不知道想到了什麼，半晌後不禁輕聲道：「祝、祝你們幸福……」

顧念之失笑，心下一片暖。

「怎麼突然來了？」她問道。

「提早下班，來接妳。」任平生看向蘇有枝，語調裡摻了些調侃，「可以把我女朋友還給我了？」

蘇有枝哪敢說不行，丟下手中的器具，連忙跟他們道別。

任平生的車就停在店門口，顧念之上了車，他極其自然地側身過來幫她繫安全帶。

顧念之心尖一顫，卻是挑了挑眉，「我又不是小孩子。」

任平生修長的手指沿著安全帶的邊緣滑到她肩上，往那優美的肩線摸了一把，低低笑了聲，「為女朋友服務是應該的。」

她順勢抓住他在自己肩上遊走的手，於腕骨處親暱地摩挲了下，笑道：「太子爺恩寵浩蕩，不敢當啊。」

任平生睨了她一眼，左手搭上方向盤，「晚餐想吃什麼？」

「我預約了一家新開的日式料理，在圓環附近，你不是喜歡吃日料嗎？正好今天你三十大壽，我請你。」

任平生目光筆直，專心地看向前方，「三十大壽有禮物嗎？」

顧念之望著車窗外不斷倒退的街景，欣賞著外邊早春夕照的風景，半晌才道：「說吧，滿足你一個願望。」

下班時段的車流量大，道路壅塞，車速漸緩，任平生瞟了一眼前面不再有動靜的路況，接著側首看向她，「念之。」

顧念之轉頭就撞進一雙漂亮的桃花眼裡，落日在他眼底描摹出了一片錦繡，盛著溫暖的光與無限柔情。

她差點就要迷失在那片斑斕裡。

才稍稍回過神，就聽見男人溫沉的嗓染著斜暉拂上耳畔。

「除了日料，妳要順便預約一下我的未來嗎？」

顧念之望著他傾身而來，心下震盪。

不知道過了多久，她才抬手輕輕碰一下他沾著碎金的眼角，語聲有些哽咽，「好。」

最後一道夕光傾落，她在滿車燦亮中吻上他。

「違約的話……就賠我一輩子吧。」

這段日子下來，顧念之有大半的時日都待在咖啡廳裡，每天面對著形形色色的客人，蒐集到來自各方的素材，時不時有靈感在腦中跳躍著，突然就有點想回去寫文了。

她凝視著把剛出爐的蛋糕放上架的蘇有枝，心念一動。

久違打開社群，最後一條動態是很久之前《掩生》出版時發的，下方全是讀者們敲碗新坑的留言。

她笑了笑，思忖了下，打字發文。

顧念之：新文寫個甜點師好不好呀。

很快的，底下的評論便疊了滿樓。

四竹的小棉襖：顧老師用了語尾詞！嗚嗚嗚嗚怎麼這麼可愛……

141522：老顧您終於記起帳密了嗎我可太感動了吧 TT

時安時安：甜點控沸騰了，老師快寫！

老顧什麼時候要營業：救命救命，老顧要開新坑了，家人們躁起來！

查理大帝：這個設定感覺是甜文啊，果然活久了就能看到老顧寫小甜餅嗎（激動落淚）

今天喬少娶我了嗎：老夫的精神糧食要回來了，臨表涕泣不知所云（爆哭）

確定了新坑的大致方向，顧念之便開始著手準備新文的設定和大綱，在與宋昀希討論過後，她決定這次不要網路連載，寫完後直接交稿由出版社出版。

雖然之前寫懸疑愛情居多，幾乎沒寫過通篇是糖的日常小甜餅，不過真正開寫之後，卻也沒有想像中的艱澀，偶爾卡稿是自然的，但整體倒也通順，全本只花兩個多月就寫完了。

顧念之把原因歸根於日常向甜文不怎麼需要動腦，任平生則是認為顧老師正在與自己熱戀中，這種談情說愛的事自然是信手拈來。顧念之毫不留情地否決了他的推論。

於是又經過一個月的修稿、出版流程後，暢銷保證的言情大佬顧念之，沉寂了一年多，終於再次推出新作品。

她一改往日的推理懸疑風格，難得寫了個清新小甜文。

嗷嗷待哺的讀者們沸騰了。

而在新書《念你平生歡》後記的尾巴，顧念之是這麼寫的——

「平生是你，念之愛之。」

兩句話，八個字，不只是呼應了書名，收束的更是他和她的往後餘生，以及那典藏在歲月風沙裡，不欲輕易言說的心意。

彼時任平生站在書店的新書暢銷榜前，手中捧著這幾天剛出版的《念你平生歡》，指腹於後記的最後一行字上很淺地磨了一下，小心翼翼，卻又珍惜似的。

在眾讀者喧譁之際，只有他知道，這是屬於她溫柔而含蓄的，盛大的浪漫。

任平生是你，我往後平生也是你。

——那當是念之愛之，念之亦愛之。

全文完

番外一、今天的我依然為妳心動

得知顧念之懷孕的消息時，任平生正在律師事務所。

彼時他正研究著文件，突然看到手機螢幕顯示了自家老婆的訊息通知，點進去便是一句——我懷孕了。

任平生差點把手機摔了。

他在電腦前呆坐了足足十分鐘，接著才如夢初醒般大叫了一聲，引得同事們紛紛看向他。

任大律師從座位上跳起來，匆匆抓了手機和公事包，連電腦都沒關，就衝出事務所大門。

同事們面面相覷。

三秒過後，突然有人開口，「顧老師怎麼了嗎？」

事務所的人都知道任平生平時總是雲淡風輕，做什麼事都游刃有餘，唯一的例外，便是遇上和他老婆有關的事。

上回有這麼大的反應是跟顧念之求婚成功的隔天，任平生整天如沐春風，對誰都笑嘻嘻的，不是平日裡那種充滿距離感的淺笑，而是張揚到極致的笑容。

這次大概十有八九也與顧念之有關。

任平生不知道此時同事們怎麼猜測，他一心只想衝回家把顧念之抱進懷裡。

顧念之安安穩穩地坐在沙發上寫稿，面色如往常一般平淡無波，見他風風火火地衝進家門，也只是賞了他一個輕飄飄的目光，便繼續專注於稿子上。

「念之。」任平生有些哽咽的喚了一聲，那雙漂亮的桃花眼裡隱隱浮著水光。

顧念之怔了一下，這才意識到哪裡不對，「你怎麼這時候回來？」

「念之，妳真的懷孕了嗎？」任平生坐下將她攬進懷裡，聲音很低，帶著怯怯的試探，「我真的要當爸爸了嗎？」

顧念之被按在他的胸膛上，能感受到他的心臟頻率有些過快，血液似乎都在沸騰著。

她點點頭，給予肯定的答案，「我的經期一向規律，這次卻兩個月沒來了，想到之前有幾次沒做措施，就去買了驗孕棒來測試一下，但驗孕棒難免有誤差，最後乾脆去醫院檢查，結果也確實是懷孕了。」

任平生聽得一愣一愣，「妳什麼時候去醫院檢查的？我都不知道。」

「上禮拜吧，沒跟你說是想給你驚喜，也是怕沒懷孕卻空歡喜一場。」顧念之仰首，直直望進他深邃的眼底，眸光溫柔，「恭喜你，要當爸爸了。」

「謝謝妳，念之。」任平生眼眶溼潤，淌著最虔誠的熾熱，垂頭去尋她的唇，「謝謝妳。」

自從知道顧念之懷孕後，任平生三不五時就在思考孩子要取什麼名字。見他興致勃勃的模樣，顧念之不禁覺得好笑，是男是女都還不知道呢。

這天假日吃完午餐，兩人坐在沙發上歇息，任平生又提起這事。

「念之，我想了想，不然就從我們的名字裡各取一個字，當作孩子的名字吧。」他把手搭上她的腹部，輕輕撫著。此時懷孕才十週，依然一片平坦。

顧念之把兩人的名字在腦海裡排列組合了一下，接著笑道：「別吧，怎麼取怎麼怪。」

「哪有，念生就挺好的啊。」任平生不以為然，「想念著任平生。」

顧念之無語，她對自家老公的不要臉早已習以為常，輕而易舉地忽略掉他方才說的話，換了個話題，「對了，我一直覺得你的名字很特別，和蘇軾〈定風波〉中的那句『一蓑煙雨任平生』有關係嗎？」

任平生換了個姿勢，把她的手放入掌心，有一下沒一下地把玩著，「我們家的集團不是叫定風集團嗎？我爸特別喜歡蘇軾這闋〈定風波〉。當時收養了我之後，他說希望我的心境也能和詞中的意境一樣，處之泰然、任憑己心去過這一生。縱然疾風驟雨朝我打來，依然不畏前行，那些痛苦和狼狽總會消散，到時候回首一望，就無風無晴了。」

「我很喜歡這個名字，我也確實活成了這副模樣。」任平生笑，「只能說我爸真的是個很有智慧的人。」

聽他講自己名字的故事，顧念之突然來了興致，把好奇很久的問題一併問了出來：「那在任平生之前，在美國的時候，是叫什麼名字呢？」

聞言，任平生把玩她手指的動作一頓，接著脣角微勾，卻沒什麼情緒，「忘了。」

顧念之見狀，也知道自己一時上頭，確實是踩到他的地雷了。

她心裡有些抱歉，正想著要換個話題時，任平生便主動開了口。

「念之，妳知道嗎？其實我特別喜歡『念』這個字。」

顧念之眨了眨眼，「嗯？」

任平生嘴角扯出細微的弧度，不像剛才毫無靈魂，而是確實摻著溫度的，「妳知道『念』是什麼意思嗎？」

「惦記、吟誦、憐愛、想法……」她把想得到的解釋都講了一遍。

任平生眼底的笑意愈盛，他把她的手攤平，用食指在她掌心寫了一個「今」，接著又在「今」的下方寫了一個「心」，一筆一畫，神情專注。

「妳看，『念』這個字，拆開來就是『今』和『心』。」

顧念之凝視著他在自己手掌上寫的字，還是一臉困惑。

任平生低笑了一聲，湊近她耳畔，吐息溫熱，顧念之覺得耳尖有些癢，身子輕輕顫了一下。

任平生低沉的聲嗓溫煦又柔軟，「它的意思是……」

暖春的午後總是像一首動人的短詩，而他在這纏綿的詩意中吻上她——

「今天的我依然為妳心動。」

番外二、任小朋友失戀故事

任淮深小朋友最近在跟他爸賭氣。

顧念之注意到這件事時，是在一次晚餐過後。

任平生有時吃完晚餐會到小區附近散步，以往任淮深都會跟上，父子倆手牽手一起出門，還能順便買隔天的早餐，十分愜意。

然而今天任平生要出門，任淮深卻無動於衷。

只見自家兒子坐在沙發上，目光專注地看著前方電視，螢幕上播放的卻不是卡通，而是晚間新聞。

任平生心想這小孩也才五歲，哪裡看得懂新聞。

「深深，要跟爸爸去散步嗎？」

豈料任淮深賞都沒賞他一眼。

任平生在心裡暗罵死小孩，接著將視線轉移，含情脈脈地望向顧念之。

顧念之抱著筆電動也不動，「我要寫稿，你自便。」

任平生一顆心還來不及碎，下一秒又聽她道：「回來記得買瓶鮮奶，你兒子明天早餐想吃玉米片，家裡沒鮮奶了。」

行吧，他就是工具人。

工具人任平生自覺地滾了，過了一陣子，顧念之停下打稿的動作，轉向面無表情的任淮深。

「深深，心情不好嗎？」

任淮深小朋友的表情有一瞬間的鬆動，卻還是嘴硬道：「沒有。」

顧念之心裡有些好笑，揉了揉他的頭，「還是爸爸做什麼事惹你生氣了？」

任淮深抿了抿嘴，半晌，發出細微的一聲「嗯」。

顧念之失笑。

「跟媽媽說說？」她把筆電擱到一旁，直接把人抱來腿上，「爸爸怎麼欺負你了？」

任淮深眨了眨眼，小小聲地說：「其實爸爸也沒有欺負我……」

「那深深為什麼生爸爸的氣？」

小孩彆扭，顧念之費了一番心力才把人哄著講出口。

「媽咪，以後下課能不能都妳來接我？」

「深深為什麼不想讓爸爸接？」

任淮深皺著小鼻子，嘴巴癟了癟，卻答非所問，「我跟晴晴說我喜歡她，但是她說她不喜歡我。」

見兒子為情所困，一臉苦大仇深，顧念之心裡樂得不行。

她捏捏他的臉頰肉，溫聲道：「我們深深都有喜歡的女孩子啦。」

「然後，我問晴晴怎樣才會喜歡我？她說要長得帥一點才會喜歡我。」任淮深繼續說，愈講眉頭蹙得愈緊，「我覺得我已經是班上最好看的男生了，所以我問晴晴，要長得多帥才行？」

任淮深會這麼說也不是沒道理，他遺傳了父親的優良基因，儘管年紀小，五官卻精緻可人，尤其那雙桃花眼簡直和任平生一模一樣，內勾外翹，眼尾含情，往後長開了必然是一副極好的皮囊。

從有記憶起就被稱讚長得帥，任淮深對自己的外表挺有信心，豈料喜歡的女孩子竟然嫌棄他的容貌，講到這裡任淮深有些哽咽，吸了吸鼻子繼續道：「媽咪妳知道晴晴說什麼嗎？她說，要長得跟爸爸一樣帥才行……」

「嗚嗚媽咪妳能不能讓爸爸別來接我了，如果沒有爸爸，晴晴就會覺得我是最帥的了……」

聞言，顧念之差點笑出來，一邊憋笑一邊拍著兒子的背哄道：「那是晴晴沒眼光，爸爸怎麼比得上我們家深深呢？」

任淮深淚眼矇矓，「是不是……媽咪妳也這樣覺得吧？」

任平生一進家門就聽到這段對話，腦海裡一排彈幕飛過，把買來的家庭號鮮奶重重地放下。

他看著沙發上的兩人，沉默了一會，冷笑一聲，「你們母子倆居然躲在家裡講我壞話啊。」

任平生丟下那句話便直接回房間了，只留給他們一個高冷的背影。

顧念之把任平生丟在玄關的牛奶拿進冰箱，一轉頭就見任淮深扯著自己的衣角。

他眨了眨明亮的大眼，一臉無辜，「媽咪，爸爸生氣了嗎？」

她被這對父子惹得哭笑不得，「嗯，好像是呢。」

「我們有做錯什麼事嗎？」

「好像也……沒有?」

「那爸爸為什麼要生氣?」

聞言,顧念之蹲下來與兒子平視,「爸爸有做錯什麼事嗎?」

任淮深不懂她為什麼突然問了一個毫不相干的問題,但仍然誠實地搖搖頭。

「那深深為什麼要生爸爸的氣呢?」

任淮深張了張嘴,被堵得說不出話。

「這就對了。」顧念之輕笑,「所以不一定是有人做錯事,對方才生氣的,也有可能是他自己看不開,在生自己的氣。」

見任淮深明顯沒懂的模樣,她又繼續道:「就像你只是因為晴晴不喜歡你才對爸爸生氣,可是爸爸什麼也沒做對不對?所以你是覺得自己比不上爸爸而生氣,並不是爸爸做錯了什麼惹你生氣。」

見他癟著嘴不說話,顧念之失笑,「但我們深深那麼帥氣,還是班上的第一名,晴晴居然看不上,確實沒眼光。」

過了幾秒,任淮深表情鬆動了些,小心翼翼地往自家父親所在的房間覷了一眼,而後假裝鎮定地回到客廳看電視。

兩個小時後,任平生終於打開了房門。

在客廳和書房繞了一圈都沒看見顧念之,最後才在兒子的房間找到她。

彼時顧念之正哄著任淮深睡覺，任平生站在門口望著母子倆，半晌見沒人要理他，於是輕咳了一聲。

兩人這才把目光放到他身上。

「念之，我想睡了。」

顧念之不理解為什麼連這種事都要報備，「那就睡啊。」

任平生瞅了一眼躺在床上的任淮深，理所當然地開口，「沒有妳在旁邊我睡不著。」

聞言，任淮深趕緊抓住顧念之的衣袖，小眼神可憐巴巴的，「媽咪不要走，妳說過今天會陪我睡覺的。」

顧念之摸了摸他的腦袋，輕聲哄道：「深深乖，媽咪不會走的。」

語聲落下，只見任平生的臉色一沉，面無表情。

「念之。」他又喚道。

她朝他使了個眼色，他卻逕自忽略，繼續喊她的名。

顧念之心想這兩人真不愧是父子，脾氣一脈相承，都倔得不行。

她起身將他拉到門外，低聲道：「我把你兒子哄睡了就回去。」

語畢，任平生還沒來得及回什麼，門就在面前「砰」的一聲關上。

任平生氣笑了。

等安頓好任淮深後，已經是半個小時後了。

顧念之確認兒子已沉沉睡去，幫他掖了掖被角，便提起腳步悄悄離開房間。

她先到廚房喝了杯冰水緩緩神，想到等會還要回房面對任平生，太陽穴就一陣一陣的疼。

都三十幾歲的人了，怎麼還像三歲小孩一樣在賭氣，甚至是和自己的兒子賭氣。

她嘆了口氣，打開房門卻不見任三歲的人影。

顧念之見浴室也沒有動靜，心裡奇怪著，他這是去哪了？

豈料正要轉身關門時，一道身影猝不及防從門板後方竄出，她驚了一跳，待反應過來之時，整個人早已被按在門板上，手被箍得緊，動彈不得。

見到熟悉的面容，顧念之這才放下心，緩過驚嚇後，立刻蹙起眉頭，「你幹麼呢？」

任平生不說話，傾身吻住她的脣。

顧念之愣了愣。

男人身上帶著慣有的木質香，彷彿山間林木的清新與溫厚，無端讓人安定心緒。

顧念之被吻得懵，好半晌才回過神來，感受到他的指沒入她的髮間，於纏亂的絲線中尋出一條溫柔的紋理。

她的手往上探，在他眉骨處淺淺摩娑了下，脣齒相合間含糊道：「怎麼了？」

任平生依然沒有回答，只是一個勁地親，顧念之知道他是在發洩，卻仍是小心翼翼的沒有讓自己的情緒猖狂出逃，避免弄疼了她。

直到嘴巴都被折騰得腫了，任平生才依依不捨放過她。

那模樣還挺委屈，顧念之啞然失笑，「你跟你兒子置什麼氣？」

「那妳跟妳兒子幹麼趁我出去的時候偷偷說我壞話？」任平生耷拉著眉眼，情緒明顯低落，「然後還把我趕出他房間，你們母子倆倒是相處得挺愉快啊。」

「我那不是打算快點哄完他來找你嗎？」

「妳是不是不愛我了？」任平生選擇性失聰，兀自控訴著，「自從有了任淮深之後，妳對我的關注度就一直下降，我就說當初要生個女兒吧，白白嫩嫩的小女孩多可愛，誰知道最後跑來個兒子跟我爭寵……」

「生男孩生女孩不是我能決定的，貴精子該負起一定的責任。」顧念之對於他的控訴無動於衷，面無波瀾提醒道。

任平生閉嘴了。

「而且任淮深是我兒子，我把心力放在他身上是人之常情。」

「可是我是妳老公。」

「任平生，你有完沒完？」

「所以你們到底為什麼要偷說我壞話？」

顧念之沒想到他會這麼糾結於這個點，眨了眨眼，最終還是沒忍住，「噗哧」一聲笑了出來。

「我們也不是在說你壞話。」顧念之見他認真的模樣，繼續憋著笑，「雖然聽起來……確實是在說你壞話沒錯。」

任平生一臉冷漠，顧念之笑著將他拉到床沿坐下，把任淮深的失戀故事告訴了他。

聽完之後，任平生第一個反應是大笑。

「那個晴晴很有眼光啊。」他舌尖頂了頂腮幫子，春風滿面，「小小年紀審美能力就挺好，有前途有前途。」

「有點良心吧，你兒子失戀了。」顧念之倒是對他的反應毫不意外。

「他失戀了也不能把鍋推到我身上吧，人家晴晴就是不喜歡他，就覺得我長得更好看啊。」

顧念之哭笑不得。

「念之，小孩不能這樣教，不能為了哄他而灌輸錯誤的觀念。」任平生語重心長，「雖然他遺傳了我們兩個優良的基因，但任淮深那小屁孩確實不如我，什麼『爸爸怎麼比得上我們深深呢』之類的善意謊言，只會讓他對自己有錯誤的認知。」

「我們為人父母，從小就要幫他建立正確的價值觀，要不然哪一天他認知失調，那就麻煩了。」

「總結以上言論，我長得比任淮深帥，over。」

顧念之無語，心想老公過於自戀怎麼辦？

每天早上通常都是顧念之去叫醒任淮深，而任平生要上班的時候順便載他去幼稚園上課。

這天任淮深卻是被任平生叫醒的。

他一向有賴床的習慣，聽到聲響後在床上蠕動了下，接著整個人縮進棉被裡捲成一團，翻個身打算繼續睡。

豈料下一秒被子就被掀起來，伴隨著落下的是男人低沉的聲嗓，「任淮深，起床。」

任淮深一個激靈，悄咪咪的把眼睛睜開一條縫，就見父親面無表情望著自己，父親一向是眉眼含笑，很少有情緒不佳的時候。一旦臉上沒有半點表情之時，代表有人準備大難臨頭。

他小心肝一抖，立刻從床上跳起來，衝到浴室刷牙洗臉換衣服。

打理好自己後，任淮深拖著書包走進廚房，見父母親正坐在餐桌上吃早餐。

顧念之朝他朝了招手，「深深過來，早餐是你喜歡的玉米片，還幫你加了一些果乾。」

任淮深眼睛一亮，正要坐上椅子時，就聽見任平生簡短而低沉的一聲，「洗手。」

任淮深小心肝又是一抖，覺得父親今天心情似乎特別不好，連忙去把自己的手仔仔細細洗了乾淨，完全不敢造次。

回到餐桌後，他偷偷地覷了一眼任平生，見他喝著牛奶，目光停留在手機螢幕上，於是悄悄鬆了一口氣，拿起湯匙準備好好享用早餐。

豈料下一秒，又是一句「快點吃」砸到自己頭上。

任淮深覺得挺委屈，一早起來就被各種冷臉相待，他又沒有做錯事，自己心情不好幹麼非要遷怒……

任淮深吃了幾口玉米片，愈想愈難過，忍不住抬頭，「爸爸，你是因為昨天被我們說壞話，所以才生氣的嗎？」

顧念之有些意外地看了他一眼，兒子就是這點好，講話都沒在怕的，直言不諱。

顧念之不動聲色，視線在父子倆之間徘徊，接著揚了揚眉，捏了一粒葡萄乾往嘴裡送，好整以暇靠上椅背，明顯準備看戲的模樣。

不等他回答，任淮深又繼續說：「可是媽咪也跟我一起說你壞話了，為什麼只對我兇兇？」

任平生不以為意，「媽咪跟你不一樣，她可以用別種方式贖罪。」

顧念之往嘴裡送果乾的動作一頓，不忍再聽下去。

想到昨天晚上被抓著翻來覆去，床褥摺痕十分可觀，簡直不堪回首……

顧念之輕咳一聲，起身去倒咖啡。

任淮深情緒也不怎麼好，在學校失戀就算了，回到家還要被爸爸針對，早餐吃了幾口就不太想吃了，但媽媽不喜歡他浪費食物，他還是乖乖把整碗玉米片吃完。

顧念之今天打算去蘇有枝的咖啡廳寫稿，便跟著父子倆出門，搭個順風車。

很快就到了幼稚園，顧念之望著任淮深跟門口老師說早安的背影，「你剛才幹麼對深深那麼兇？」

任平生舌尖頂了頂後槽牙，目光直視前方，「展現一下身為父親的威嚴。」

「深深他可委屈了。」想到方才吃早餐時任淮深沒有食慾的樣子，顧念之忍不住提醒道：「不要太過啊。」

「知道，我也不是沒有分寸。」此時正好遇到紅燈，車速漸慢，任平生倏地側首，直直望進她眼底，「但我昨天也很委屈，妳怎麼就不安慰我。」

「哪沒有安慰你了?」顧念之想到昨天晚上的情況，皮笑肉不笑，「我甚至身體力行去安慰你。」

任平生最擅長的一向是選擇性耳背，直接無視了自家老婆的話，猛地湊到她眼前，距離不過咫尺。

捲翹的睫毛沾上些許晨光，任平生能清楚地看到她眸中的波瀾，聚溫煦與清冷於一處，卻意外和諧。

「妳親我一下就好了。」任平生心裡的算盤打得精，「我也不會再針對深深。」

「你昨天還沒親夠嗎……」

「那不一樣，昨天是我親妳，我就想要妳主動來親我。」

顧念之無語，任三歲確實就只有三歲，她甚至覺得任淮深都比他成熟懂事。

一路上任平生不斷明示暗示，此時車子停在蘇有枝的咖啡廳前，顧念之終究還是敵不過他的煩人，下車前敷衍似的在他脣上落下一個吻。

任平生哪能滿足，顧念之車門都還沒打開，立刻被拽回去蹂躪了一番。

幾分鐘後，顧念之微微喘著氣，瞪了他一眼，「你要點臉。」

「臉又不能讓我得到老婆的香吻，要它有何用。」被滋潤完的任大律師好不愜意。

顧念之受不了他的無恥，連忙下車，「你快點滾去上班，已經遲到了。」

任平生慢條斯理，一點都不在意，依然笑嘻嘻地道：「美色溺人，唐明皇都為了貴妃不早朝了，那我因為妳遲到也沒關係，值得啊。」

任淮深小朋友在幼稚園度過了不怎麼快樂的一天，晴晴依然跟朋友玩得很高興，傷心的只有自己。

放學的時候，任淮深坐在門口一臉苦大仇深，朋友找他去玩溜滑梯也拒絕。

差不多在門口待了十分鐘後，老師終於唱到他的名，說家長來接他回家了。

任淮深滿心期待要逃離這個傷心地，豈料一出幼稚園大門，看到的是把車窗搖下來的任平生。

任淮深頓時像洩了氣的皮球，拖著沉重的書包，覺得自己再也開心不起來了。

任平生見兒子愁眉苦臉地上了車，心下好笑，面上卻不動聲色。

一路上父子倆都沒有說話，任平生不像以往會問他在學校發生了什麼事，任淮深也沒有興致主動說起。

直到回到了晴南上居，任平生牽著任淮深進電梯，才終於啟唇。

「深深，爸爸沒有在生你的氣，但今天早上對你的態度確實不太好，爸爸跟你道歉。」

任淮深愣了愣，有些茫然地仰頭看向他。

「我們深深在學校發生了什麼不開心的事嗎？」

任淮深張了張嘴，一時間也不知該怎麼開口。

難道要哭著說都是爸爸害他失戀了嗎？別吧，他沒被打屁股就謝天謝地了。

「媽咪跟我說你喜歡的女孩子不喜歡你，是因為這樣才不開心嗎？」

任淮深遲疑地點了點頭。

此時電梯門正好打開，任平生牽著他走出去，到了家門前卻也不急著開門，反而突然蹲下來與他平視。

任平生的大掌輕撫著兒子的頭頂，語聲溫沉，「雖然現在說這些不知道你聽不聽得懂，但如果晴晴不喜歡你，我們也不要糾結在她身上，嗯？你就把她當成生命中的一段小插曲，過了也就沒了。」

彼時電梯門又打開了，顧念之提著去超市買的一袋食材走了出來。

「你現在還小，以後會遇到更多的人，更優秀的、更值得你去喜愛的人。也許你會找到一個女孩，你會喜歡她、想要保護她，並且希望她永遠沒有煩惱、永遠快樂地笑著。」

「你們會交換靈魂，共享很多生命經驗，把自己的心交到對方手上，然後深愛著彼此。」

任平生的目光越過任淮深，落在不遠處的顧念之身上，走廊上的光線傾落，跌在她的眼角眉梢，清冽的五官被暈了一層溫暖。

他望著她朝自己愈來愈近，眉目含笑，聲線清潤而溫沉。

「就像爸爸愛著媽媽一樣。」

番外完

後記、黑暗的路獨自走久了，謝謝你們成為了我的光

國際慣例先給大家比個心，謝謝願意翻開這本書並讀到這邊的你，也謝謝網路連載期間一路陪我走來的寶寶。

《以你的名字寫一場浪漫》能以實體書的形式跟大家見面，至今我依然覺得很神奇。印象中那個下午心情特別的不好，結果一打開信箱就看到編輯姊姊說《以你的名字寫一場浪漫》要實體出版了，當時差點把手機給摔了，把信件內容從頭到尾看了三遍才確定不是幻覺，於是什麼壞情緒都瞬間消失了，當下興奮到只想在外面裸奔十圈（問題發言）。到現在還是感覺很不可思議，原本以為這輩子大概就是一書作家了，可能運氣都在當時《路遙知我意》出版的時候用光，沒有想到事隔兩年，居然又有機會出書。能在大四之際出版人生的第二本書，也算是送給自己一個很棒的禮物。

要不先來說說這個故事的主題「家暴」好了。

之前寫過酒駕，寫過性暴力、性剝削，寫過動物虐待，於是這次就想說來探討看看家庭暴力吧。我很幸運，從小生長在一個和諧安樂的家庭，但是世界上也許有好多個小禾、小任平生，在大家看不見的角落，被擁有最深刻血緣關係的至親以非人道的方式對待著，甚至造成了人倫悲劇。

就像顧念之所說的，很多家暴受害者不知道自救方法，或是被傳統社會灌輸「家醜不可外揚」、「清官難斷家務事」等死板觀念，而不斷忍受家人的虐待，在這種黑暗暴力的壓抑之下，不只是身體的皮肉

傷，心理大多也生了病。雖然我跟念之姊姊一樣，只是個寫小說的人，對社會也沒有太大的影響力，更不是什麼人民教育者，不過若是能借助這個故事傳達一些意涵，讓更多人關注到這件事，或許世界上就會少一些苦痛，多一些美好。

如果在看這篇文章或是這個故事的你，也有著類似的傷痕，請千萬記得，不要因為害怕被大眾的眼光審視，或是覺得丟臉，而放棄自救的管道。不論對象是親人還是陌生人，沒有一個生命是應當要受到暴力對待的。你值得光，你值得明媚，你值得露出光裸的雙手雙腿，解開那些遮掩的束縛，去感受人生的美好。

寫這本書的時候，其實過程不算順利。三不五時就卡稿，是寫文寫了三年來最障礙的一本書，而且當時是空窗半年後的回歸，對於讀者們的反響也感到非常忐忑，一直在想大家會不會喜歡這個故事呢？會不會覺得三杏子毫無長進甚至退步了呢？再加上那陣子有點迷失了，對於自己的文筆非常沒有自信，也是寫什麼都不滿意的低潮期，大概有一半的連載時光，我都處於非常焦慮的狀態。

不過也許是上天垂憐（？），總之遇到了很多善良可愛的讀者，在連載期間不斷地給我支持與鼓勵，每次都在想我何其有幸能在這廣闊的世界與你們相遇。我始終覺得寫作是一件孤獨且私密的事，但是因為有你們的寵愛，這條路上多了幾分療癒與溫暖，一如念之姊姊對讀者的告白，那句話也是我一直想跟你們說的——黑暗的路獨自走久了，謝謝你們成為了我的光。

最後還要謝謝編輯小魚，溫柔又可愛的仙女姊姊，不論是在擬初稿、連載，或是之後的修稿，一直以來都幫助我很多，常常包容我的青澀與不足，也給了我好多的溫暖。每次都想說，如果之後還有機會見

面，一定要把妳抱緊處理哈哈哈哈哈（停

那就先說到這裡啦，希望我們還有下次相見的機會，也希望你們會喜歡顧念之和任平生，喜歡《以你的名字寫一場浪漫》這本書。如果在閱讀這個故事的過程中，有帶給你些許的快樂，或是讓你從紛擾的生活中暫時脫離出來，那就是再好不過的事了。

老話一句，感謝你們浪費在我身上的生命，緣聚緣散，咱們江湖再見。

三杏子　2021．10，臺北

國家圖書館出版品預行編目資料

以你的名字寫一場浪漫 / 三杏子作 . -- 初版 . -- 臺北市 :
POPO 出版 : 家庭傳媒城邦分公司發行, 民 111.01
面; 公分 . -- (PO 小說 ; 62)
ISBN 978-986-06540-5-9(平裝)

863.57　　110020823

PO 小說 62

以你的名字寫一場浪漫

作　　者／三杏子
企畫選書／游雅雯
責任編輯／游雅雯、吳思佳
總 編 輯／劉皇佑
行銷業務／林政杰
版　　權／李婷雯

總 經 理／伍文翠
發 行 人／何飛鵬
法律顧問／元禾法律事務所　王子文律師
出　　版／城邦原創 POPO 出版　城邦原創股份有限公司
台北市中山區民生東路二段 141 號 6 樓
電話：(02) 2509-5506　傳真：(02) 2500-1933
POPO 原創市集網址：www.popo.tw　POPO 出版網址：publish.popo.tw
電子郵件信箱：pod_service@popo.tw
發　　行／英屬蓋曼群島商家庭傳媒股份有限公司城邦分公司
聯絡地址：台北市中山區民生東路二段 141 號 11 樓
書虫客服服務專線：(02) 25007718．(02) 25007719
24 小時傳真服務：(02) 25001990．(02) 25001991
服務時間：週一至週五 09:30-12:00．13:30-17:00
郵撥帳號：19863813　戶名：書虫股份有限公司
讀者服務信箱 email：service@readingclub.com.tw
城邦讀書花園網址：www.cite.com.tw
香港發行所／城邦（香港）出版集團有限公司
地址：香港灣仔駱克道 193 號東超商業中心 1 樓
email：hkcite@biznetvigator.com
電話：(852) 25086231　傳真：(852) 25789337
馬新發行所／城邦（馬新）出版集團 Cité(M)Sdn. Bhd.
41, Jalan Radin Anum, Bandar Baru Sri Petaling,
57000 Kuala Lumpur, Malaysia.
電話：(603) 90578822　傳真：(603) 90576622
email：cite@cite.com.my

封面設計／也津
印　　刷／漾格科技股份有限公司
經 銷 商／聯合發行股份有限公司
電話：(02) 2917-8022　傳真：(02) 2911-0053

□ 2022 年 (民 111) 1 月初版　Printed in Taiwan.

定價／ 300 元
版權所有 · 翻印必究
ISBN 978-986-06540-5-9
本書如有缺頁、倒裝，請來信至 pod_service@popo.tw，會有專人協助換書事宜，謝謝！